夏天就快飞过了

Куэзу щятян фыгуэни

[吉尔] 十四儿·依斯哈尔·苏瓦佐维奇 著

莫 超 韩苗苗 译

中国出版集团

世界图书出版公司

图书在版编目（CIP）数据

夏天就快飞过了：东干文 /（吉尔）十四儿·依斯哈尔·苏瓦佐维奇著；莫超，韩苗苗译. —广州：世界图书出版广东有限公司，2020.6（2025.1重印）

ISBN 978-7-5192-7409-2

Ⅰ. ①夏… Ⅱ. ①十… ②莫… ③韩… Ⅲ. ①诗集—吉尔吉斯—现代—东干语 Ⅳ. ①I364.25

中国版本图书馆CIP数据核字（2020）第061181号

书　　名	夏天就快飞过了
	XIATIAN JIU KUAI FEIGUO LE
著　　者	[吉尔]十四儿·依斯哈尔·苏瓦佐维奇
译　　者	莫　超　韩苗苗
责任编辑	魏志华
装帧设计	书窗设计
责任技编	刘上锦
出版发行	世界图书出版广东有限公司
地　　址	广州市海珠区新港西路大江冲25号
邮　　编	510300
电　　话	（020）84451969　84453623　84184026　84459579
网　　址	http://www.gdst.com.cn
邮　　箱	wpc_gdst@163.com
经　　销	各地新华书店
印　　刷	悦读天下（山东）印务有限公司
开　　本	787mm×1092mm　1/16
印　　张	21
字　　数	522千
版　　次	2020年6月第1版　　2025年1月第2次印刷
国际书号	ISBN 978-7-5192-7409-2
定　　价	98.00元

十四儿·依斯哈尔·苏瓦佐维奇简介

中　文

1954年10月15日，十四儿·依斯哈尔·苏瓦佐维奇出生于吉尔吉斯共和国莫斯科县阿列克桑德洛夫卡（骚葫芦）乡庄的一个农民家庭。他于1972年从当地的一所中学毕业。

1973年，经吉尔吉斯共和国的作家联邦以及《十月的旗》报社编辑人员的介绍，十四儿进入以阿·马·高尔基名字命名的莫斯科大学文学专业读书。在著名诗人谢·瓦·斯米尔诺夫的直接指导下，他的诗歌创作水平提升得很快。1978年，他获得了"文艺工作家"的证书。

从1978年起，十四儿在吉尔吉斯共和国民族科学院回族学和汉族学中心工作。他一边进行中亚回族优秀文学作品的研习和口传文学的研究，一边从事回族语言和文学的教学工作。

1987年，十四儿在阿拉木图市阿里·法拉比名下的哈萨克国家大学完成了硕士学位论文《50—70年代的东干散文：新人形象》，获得硕士学位。2010年，在阿拉木图市木·奥·奥埃佐夫名下的文学与文化遗产学院里完成了博士学位论文《中亚回族的民间散文作品》，获得博士学位。

迄今，十四儿已出版了三部学术专著：《50—70年代的东干散文：新人形象》（伏龙芝：伊利木，1986.—120м.）、《中亚回族的民间散文作品》（比什凯克：伊利木，2004.—279м.）、《中亚回族的口头民间传统》（比什凯克：伊利木，2004.—305м.）。他还出版了几部教科书，分别是供四年级学生使用的《父母文学》（伏龙芝：迈克泰普，1990.—152м.），供二三年级学生使用的《父母语言》（比什凯克：迈克泰普，2007.—112м./跟阿里·张合著），供七年级学生使用的《咱们的文学》（比什凯克：迈克泰普，2007.—172м.）等。

十四儿长期从事文学创作，著述甚丰。出版的文学作品有《青年》《还长哩》《干净的心》《骚葫芦白雨下的呢》等。不少作品已被译成吉尔吉斯语、俄语、汉语等多种语言文字。

十四儿·依斯哈尔·苏瓦佐维奇简介

东干文

　　十四儿·依斯哈尔·苏瓦佐维奇，1954年上的10月15在吉尔吉斯共和国，莫斯科县的阿列克桑德洛夫卡（骚葫芦）乡庄里的农民家下里生养下的。就在这个地方上1972年上把中等学堂念完了。

　　1973年上，藉（qie）住吉尔吉斯共和国的作家联邦带"十月的旗"报的工作人员的介绍，到阿·马·高尔基名下的文学大学里（莫斯科）得高等知识了。在出名诗家谢·瓦·斯米尔诺夫研究班里往高哩提巧妙作品的手艺程度哩，1978年上把"文艺工作家"证儿得上了。

　　打1978年上在吉尔吉斯共和国的，民族科学院的回族学带汉族学中心中间里工作的呢。先念中亚回族的先进文学的呢，研究口传文学的呢，练习教回族语言带文学活的呢。

　　1987年上在阿里·法拉比名下的哈萨克国家大学里（阿拉木图）把学位论文考成了。学位论文题目是《50—70年代的东干散文：新人形象》。2010年上在木·奥·奥埃佐夫名下的文学带文化遗产学院里（阿拉木图）把博士论文考上了。学位论文题目就是《中亚回族的民间散文作品》。

　　这几年里面把《50—70年代的东干散文：新人形象》（伏龙芝：伊利木1986.—120м.）、《中亚回族的民间散文作品（比什凯克：伊利木，2004.—279м.）》《中亚回族的口头民间传统》（比什凯克：伊利木，2004.—305м.）研究书印出来了。

　　在下来还印出来了几本学堂里使用的教科书。这就是因为4号学生们念的《父母文学》（伏龙芝：迈克泰普，1990—152м.），因为2—3号学生们念的《父母语言》（比什凯克：迈克泰普，2007—112м./同著家阿里·张），因为7号学生们念的《咱们的文学》（比什凯克：迈克泰普，2007—172м.）等。

　　长时间作造亲爱巧妙文学的呢。现在印出来了很几本诗文书：《青年》《还长哩》《干净的心》《骚葫芦白雨下的呢》，有的诗文翻到俄罗斯、吉尔吉斯、汉族等语言上的呢。

序

　　承蒙莫超教授厚爱，在《夏天就快飞过了》即将付梓之际，嘱我写一篇序文。21世纪初，我由宁夏方言转向中亚东干语研究。我先后多次到吉尔吉斯斯坦、哈萨克斯坦东干人聚居的乡庄进行田野调查，结识了伊玛佐夫、十四儿、白掌柜的、兰阿洪诺夫、曼苏洛娃等很多东干朋友。在调查东干语的同时，也对东干诗人、作家用东干文出版的作品进行汉文转写，出版过几本书，其中就有十四儿的《骚葫芦白雨下的呢》。因此，我对十四儿的创作历程和诗歌作品比较熟悉。

　　十四儿·依斯哈尔·苏瓦佐维奇是20世纪80年代中亚回族诗坛上涌现出来的一位年轻诗人。他被文化界称为"东干诗苑的一匹黑色骏马"。其实十四儿在吉尔吉斯斯坦国家科学院东干学汉学研究中心是从事口传文学研究和文学评论工作的。他的主要著作有《中亚口传文学》《回族散文里面的新形象》《中亚散文口传文学：形成、情节、结构、美学》等；诗歌集有《青年》《还唱呢》《绵心》《骚葫芦白雨下的呢》《快就夏天飞过呢》等。

　　十四儿在诗歌写作上曾经受教于苏联著名诗人C.B.斯米尔诺夫，又受到了西方文艺思潮的影响，具有现代主义创作倾向。东干族文学批评家法蒂玛·马凯耶娃教授评论道："十四儿·依斯哈尔的许多作品可以被认为是哲理抒情体，它们深入到关于人的生活道路等复杂问题。"十四儿的诗歌以抒情为主，在抒情中寄寓着丰富的哲理思维。他的诗歌摆脱了前人的思路，独辟蹊径，大胆探索，深切地关注人类生活的困境，激发时间、生命和保护生态环境的意识。诗人也在诗作中表露出难以名状的焦虑与迷茫，但这些作品往往会产生一种震撼人心的悲剧力量。十四儿的诗歌集曾被翻译为俄文、英文、汉文和吉尔吉斯文出版。其中《紫荆花》《在俄罗斯》《回族马队》等诗篇谱曲后，在中亚东干族群众中广泛传唱。

　　令人遗憾的是十四儿以及其他东干族诗人、作家无比丰富的文学作品却很难被中国回汉群众认知和欣赏，也不能在广阔的人类文化舞台上进行交流。不少国家的汉学家和东干学者虽然怀着极大的热情去研究东干语，转写和翻译东干文学作品，但往往疑窦丛生，望而却步。原因是什么呢？因为东干诗人、作家的文学作品大都是用东干文写成的。东干文是斯拉夫字母（也称"西里尔字母"）拼音文字，不懂东干文就无法阅读，更不要说研究了。可喜的是莫超教授和韩苗苗（在读博士生）用心将《快就夏天飞过呢》转写为汉文，呈献给广大读者，让我们共享这

I

朵异域文化中的奇葩。我对二位作者潜心双文转写的学术精神和参与中外文化交流的热情表示衷心的敬意。

作为同行，我深知他们转写《快就夏天飞过呢》的艰辛与执着。东干语虽然来源于中国近代汉语西北方言，在音节上可以一一对应，但要将东干文一字不易地转写为汉文却是一件比较艰难的事情。正如著名汉学家、挪威皇家科学院院士、奥斯陆大学何莫邪教授所说："将东干西里尔拼音文字转写为汉字时，涉及东干文里缺乏声调的西里尔拼音的可理解性和有效性问题。"俄罗斯科学院李福清院士也曾指出："即使最著名的诗人十娃子用西里尔拼音创作的诗作也让他的诸多资深的研究者们在翻译时感到疑点重重。由于东干文缺乏声调，人们很难判断诗人十娃子想用的东干语词到底是哪一个。"

何莫邪和李福清所说的东干文缺乏声调对转写和翻译造成的疑点，只是译著的困难因素之一。除此之外，我认为转写者和翻译者还需要具备更高的语言学水平，要有词源学、近代汉语、西北方言方面的深厚功底，也需要有文化学、民俗学的丰富知识。如东干语中的"八哥"源于这种鸟"翼羽下有白斑，飞时显露，呈'八'字形，故称为八哥"。"帮办"是近代汉语词汇。中国清代后期，中央和地方都有临时设置的机构，其主管称为督办或总办，副职称为会办。资格比会办略次的称为帮办。东干人把正职的副手叫作帮办。我起先无法搞懂"骨岔"一词的意思，后来翻阅《兰州方言词典》才知道是兰州方言，是"秃鹫之类的猛禽"。"耳沿"一词恐怕七十岁以下的人都不会懂。它是冬季可以护耳的带沿的帽子。我小时候听过"打了春，过了年，哪呢的山汉戴耳沿"的口歌。"煨烟"是过去农村为了驱除蚊虫，傍晚时分在宅院或门口点燃的烟火，俗称"打煨烟"。诸如此类今天已不再使用的词语，没有以上所说的功底和知识是很难转写正确的。

东干文—汉文转写虽然有比较大的难度，但我们西北地区的语言学者只要肯下功夫，认真钻研，完全可以做得很好，因为我们有着区位优势。中国西北是东干人的故乡，是东干语的发源地。我们完全可以把西北地区建成国际性的东干学研究中心。我粗略统计，从20世纪末到目前，西北高校和科研机构出版的有关东干历史、语言、文化、风俗方面的著作和译作近四十本，其中东干文—汉文转写的书就有二十多本。这些成果是令人欢欣鼓舞的。我殷切期望莫超教授及其学术团队能够多出新的成果，为中国深入发展的"一带一路"建设与中亚的人文交流，为传承和保护人类非物质文化遗产做出更大贡献！

是为序。

林　涛

2019 年 6 月 28 日于银川溪桥花园

目录

I

V

IX

1. Вә зэ чюличуан сынхади...

Вә зэ чюличуан сынхади,
Жысы вәди жя,
Жысы вәди жын зӯгуй
Зэ куанда тянщя.

Жәр...хунлонлонди жәту
Чын йитянжя сэ,
Ги мый йигәр дуан щемый,
Жё чон сыже кэ.

Мә бян-янди лан тяншон
Быйсынсынди йүн,
Быйсынсын йүэнцэ дищя
Хуәвар жуанчын чүн.

Бый нёр да жәту чӯлэ
Манфу до хушон,
Шын бу жӯ гощиндини,
Щихуанли да чон.

Люсынсынди тандорни
Хундапо бэлон,
Лан малянщин щихуанди
Са цуанви суйшон...

Сыйду ба вә жуйбудё
Да жыгә тянтон,
Сыйду ба вә чинбучи

1. 我在秋里川生下的……

我在秋里川生下的，
这是我的家，
这是我的真祖国
在宽大天下。

这儿……红朗朗的热头
成一天家晒，
给每一个儿端血脉，
叫长时间开。

没边沿的蓝天上
白生生的云，
白生生云彩底下
活物儿转成群。

百鸟儿打热头出来
满数到后晌，
神不住高兴的呢，
喜欢的大唱。

绿（liu）生生的滩道里①（ni）
红大袍摆浪，
蓝马莲芯喜欢的
洒爨味随上……

谁都把我追不掉
打这个天堂，
谁都把我请不去

---
①里：东干语中表示"在……中"之义。

Вон чита дифон.　　　　　　　往其他地方。

Зу зэ жэр вэ ву тӱни,　　　　就在这儿我入土呢，
Сыхур йидолэ,　　　　　　　时候一到来，
Чынха йи пын мян тӱни,　　　成下一捧绵土呢，
Мэю фынлён цэ.　　　　　　　没有分量才。

Жё Ала-Тооди жэ фын,　　　叫阿拉—套①的热风，
Цызо чуан гуа сан,　　　　　迟早全刮散，
Садо вэ дин щиннэди　　　　洒到我顶喜爱的
Жӱнмый чюличуан.　　　　　俊美秋里川。

Дансы йихуэй тандони　　　旦是一回滩道里
Фын чунтян долэ,　　　　　粉春天到来，
Чянван е хуар жужянни-　　千万野花儿中间里——
Хун дизор кэкэ...　　　　　红地枣儿②开开……

Нэсы вэ да нэгэ шы　　　　那是我打那个世
Дэгуэлэди щин,　　　　　　带过来的信，
Нянгэ чин Чюличуанди　　　念个亲秋里川的
Сэляму фущин.　　　　　　色俩目书信。

2. Чинзо. Чюличуан. сохӱлӱ　　## 2. 清早秋里川骚葫芦

Тяншон щинщю луэдини,　　　天上星宿落的呢，
Жин за нян хуонлан,　　　　　净眨眼晃乱，
Дунфон чи бый лёндини,　　　东风起白亮的呢，
Зэ бу щён цынтуан.　　　　　再不想蹭团。

_____

①阿拉—套：吉尔吉斯斯坦东南部的山。
②地枣儿：郁金香。

Фынхун зочи жуэлини,
Бый йүн шон лан тян,
Живи жын фахуондини,
Дын щихуан гэбян.

Чянван нёр зуэхуэйдини,
Жили-зала но,
Дуан щён тун бянзы куэгуэ,
Щё фуйүан жэно.

Мама-хӯхӯ хинанни
Щясан вын фын жуан,
Ба лан малянщин видо
Сандо Чюличуан.

Чин Ала-Тоо санфынни
Кэ зуэ щи вонщён,
Нянвон шыншон шонлэнэи
Лунжун щин гуонлён.

Сохӯлӯ щён щинлэни,
Гуйжун ло гӯщён,
Дунфон куэ шаншонлэни
Жүнмый жэ тэён.

3. Зэ вэгуй

Чютян кэ да гӯдини,
Зохуа чуэ хунхуэ,
Россияди чин хушон

粉红早起着的呢,
白云上蓝天,
周围人发慌的呢,
等喜欢改变。

千万鸟坐会①的呢,
叽哩喳啦闹,
端像铜边子扩锅,
小树园热闹。

麻麻糊糊黑暗里
下山绒风转,
把蓝马莲芯味道
散到秋里川。

亲阿拉—套山风里
可作喜望想,
眼望升上上来呢
隆重新光亮。

骚葫芦乡醒来呢,
贵重老故乡,
东方快闪上来呢
俊美热太阳。

3. 在外国(gui)

秋天可打鼓的呢,
造化缺红火,
俄罗斯的亲后晌

①坐会：开会。

Зэ мэ жин ланлуэ.	再没劲揽落^①。

Момор йүйүр щядини,	毛毛儿雨雨儿下的呢，
Ду бу жё тэ ту,	都不叫抬头，
Зущён пян чижёдини,	就像偏欺揽的呢，
Мэ банфа нин шу.	没办法硬受。

Живи щян быйгуагуарди,	周围显白刮刮儿的，
Чуанпин дуан хун-ян,	全凭短鸿雁，
Гуон е язы фидини	光野鸭子飞的呢
Вон жун-Я тянтян.	往中亚天天。

Щинни жизо-лаладиди,	心里急躁刺刺的，
Мэщин зо йинган,	没心找营干，
Тэ щён гыншон е язы	太想跟上野鸭子
Фидо Хырхызстан.	飞到吉尔吉斯斯坦。

4. Санзафу   ## 4. 山楂树

Бый щүэ жунжян зандини	白雪中间站的呢
Йикуэ санзафу,	一颗山楂树，
Жүный хун чуала гуэгуэр	俊美红欻啦果果儿
Жё щин жынжын фу.	叫心阵阵舒。

Жын йиванщи мэ гэдё	整一晚夕没盖掉
Шо ёнфын-жёщуэ;	勺扬风搅雪；
Щүэшон щяннян жуэдини	雪上现眼着的呢
Йи да дуй хун хуэ.	一大堆红火。

Жинхуон могэзы пери	金黄毛盖子嫛莉^②

---

①揽落：拥抱，包围。
②嫛莉：波斯语借词，仙女。

Чяли йижыр дэ,
Тади лёнгэ мо нянжин
Нын лангуэ тян хэ.

Вэ жюшур зу ба гӯнён
Вон Хырхызстан жё,
Жё ги мучин дон щифур-
Та гуон дашын щё...

掐了一枝儿戴，
她的两个毛眼睛
能蓝过天海。

我就手就把姑娘
往吉尔吉斯斯坦叫，
叫给母亲当媳妇儿——
她光大声笑……

5. Хуэй ло жя

Дуанлё эргилиди жэту
Бу жыдо щыщян
Ба зохуади тян щемый
Куэ щён чуан лян ган.

Фалуйдёди бый хонзы
Дэгэ дуан жиншын,
Лонлор-бэбэ дюдундини,
Ду мэ щин чӯ шын.

Гуонсы жигэ щё хэзы
Бу щён суй нанвын,
Зэ йи чу ни фи литу
Бян хуа йүр гощин.

Вэмуди ло гу ще йинлён
Да йүфу диха,
Тади жӯфуди шэту

5. 回老家

短了尔格力①的热头
不知道识闲
把造化的甜血脉
快想全炼干。

乏累掉的背巷（hang）子
带改短精神，
踉踉摆摆丢盹儿的呢，
都没心出声。

光是几个小孩子
不想随安稳，
在一渠呢水里头
变花鱼儿高兴。

我们（mu）的老狗歇阴凉
大榆树底下，
他的煮熟的舌头

---

①尔格力：智慧。

Щён дадо диха.　　　　　　　　　像夺到地下。

-Бый-я, ни хуэйлэлима,　　　　　一白鸭，你回来呢吗，
Ганкуэ жин фон мын,　　　　　　赶快进房门，
Були жэту сэ ганни　　　　　　　不哩热头晒干呢
Ба ниди жэ щин.　　　　　　　　把你的热心。

6. Ыссык-Көл　　　　　　　## 6. 伊塞克湖

Сыжу-баха чуандини,　　　　　　四周八下圈的呢，
Пёлён лю сан пян,　　　　　　　漂亮绿山片①，
Дуан щён жолянди жинзы　　　　端像照（rɑo）脸的镜子
Зэ тин жун бэнян.　　　　　　　在厅中百年。

Чын йитянжа фудини　　　　　　成一天价凫的呢
Зэ бый йүн жунжян,　　　　　　在白云中间，
Шу чыншон чи нын мэшон　　　　手抻上去能摸上
Ба та мый йибян.　　　　　　　把他每一边。

Да мангэчүр лэди жын,　　　　　打满各处儿来的人，
Дуан шыщин-шыйи,　　　　　　端实心实意，
Чын чин до да щедини　　　　　承情道大谢的呢
Зэ чынще щин ли.　　　　　　　在诚谢心里。

Шы! Жысы Хӳда Торля　　　　　实！这是胡达讨尔俩
Хан йинви жүнмый　　　　　　还因为俊美
Ги туанйүар щяжёнгиди　　　　　给团圆儿下降给的
Жынщы да фугуй.　　　　　　　真实大富贵。

①山片：山根。

7. Ни вон нани фидини...

Ни вон нани фидини,
Вәди гуй сыжян,
Йисыр бу зан шындини,
Зысы вон йүан чян.

Вә щян нянбушон нилё,
Жянжян дуә лаху,
Йитян ган йитян йүанлё
Ниди куэ жүәбу.

8. Быйсынсынди щүә щёба...

Быйсынсынди щүә щёба
Фын тохуа кэкэ,
Чинсынсынди цо люба,
Сын йү кә фа гуэ...

Шышон саду бу жючон,
Бу нын чонйүан хуә.
Хүда Торляди щяжён
Сыйду дуәбутуә...

9. Куэзу луәдо тушонни...

Куэзу луәдо тушонни
Жынжын вушы суй,

---

①森雨：冰雨。

7. 你往哪里飞的呢……

你往哪里飞的呢,
我的贵时间,
一时儿不站伸的呢,
只是往远前。

我先撵不上你了,
渐渐多落（la）后,
一天赶一天远了
你的快脚步。

8. 白生生的雪消吧……

白生生的雪消吧
粉桃花开开,
青生生的草绿（liu）吧,
森雨①可发怪……

世上啥（sa）都不久长,
不能长远活。
胡达讨尔俩的下降
谁都躲不脱……

9. 快就落到头上呢……

快就落到头上呢
整整五十岁,

Тэён фан щи санжянни,　　　　　　太阳翻西山尖呢，
Жин гуон щён бян сый.　　　　　　金光像变色（sei）。

Гуонсы хуэлима мэ хуэ,　　　　　　光是活哩吗没活，
Чуанпин бу минбый,　　　　　　　　全凭不明白，
Йинцы са ду мэ жүэжуэ　　　　　　因此①啥（sa）都没觉着，
Сыжян хын бими...　　　　　　　　　时间很秘密（bimi）……

Юйихуэй щян жүэмуди　　　　　　有一回先觉谋的
жыгэ чон нянлин　　　　　　　　　这个长年龄
бусы жыншы йүхади,　　　　　　　不是真实遇下的，
Вэ дуан зў фимын.　　　　　　　　我端做睡梦。

Бу ю гэужын лянчў чя　　　　　　不由个人连住掐
Ба ган шубы куэ,　　　　　　　　把干手背快，
Чяди хуэ вэр нан щинха,　　　　　掐的或微儿安心下，
Гуонсы мэ щинлэ.　　　　　　　　光是没醒来。

10. Жинтян кэ до мянчянлё...　　## 10. 今天可到面前了……

Жинтян кэ до мянчянлё,　　　　　今天可到面前了，
Сын йүдяр чютян,　　　　　　　　森雨点儿秋天，
Хушон пэфанлалади,　　　　　　　后晌颇烦剌剌的，
Тэ дуанлё щёнтян.　　　　　　　　太短了香甜。

Йилүн сыжян фигуэлё,　　　　　　一轮时间飞过了，
Зэ бу нын жэхуэй,　　　　　　　　再不能折回，
Жиннян кэ мэ чидыйха　　　　　　今年可没去得下
Бый йинзы жунгуй.　　　　　　　　白银子中国。

————————
①因此：原因是。

11. Хубар

Зущён савәни зуди
Нэгэ ган лохан-
Мин быйтян дуанчидини
Зэ мянчян жянжян.

Жюсы! куэ жуан хубарни
Зэ гуэ жи фын жун,
Чон хн йинзы жэдёни
Ба тадн лин мин.

Ебехур дэ фащёди
Дуан да жын чянмян
Зущён куэ жян фигуэчи,
Бонзы жён нэ лян...

Жыйижыр кун щин литу
Шызэ луэ футан,
За нэму мянди нанвын
Ба та ман жуонман.

12. Вэди нежон тын щинни...

Веди нежон тын щинни,
Ю йидяр мада:
Жысы вэ гыншон фучин
Мэ зӱгуэ бонбуда.

11. 后半儿

就像沙窝里走的
那个干老汉——
明白天断气的呢
在面前渐渐。

就是！快转后半儿呢
再过几分钟，
长黑影子遮掉呢
把他的灵明。

夜别呼儿①带耍笑的
端打人前面
就像快箭飞过去，
膀子将②挨脸……

这一阵儿空心里头
实在落舒坦，
咋那么绵的安稳
把他满装满。

12. 我的茶障疼心呢

我的茶障③疼心呢
有一点儿麻达：
这是我跟上父亲
没（me）做（zu）过邦不达④。

---

①夜别呼儿：蝙蝠。
②将：此处指刚刚。
③茶障：可怜。
④邦不达：晨礼。

Веди нежон тын щинни,　　　　　我的茶障疼心呢，
Ю йизуэр ножын:　　　　　　　有一撮儿熬人：
Жысы вэ гыншон фучин　　　　这是我跟上父亲
Мэ зўгуэ пешын.　　　　　　　没做过撇申①。

Веди нежон тын щинни,　　　　　我的茶障疼心呢，
Ю йидуан кў гэр:　　　　　　有一段儿苦歌儿：
Жысы вэ гыншон фучин　　　　这是我跟上父亲
Мэ зўгуэ дигэр.　　　　　　　没做过底盖尔②。

Веди нежон тын щинни,　　　　　我的茶障疼心呢，
Ю йику вакў:　　　　　　　　有一口挖苦：
Жысы вэ гыншон фучин　　　　这是我跟上父亲
Мэ зўгуэ шаму.　　　　　　　没做过沙目③。

Веди нежон тын щинни,　　　　　我的茶障疼心呢，
Ю йитан пэфан:　　　　　　　有一滩颇烦：
Жысы вэ гыншон фучин　　　　这是我跟上父亲
Мэ зўгуэ хўфутан.　　　　　没做过呼福坦④。

13. Хуэйзў　　　　　　　## 13. 回族

Хуэйзў,хуэйхуэй,лохуэйхуэй...　回族，回回，老回回……
Куэзу лёнчян нян　　　　　快就两千年
Ни зэ шыщон жуандини,　　你在世上转的（di）呢，
Бу жыдо шыщян.　　　　　　不知道识闲。

Натар мэ ниди жүэ зун?　　　哪塌儿没你的脚踪？

---

①撇申：晌礼。
②底盖尔：晡礼。
③沙目：昏礼。
④呼福坦：宵礼。

Жунгуэ, Кыргызстан,　　　　　　　中国、吉尔吉斯斯坦，
Мыйгуэ, фагуэ, Малащи,　　　　　美国、法国、马来西亚，
Йиндў дэ жунгуй Тэван..　　　　　印度带中国台湾……

Вон жисы ни хан хуэйни?　　　　往几时你还回呢?
Щин за мэщин дин?　　　　　　　心咋没心定?
Ниди жя зэ натарни?　　　　　　你的家在哪塌儿呢?
Насы да гощин?　　　　　　　　　哪是大高兴?

Мэ зэ димяншон, щүсы,　　　　没在地面上，许是，
Ниди жын нанвын:　　　　　　你的真安稳:
Дэ зэ нагэ щинщиншон　　　待在哪个星星上
До вужин хан шын.　　　　　到如今还神。

Данна, зу ви нэгэ вэ,　　　　耽怕，就为那个我，
Щян бу ю гэжын,　　　　　　先不由个人，
Кын вон мэ фурди щинщю,　　肯望没数儿的星宿，
Щинни дан шу тын.　　　　　心里但受疼。

Йинцы дуан вон щегуанни,　　因此端往血管呢，
Вэди чин зўбый　　　　　　　我的亲祖辈
Йихуэй тянгилё ги вуэ　　　一回填给了给我
Ба "хуэйди"щемый.　　　　　把 "回的" 血脉。

14. Саду мэю жючонди...　　14. 啥（sa）都没有久长的……

Саду мэю жючонди...　　　　啥都没有久长的……
Ду зун югэ ван;　　　　　　都总有个完;
Сыйду мэю чүан йүншы　　谁（sei）都没有全永世
Жыгэ да эрлан.　　　　　这个大阿兰（世界）。

Димяр мыйтян жуандини,　　地面儿每天转的呢，

Зущён бу дунтан,　　　　就像不动弹，
Гуонсы сыжян фидини　　光是时间飞的呢
Бужўдяр вончян.　　　　不住点儿往前。

Зуэтян вэ хан сыщёнди,　昨天我还思量的,
Минйўн зэ чянмян,　　　命运在前面,
Гуонсы життян минбыйлё,　光是今天明白了,
Та зо зэ хумян.　　　　它早在后面。

Куэзу жуэдуанли лади　　快就着断哩蜡的
Нэгэ щи мянщян,　　　那个细棉线,
Ба жуви йуан жуонманни　把周围原装满呢
Чу жанжан хинан.　　　稠縺縺黑暗。

Сыйду йўн бобуминбый　谁都永剥不明白
Ба гуонйинди гуэ,　　　把光阴的怪,
Хўда торля ба тади　　　胡达讨尔俩把他的
Бими бу щён кэ.　　　秘密不想开。

Да санщя гуадилэди　　打山（san）下刮的来的
Ингўр чунтян фын　　　一股春天风
Дэ Чинжди бичўни　　　带亲热的闭住呢
Куэзу ба нянжин.　　　快就把眼睛。

15. Вэди чиннэ Сохўлў... 　## 15. 我的亲爱骚葫芦……

Вэди чиннэ Сохўлў,　　我的亲爱骚葫芦,
Гуйжун жин гэлор,　　贵重金圪垯儿,
Вэди йицун мян вонфа,　我的一寸绵王法,
Щинниди дўвар.　　　心里的杜瓦尔。

Ни сыжи жё вәдини,
Бу хуэй цў ланлуә,
Зущён мучин лўкуршон
Чон сыхур дын вә.

Йихуэй ни сунчўчиди
Нэгә нэрсыдэ
Жызу кәжя банбыйзы
Зэ шышон щён кэ.

Натар вә мә дочигуэ,
Нагә гў гәлор,
Нагар мә лю чин жүә зун
Вын ваншон йигәр.

Гуонсы йүнчи мәюди,
Щүсы, та тэ гуй,
Мый йихуэй щян гуэжонди
Гуон хуэй гн жибый.

Жинтян вә жуанхуэй жяни,
Бый туфа нўцэ,
Зущён жён цэ чўчиди…
Сыхур дуәму куэ.

Шыди! вә фалуйдёли,
Жә щин щён щехуан.
Хуәдо жыгә гуонйиншон
Нандый фә жычян…

你四季叫我的呢，
不回凑揽落，
就像母亲路口上
长时候等我。

一回你送出去的
那个爱儿时代①
这就可价半辈子
在世上想开。

哪塌儿我没到去过，
哪个孤圪塝儿，
哪塌儿没留亲脚踪
绒湾上一个儿。

光是运气没有的，
许是，他太贵，
每一回先乖张②的
光会给脊背。

今天我转回家里，
白头发奴才，
就像将才出去的……
时候多么快。

实的！我乏累掉哩，
热心想歇缓。
活到这个光阴上
难得说值钱……

①爱儿时代：未成年。
②乖张：执拗，不听话。

16. Хуон фуйүанзы

Быйён, йүфу, жўчылё...
Зэ жыгэ фуйүан,
Бу чў шын дюдундини,
Мэ жиншын дунтан.

Фуер щён хуон щүэхуазы
Вон йижуви луэ,
До диха дуан жиншынди
Жинган зу фижуэ.

Лў лёнхани лён лүнзы
Чотянди жүнмый...
Солўди чинзор сотуэ,
Манфу содо хи.

Щүэсын, щё щүэ ни нянди,
До жяни, дэгэ
То йиба хуон фуерни-
Ба пибо дакэ.

17. Нэхур вэди гуэйүанни...

Нэхур вэди гуэйүанни
Сыйду нын тинжян:
"Ассаламу алейкум..."-
Жынжынди йитян.

16. 黄树园子

白杨，榆树，猪吃料……
在这个树园，
不出声丢盹的呢，
没精神动弹。

树叶儿像黄雪花子
往一周围落，
到地下短精神的
紧赶就睡着。

路两下呢两轮子
秋天的俊美……
扫路的清早儿扫脱，
满数扫到黑。

学生，小学里念的，
到家里，带改
掏一把黄树叶儿里——
把皮包打开。

17. 那会儿我的果园里……

那会儿我的果园里
谁都能听见：
"色俩目，玛里考木"①——
整整的一天。

①色俩目，玛里考木：阿拉伯语中的问候语。

Жыхур гандёлё вәди йүанзы,
Пингуэ щян бу жян,
"Ассаламу алейкум..."-
Тэ нан нын тинжян.

这会儿干掉了我的园子，
苹果先不见，
"色俩目，玛里考木"——
太难能听见。

18. Вә зэ танни жуандини...

18. 我在滩呢转的呢⋯⋯

Вә зэ танни жуандини
Чон сыжян йигәр,
Щи зыю чисыйдини
Жызу йихубар.

我在滩呢转的呢
长时间一个儿，
吸自由气色的呢
这就一后半儿。

Хун тэён лин луэ санни
Ба линйир жин гуон
Куанкуар шудо йиданни-
Додо жәр монмон.

红太阳临落山呢
把临尾儿金光
款款收到一搭呢——
倒到这儿忙忙。

Туанйүар зущён жуэдини,
Хокан чигуэ хуэ,
Жин хуэян шон тяндини,
Бый йүнцэ куэ жуэ.

团圆儿就像着的呢，
好看奇怪火，
金火焰上天的呢，
白云彩快着。

Вә зудо жын кэфанди
Хунлю вә гынчян,
Зуэдо са щён видоди
Хунлюхуар чянмян.

我走到正开繁的
红柳窝跟前，
坐到洒香味道的
红柳花儿前面。

Бу ю гэжын щёнчелэ
Ба йүан нун шонян,
Ганжин жызы чинчёди

不由个人想起来
把远嫩少年，
干净枝子轻巧的

Луэдо нянмянчян.　　　　　　　　落到眼面前。

Дуан дондор зу зэ жытар　　　　端当当儿就在这塌儿
Вэ лян щё гӯнён　　　　　　　　我连小姑娘
Жегуэ зочи щихуанди　　　　　　接过早气喜欢的
Манфу вон да лён.　　　　　　　满数望大亮。

Йижыр хунлю чинжэди　　　　　一枝儿红柳亲热的
Хан зущён зочян　　　　　　　　还就像早前
Нэдо вэди бинжяншон,　　　　　挨到我的鬓间上,
Жё щинни щёнтян.　　　　　　　叫心里香甜。

Гуонсы нэйихуэй хунлю,　　　　光是那一回红柳,
Чуон бинжян сыжян,　　　　　　撞(chuang)鬓间时间,
Дуэ дэ зота чичирлэ,　　　　　多带糟蹋气气儿来,
Фащё вэ манмян.　　　　　　　　耍笑我满面。

Жюсы! жыйихуэй хунлю,　　　　就是！这一回红柳,
Чуон бинжян сыжян,　　　　　　撞(chuang)鬓间时间,
Ги вэ гуон куан щиндини,　　　给我光宽心的呢,
Бу жё дуэ ножян.　　　　　　　不叫多熬煎。

19. Жыгэ дун-я жунжянни...　　19. 这个顿亚中间里……

Жыгэ дун-я жунжянни　　　　　这个顿亚①中间里
Саду чон бу хуэ,　　　　　　　啥都常不活,
Сыхур цызо щидёни,　　　　　时候迟早洗掉呢,
Зунйин ду бу луэ.　　　　　　踪影都不落。

────────────

①顿亚：世界。

Заму мон цунчелэди
Шы,гоно,цэбый
Дуан щён сазы тондёни
Да шуни йихуэй.

Гуон ю йигэ щянжини,
Нын лян йӱншы сэ,
Зэ сыхурди жухжянни
Донмон бу нын бэ.

Жысы заму ганхади
Жыншы Хо сычин,
Йибыйзы ду бу медё,
Сыжи ланлуэ щин.

Та зущён дянжуэди ла
Зэ хинан жунжян
Са жӱнмый хуон гуонлённи,
Ба туанйӱар жощян.

Хубый йихуэй зангэни
Зун ба Хо дэгэ,
Хан фэ жи жӱ тян хуани,
Зэ жищёнчелэ.

咱们忙存起来的
食，高傲，财贝
端像沙子淌掉呢
打手里一回。

光有一个先机呢，
能连永世赛，
在时候儿的中间里
当忙不能败。

这是咱们干下的
真实好事情，
一辈子都不灭掉，
四季揽落心。

它就像点着的腊
在黑暗中间
洒俊美黄光亮呢，
把团圆儿照显。

后辈一回赞歌呢
总把好带改，
还说几句甜话呢，
再记想起来。

20. Чютян фын фагуэдини...

20. 秋天风发怪的呢……

Чютян фын фагуэдини
Зэ туанйӱар жинтян,
Щян зыжи чӱаншыдини
Кӱ зохуа жунжян.

秋天风发怪的呢
在团圆儿今天，
显自己权势的呢
苦造化中间。

Сы зыйщин бынсыдини,　　　　使贼心本事的呢，

Гэли-гэлор щүан,　　　　　　　忔里——忔㧯旋，

Жян са ду жончидини,　　　　见啥都胀气的呢，

Бу щён жё щинщүан.　　　　　不想叫新鲜（xuan）。

Ба йидуй хуон фуезы　　　　　把一堆黄树叶子

Зэ лӯшон канжян,　　　　　　 在路上看见，

Жуйди ман йүан фидини,　　　 追的满院飞的呢，

Чуан бу ги шыщян.　　　　　　全不给识闲。

Жыни ба вонхуэй зуди　　　　　这呢（zhini）①把往回走的

Гудан жын пынжян,　　　　　　孤单人碰见，

Ба тушонди жанмозы　　　　　　把头上的毡帽子

Сыхалэ-эр йүан.　　　　　　　 撕下来——佴远。

Жинди жигуэ йүдяндяр　　　　　惊的几个雨点点儿

Чуанпин хӯдӯдё,　　　　　　　全凭糊涂掉，

Будун вон натар дени,　　　　 不懂往哪塌儿滴（die）呢，

Мон чуонзышон ко.　　　　　　忙窗子上敲。

Фын…фонни ба вэ сожян,　　　风……房里把我睄见，

Гуонсы жинбуче,　　　　　　　光是进不去，

Сычи шондо динзышон,　　　　 使气上到顶子上，

Ба теезы же.　　　　　　　　　 把铁页子②揭。

21. Вэди чиннэ лохуэйхуэй...　## 21. 我的亲爱老回回……

Вэди чиннэ лохуэйхуэй,　　　　我的亲爱老回回，

Ниди Зугуйна?　　　　　　　　 你的祖国哪？

---

①这呢：指刚刚。

②铁页子：东干人房顶的一种建筑材料。

Зэнагэ.нанцон глор   在哪个暗藏圪崂儿
Ни нын чон хуэха?   你能常活下？

Ни хын щён танни гунди   你很像滩里滚的
Нэгэ "гунгундан":   那个 "滚滚蛋"[①]：
Фын вон щи гуа-вон щи гун,   风往西刮——往西滚，
Зэ йивэр бу зан...   在一窝儿不站……

Йинцы ни мэю шын гын,   因此你没有深根，
Жуабучў дитў,   抓不住地土，
Фын вон дун гуа-вон дун гун,   风往东刮——往东滚，
Мэ хэрли цынчў.   没合儿力撑住。

До натар ни дусы ки,   到哪塌儿你都是客，
Фуйү бу нын зан,   富馀不能站，
Зуй дуэди йи лён-сан бый,   最多你两三辈，
Зыдый кэ дунтан...   只得可动弹……

Жюсы! Чон ки сый нэни,   就是！常客谁爱呢，
Жызы йифанчон,   日子一泛常，
Зыжи щинни жизоди   自己心里急躁的
Жочў йүанчўр вон.   朝（zhao）住远处望。

Ни зыдый кэ шон нан лў,   你只得可上难路，
Вн зо щин Зугуй,   为糟心祖国，
Хуэйни чуэшон йизуэр кў,   怀里揣上一撮儿苦，
Жуаншын ца нянлуй...   转身擦眼泪……

Кўнын,ни мўю Зугуй   可能，你没有祖国
Жыгэ чу дун-я: 这个稠顿亚：

---

①滚滚蛋：指转蓬。

Хӱда Торлядн диндуэ

Бу жё ни сын я.

胡达讨尔俩的定夺

不叫你生芽。

22. Йивэ хунлюрхуар жын кэ...

22. 一窝儿红柳花正开……

Йивэ хунлюрхуар жын кэ,

Цанкэ зэ мянчян,

Са бошы щён цуан видо,

Бу жё щин шыщян.

一窝儿红柳花正开，

绽（can）开在面前，

洒宝石香爨味道，

不叫心识闲。

Вон дун фиди сан йӱнцэ

Ба йипын йӱдяр

Шонвугуэ,зу йӱан лӱни,

Шо пынлё йидяр.

往东飞的散云彩

把一捧雨点儿

晌午过，走远路呢，

少捧了一点。

Дыйлё жиншынди зохуа

Жыйижыр щинщӱан,

Ба люсый санпый туфа

Ганкуэ ду фу сан.

得了精神的造化

这一阵儿新鲜，

把绿色散披（pei）的头发

赶快都梳散。

Вэуди тудинни быйлир

Зэ кунжунни щӱан,

Ба шын нанвын мын дюдё,

Данщин жин жёхуан.

我的头顶里百灵儿

在空中里旋，

把神安稳猛丢掉，

担心紧叫唤。

Нян щи санди хун тэён

Ба линйир жин гуон

Йигун сунги чин тандо,

Жё ющир дуэ вон...

攥西山的红太阳

把临尾儿金光

一共送给青滩道，

叫有些儿多望……

Вә щилё йику кунчи,
Щинни цэ гощин,
Фалуйдёди пэфан щин
Зушён юли жин.

我吸了一口空气，
心里才高兴，
乏累掉的颇烦心
就像有哩劲。

23. Заму ду жин сыщёнди...

23. 咱们都尽思想的……

Заму ду жин сыщёнди
Йүншы щён хуэни:
Дун-я жуанмыр жуандини,
Жё жын хуанлуэни.

咱们都尽思想的
永世想活呢：
顿亚专门儿转的呢，
叫人欢乐呢。

Гнонсы мин ган зы ду бә,
Жинту жы минбый,
Мянчян йихуэй дынхани
Шон йүан лў жихуэй.

光是命赶纸都薄，
尽头只明白，
面前一回等下呢
上远路几回。

Чянмян мә жын жейинлэ,
Йилўр мә жын жю,
Чгуэ зыжи ганхади,
Сйду бу дажю.

前面没人接迎来，
一路儿没人救，
除过自己干下的，
谁都不搭救。

Заму ду куншу лэди,
Куншу йүан зуни,
Йикуэзы щүәбый кафан
Ги ду чуан гуни.

咱们都空手来的，
空手原走呢，
一块子雪白卡凡①
给都穿够呢。

Нэгә дун-я сыйүнди
Данлинли бобый,

那个顿亚使用的
单另的宝贝，

---

①卡凡：裹尸布，阿拉伯语译音。

Ба сыйду мə хушанха
Йинзы чян цэбый.

Жытар заму дусы ки,
Сыхур жён йижуй,
Йигəр дуə е шынбуха,
Йингэ ду жуанхуэй.

把谁都没护苫下
银子钱财贝。

这塌儿咱们都是客，
时候将一追，
一个多也剩不下，
应该都转回。

24. Лан малянщин кэдини...

24. 蓝马莲芯开的呢……

Лан малянщин кэдини
Чинщү Чюличуан,
Лян лю мыйзы сэдини:
Са янсый хокан.

蓝马莲芯开的呢
清秀秋里川，
连绿（liu）麦子赛的呢：
啥颜色好看。

Зущён сүчон щихуанди
Вə зэ жəр санщин,
Вынцун зохуа ещинди
Ги сышён тян жин.

就像素常喜欢的
我在这儿散心，
绒寸造化也寻的
给精神添劲。

Бу ю зыжи жуандини
Чын бантянзыжя
Зэ жыншы чин тянтонни,
Щян бу щён хуэйжя.

不由自己转的呢
成半天子价
在真实青天堂里（ni），
先不想回家。

Чун фын зузан гындини,
Дуан хэпа лёха,
Йисыр щидо эрдуэшон-
Зу фə чёчё хуа.

春风走站跟的呢，
端害怕撩下，
一时儿吸到耳朵上——
就说悄悄话。

Жюсы! Та хан жидини
Ба нэгэ сыже,

就是！他还记的呢
把那个时节，

Ги вә жин тифәдини,
Жё щинни де ще.

Зу зэ жытар щё гӯнён
Ту йихуэй шыщин,
Да вәди шуни жегуэ
Ба лан малянщин.

Вужин жынжя бу дын сый,
Дазо бу дэ хуар,
Йинцы бонгәрни суннӯр
Ду чын хуар банбар.

Гуонсы вә зун лэдини
Зэ жытар няннян,
Зущён нын зохуэйлэни
Ба вәди чин нян.

给我尽提说的呢，
叫心里滴（die）血。

就在这塌儿小姑娘
头一回实心，
打我手里接过
蓝马莲芯。

如今人家不等谁，
打早不戴花儿，
因此傍个儿①里孙女儿
都成花瓣瓣。

光是我总来的呢
在这塌儿年年，
就像能找回来呢
把我的青年。

25. Вәди вакӯ щиндини...

25. 我的挖苦寻的呢……

Вәдн вакӯ щиндини,
Ю йизуэр ножян,
Жингуан гынщин вәдини,
Бу жё дуэ щыщян.

Жы дуан жюсы вә зыжи
Хуәгуэди сыщён,
Йилӯн,йилӯн лэдини,
Мыйтян вон да лён.

我的挖苦②寻的呢，
有一撮儿熬煎，
尽管跟寻我的呢，
不叫多识闲。

这段就是我自己
活过的思想，
一轮一轮来的呢，
每天往大亮。

①傍个儿：指旁边。
②挖苦：痛苦。

Ба мэ гандоди сычин
Куанкуар ду тиче,
Жё щин йигэр хухуэйни,
Чын жигэ сыже.

把没干到的事情
快快都提起，
叫心一个儿后悔呢，
成几个时间。

Нэхур нежон щин кўни...
Ханм ю са жихуэй?
Гуэлиди жуанбухуэйлэ,
Гуон дюха хухуэй.

那会儿茶张辛苦呢……
还有啥机会？
过里的转不回来，
光丢下后悔。

26. Йидин, заму ду хуэзэ...

26. 一定，咱们都活在……

Йидин, заму ду хуэзэ
Дун-яшон, сантуэ,
Ганхади Хо е ющерни,
Гуонсы Ха зун дуэ.

一定，咱们都活在
顿亚上，散脱，
干下的好也有些呢，
光是瞎（ha）总多。

Жыгэ дун-я луан сычин
Нандый фыгуэлэ,
Таму жунжян ха дэ Хо
Сый нын фынщёкэ.

这个顿亚乱事情
难得飞过来，
它们中间瞎带好
谁能分晓开。

Мый йитян Ха-Хо чинзор
Лянляншур чў гэ.
Йигэр жянбудый йигэр,
Гуонсы либукэ.

每一天瞎好清早儿
连连手儿①出街。
一个儿见不得一个儿，
光是离不开。

Юйихуэй заму щёнди
Щы щин щён ган Хо,

有一回咱们想的
实心想干好，

___
①连手儿：朋友。

Гуонсы вонщён дыйдо за
Жуанчын Ха цызо.

Зу ви нэгэ дантӱди
Дуэ мэщин ган Хо,
Йинцы бу щён шонцун сый,
Дуан па Ха гоно.

Йидин, заму ду хуэзэ
Дун-яшон, сантуэ,
Ганхади Хо е ющерни,
Гуонсы Ха зун дуэ.

27. Зэ шышон вэ за хуэни...

Зэ шышон вэ за хуэни,
Дансы мэю ни,
Сый ба щин хуэ дянжуэни,
За нын гощинни.

Зэ мэ бян-ян хинан жун
Жё сый ги лённи,
Ба зуйху йигыр лажӱ
Сый нын жолённи.

Вэ щён куанда гуонйинди
Филонди мэзы,
Жё фа хэ эрчӱчиди
Лонцэ за суэзы.

_____

① 伤寸：得罪。
② 旦是：如果。

光是望想得到咋
转成瞎迟早。

就为那个胆突的
多没心干好，
因此不想伤寸①谁，
端怕瞎搞闹。

一定，咱们都活在
顿亚上，散脱，
干下的好也有些呢，
光是瞎总多。

27. 在世上我咋活呢……

在世上我咋活呢，
旦是②没有你，
谁把心火点着呢，
咋能高兴呢。

在没边沿黑暗中
叫谁给亮呢，
把最后一根儿蜡烛
谁能照亮呢。

我像宽大光阴的
水浪的沫子，
叫耍海佴出去的
浪柴扎梭子。

Ни дуан ги вә зуәдини
Ба сынхуә йисы,
Чечӱ та вә хуәдини
Хан зә жы йи шы.

Жыгә дун-я зә мә ни
Вә нандый чонйӱан,
Йинцы мә са шын йисы
Ви сынхӱәр жынжан.

Нисы минйӱн дуангиди
Йизуәр мин гуонлён,
Хда Торля сунгиди
Зуй жычян щинщён.

你端给我嗑的呢
把生活意思，
借（qie）住它我活的呢
还在这一世。

这个顿亚再没你
我难得长远，
因此没啥深意思
为生活征战。

你是命运端给的
一撮儿明光亮，
胡达讨尔俩送给的
最值钱形象。

28. Бәцэ лён кә зә чянмян...

28. 菠菜梁可在前面……

Бәцэ лён кә зә чянмян
Жә нан дон сыхур,
Чунчун-лала ду бу жян,
Ще йинлён жыхур.

菠菜梁可在前面
热难挡时候，
虫虫拉拉都不见，
歇阴凉这会儿。

Луәтуәпын цо бичини,
Видо носынсын,
Щян фын гынчяр ду бу чи,
Дуан ла чисый жын.

骆驼篷草闭气呢，
味道闹生生，
闲风跟前都不去，
端怕气色真。

Тӱ лён щямян да лоба,
Дёйӱлор да шы,
Жигә зыйлюзы лова
Е щён гыншон чы.

土梁下面大涝坝，
钓鱼老儿打食，
几个贼溜子老哇
也想跟上吃。

Туанйүар мвизы дазо   团圆儿毛苇子打早

Ба лоба чүаннян: 把涝坝圈严：

Ба йипанзы чин чүан фи,   把一盘子清泉水，

Бу жё сый канжян.   不叫谁看见。

Дон зэ жәр, зущён зуэтян,   当在这儿，就像昨天，

Вэди эртун фа,   我的儿童耍，

Чын йитянжя бу шыщян,   成一天价不识闲，

Бу жыдо хэпа.   不知道害怕。

Нэхур бэцэлён, йидин,   那会儿菠菜梁，一定，

Хан ган шыже да,   还赶世界大，

Ба зрлан жуонжинчини,   把尔兰[1]装进去呢，

Нэ хансыгэ са.   那还是个啥。

Жуви за нэму хунхуэ,   周围咋那么红火，

Хуанлуэ йүн бу ван,   欢乐永不完，

Щинхуон зунсы мэ лэгуэ   心慌总是没来过

Зэ гынчян ванжан.   在跟前万然。

Жыгэ гӱжир гэлорни   这个孤寂儿圪塄儿里

Сыжи хуняняр,   四季红艳艳儿，

Йүнчи жуви жуандини,   运气周围转的呢，

Мыйтян да чинзор...   每天打清早……

Вужин дуэшо хо пын-ю,   如今多少好朋友，

Жытар бу нын лэ,   这塌儿不能来，

Гуонсы тамуди луэхэр   光是他们的落罕儿[2]

Хуэйхуэй нын лонлэ.   回回能浪来。

---

①尔兰：世界，阿拉伯语借词。

②落罕儿：魂。

Мын! дэсый жё вэдини,　　　　猛！带谁叫我的呢，
Шынйин чинфуфу:　　　　　　声音亲熟熟：
Хын жи пын-юди луэхэр,　　　很嫡（ji）朋友的落罕儿，
Ги вэ пан щинфу. (йүнчи)　　给我盼幸福（运气）。

29. Чин зошын　　　　　## 29. 清早晨

Жигэ гандёди хынфу　　　　　几个干掉的杏树
Чин зошын жунжян　　　　　清早晨（sheng）中间
Зущён чинжуон зандини,　　就像青桩站的呢，
Щүэви нын канжян.　　　　　些（xue）微能看见。

Йүанчўр ганди, ганди хо　　远处儿干的，干①的嚎
По едёди гу,　　　　　　　　跑野掉的狗，
Йинцы кэ мэ дашон шы,　　因此可没打上食，
Вэ йитян наншу.　　　　　　饿一天难受。

Дуан щён южуан митандё,　　端像游转迷瘫掉，
Лён фын дю шыщян,　　　　凉风丢识闲，
Да мянчян хуоншонгуэчи,　　打面前晃上过去，
Жинган дуан сыжян.　　　　紧赶断时间。

Ёнжүанни мэ жибоди　　　　羊圈里没饥饱的
Йичүн ён жёхуан,　　　　　一群羊叫唤，
Хын хэла лан жонгуйди　　　很害怕懒掌柜的
Бу бан цо жинган.　　　　　不拌草紧赶。

Хўвэ ланбяр лэгуазы　　　　湖窝畔儿癫呱子
Куа хўвэ бу тын,　　　　　　跨湖窝不停（teng），

---

①干：声大而无泪。

Кэшон личи хандини,
Жё жуви тин жын.

Ган фу жыжыр жуэдини,
Бу йүн сый дунган,
Йисыр беди щёндини,
Зущён гуй шынхуан.

Щя шынхади юмаза
Мэ зошон щин жя,
Пэфанди жёхуандини,
Мэ нынгу чынжя.

Зу жыгэ сыхур гунжир
Лянсан-гансы хан,
Йинцы ба тади кэфи
Жё луан шын дадуан.

30. Вэ жер кэ до ло жялё...

Вэ жер кэ до ло жялё,
Да мын фон шан кэ,
Ло жя е дуэ мэ гэбян,
Чин видо хан зэ.

Ду зу нэму зандини:
Фонзы, хуайүан, жин...
Гуонсы жяни мэ сысый,
Щян ямир-дунжин.

Бу ю зыжи до ху йүан,

咳上力气喊的呢,
叫周围听真。

干树枝枝儿着的呢,
不用谁动弹,
一时儿煸（bie）的响的呢,
就像鬼呻唤。

下剩下的油蚂蚱
没找上新家,
颇烦的叫唤的呢,
没能够成家。

就这个时候公鸡儿
连三——赶四喊,
因此把它的瞌睡
叫乱声打断。

30. 我今儿可到老家了……

我今儿可到老家了,
大门双扇开,
老家也多没改变,
亲味道还在。

都就那么站的呢:
房子, 花园, 井……
光是家里没是谁,
显哑鸣儿动静。

不由自己到后院,

Жё мучин дашын,　　　　　　　叫母亲大声,
Кэсы сыйду мэ хуэйда,　　　　可是谁都没回答,
Чўгуэ гуэ хуэйшын...　　　　　除过怪回声……

Дуэшо сыжян фигуэлё,　　　　多少时间飞过了,
Да мянчян йижо,　　　　　　　打面前一绕,
Фучин, мучин, щё диди　　　　父亲, 母亲, 小弟弟
Ду зулё йинцо...　　　　　　　都走了阴曹……

Зуэдо фучин зэхади　　　　　坐在父亲栽下的
Тян гуэ фу диха,　　　　　　　甜果树底下,
Жюшыр нянлигэ щё суэр,　　就势儿念哩个小索儿①,
Щинни суанлиха.　　　　　　　心里酸哩下.

Жыгэ шышон дин щўди　　　　这个世上顶虚的
Зусы жынди щин,　　　　　　　就是人的心,
Жён шэлўди хуэжынни,　　　将设虑②的活人呢,
Тяншян лэ ё мин.　　　　　　　天先来要命.

Хуэдо жыгэ дун-яшон　　　　活到这个顿亚上
Нандый фэ жэно,　　　　　　　难得说热闹,
Нэгэ дун-я замугэ,　　　　　　那个顿亚咋么个,
Сыйду бу жыдо.　　　　　　　谁都不知道.

31. Вэ зун бу дун чин минзў...　　## 31. 我总不懂亲民族……

Вэ зун бу лун чин минзў,　　　我总不懂亲民族,
Нянкуан гуон кан жин,　　　　眼宽光看近,

①念索儿: 祭奠亡灵.
②设虑: 谋划, 考虑.

Бу нз ванчын йүан жынву,
Дэгэ мə щинжин.

四季在眼面之下
带改没心劲。

Сыжи зэ нянмян зыщя
Кун хуонлан хуэжын,
Чүанпин вон чян бу шыкан,
Мə дуэди жиншын.

四季在眼面之下
空荒乱（lan）活人，
全凭往前不试看，
没多的精神。

Жинтян йитян хуэ хачор-
Цэ сыщён минтян,
Дюха вончян хуа гуонйин,
До хутян гуанщян.

今天一天活下朝儿——
才思想明天，
丢下往前花光阴，
到后天管闲。

Е бу хуэй хубар панвон,
Жочў йүан щинщин,
Йинцы чигуэй люсый гуон
Ванжан бу жо щин.

也不会后半儿盼望，
照住远星星，
因此奇怪绿色光
万然①不找寻。

Зохуа бикəр куа жүнмый,
Фа щин бу гуанщян,
Жыгэ дун-яди цэбый
Та чүан канбужян.

造化白可儿夸俊美，
乏心不管闲，
这个顿亚的财贝
它全看不见。

32. Вə чито ниму фужо...

32. 我祈祷你们恕饶……

Вə чито ниму фужо,
Дансы вə ю цуə,
Вə зы щён фужо ниму,
Зэсы сый ганцуə.

我祈祷你们恕饶，
旦是我有错，
我只想恕饶你们，
再是②谁干错。

①万然：千万不能。
②再是：如果是。

Вә щинхади ха бу шо,　　　　我心瞎的还不少,
Кын шонгуә жын щин,　　　　肯伤过人心,
Ниму ганхади бу лэ,　　　　你们干下的不来,
Жё ниму бәщин.　　　　　　叫你们拨心。

Вәди ляншон йиванщи,　　　　我的脸上一晚夕,
Щи тёзы жин куә,　　　　　细条子筋阔,
Нимуди ляншон е вон лён　　你们的脸上也往亮
Хэсо жуә хун хуә.　　　　　害臊着红火。

Вәди щинни жан пэфан,　　　我的心里燃颇烦,
Бу жё вә гощин,　　　　　不叫我高兴,
Нимуди щинни дэ ножын,　　你们的心里带熬人,
Нан дый фә сунжин.　　　　难得说松劲。

Вә жәхади гӯнахәр　　　　　我惹下的古那哈儿①
Ю йи чон чэ лян,　　　　　有一长车链,
Ниму щинхади чӯәдуан　　　你们行下的缺短
Е бу нан канжян...　　　　也不难看见……

Вә чито ниму фужо,　　　　我祈祷你们恕饶,
Дансы вә ю цуә,　　　　　旦是我有错,
Вә зы щён фужо ниму,　　　我只想恕饶你们,
Зэсы сый ганцуә.　　　　　再是谁干错。

33. Сыйду шышон йӳн бу хуә...

33. 谁都世上永不活……

Сыйду шышон йӳн бу хуә...　　谁都世上永不活……
Цызо ву хуон тӳ,　　　　　迟早入黄土,

---

①古那哈儿: 波斯语借词, 罪过。

Йинцы мә нынгу дуәтуә,　　因此没能够躲脱，
Ё зу линйир лў.　　要走临尾儿路。

Мый йигәрди бынлушон　　每一个儿的奔颅上
Минйүн зо ще жын:　　命运早写真：
Найитян сындо лўшон,　　哪一天谁到路上，
Найитян жин фын.　　哪一天进坟。

Бикәр фуйү цанбукэ　　白可儿富馀绽（can）不开
Йи фын жун сыжян,　　一分钟时间，
Сыхур жыни йидолэ,　　时候这呢一到来，
Йингэ бичў нян.　　应该闭住眼。

Хўда торля гуйдин чүан　　胡达讨尔俩规定全
Гуэ шуфу жихуэй,　　怪寿数几回，
Жыни ризги йичыван-　　这呢利兹给①一吃完——
Ду йидин жуанхуэй.　　都一定转回。

Бый жин, хуон жин йи да дуй　　白金、黄金一大堆
Гибушон бонцу,　　给不上帮凑，
Мэликулимоти жён йижуй,　　麦里哭里冒提②将一追，
Заму мон куэ зу.　　咱们忙快走。

До хўда торля мянчян,　　到胡达讨尔俩面前，
Монхуон гн хуэйда,　　忙慌给回答，
Дажан щян зыжи хун лян,　　打颤先白己红脸，
Кан жўжын фә са...　　看主人说啥……

①利兹给：阿拉伯语音译，人在世俗世界的份额。
②麦里哭里冒提：阿拉伯语音译，指"掌管死的天使"。

34. Заму цызо ду жуанхуэй...

Заму цызо ду жуанхуэй,
Жин йүншы йинжян,
Зущён фичуан зу йүан гуй,
Жочў фипинщян.

Гуонсы фичуан нын хуэйлэ,
Дынта жо лўщян,
Заму нандый жуанхуэйлэ,
Йүнжю мэ бян-ян.

Дон мянчян бужўдяр гуэ
Жызы манйичўр,
Жинту заму мын жүэжуэ-
Шуфу до йичўр.

Жыни мэликумоти лэ,
Йи жын занбучў,
Ба жин сан чуан бидилэ,
Ду йүн шон йүан лў.

Бужан зохуа жудёни
Мэ вида наннин,
Димян йихуэй чудёни,
Жынфур мэ вэр чын.

Заму... гуон дюха вонщён,
Жисы шон лў хо:
Чю, дун, чун, щя бу йиён,
Мый йигэр жыдо.

34. 咱们迟早都转回……

咱们迟早都转回，
进永世阴间，
就像水船走远国，
照住水平线。

光是水船能回来，
灯塔照路线，
咱们难得转回来，
永久没边沿。

当面前不住点儿过
日子满一处儿，
紧投咱们猛觉着——
收服到一处儿。

这呢麦里哭里冒提来，
一人站不住，
把金山全逼的来，
都拥上远路。

不然造化煮掉呢
没伟大安宁，
地面一回除掉呢，
人数儿没窝儿盛。

咱们……光丢下望想，
几时上路好：
秋，冬，春，夏不一样，
每一个儿知道。

35. Да жэ дун-я до йинжян...

Да жэ дун-я до йинжян
Цэ ю йижер лў.
Нянжин йибиди сыжян
Кэжя жян жын фу.

Сан чы хуонў нин гикэ
Лён дун-я жёже;
Лёнгэ шыжеди тўтэ
Мэ жын зы гуэче.

Нэгэ дун-яди йинган
Заму жыбудо,
Жыгэ дун-яди винан
Вонжын бонбудо.

Вида эрланди жыхуэй
Сыйду жебукэ,
Жыгэ жышысы бими,
Жўжын зы щекэ.

Да жэр...сый нын фэшонма,
Жын сынхуэр насы:
Сындо жыгэ шышонма-
Вандо нэгэ шы...

36. Чюличуан чуан жекэлё...

Чюличуан чуан жекэлё,

35. 打热顿亚到阴间……

打热顿亚到阴间
才有一截路。
眼睛一闭的时间
可价见真福。

三尺黄土硬隔开
两顿亚交接;
两个世界的土台
没人自过去。

那个顿亚的营干
咱们知不道,
这个顿亚的为难
亡人帮不到。

伟大尔兰的智慧
谁都揭不开,
这个知识秘密,
主人自卸开。

打这儿……谁能说上吗,
真生活那是:
生到这个世上吗——
完到那个世……

36. 秋里川全揭开了……

秋里川全揭开了,

Живи хын пёлён, 周围很漂亮，
Жинтян хынхуар кэкэлё, 今天杏花开开了，
Цуанви шызэ щён. 爨味实在香。

Йуан кан фын йунцэ вын фу 远看粉云彩绒浮
Шынлан хэ жунжян, 深蓝海中间，
Дуан щён ба вэ жинган сў 端像把我紧赶唆
Вон хэ жун либян. 往海中里边。

Жин гуон чон сыжян ланлуэ, 金光长时间揽落，
Ко ту, шу дэ лян, 靠头，手带脸，
Вэ бу дунтан чинчў зуэ, 我不动弹清楚坐，
Хын йи чон сыжян. 很一长时间。

Щин литу, бу йун фэхуа, 心里头，不用说话，
За нэму футан, 咋那么舒坦，
Зущён жинтян сын-ёнха, 就像今天生养下，
Щемый ман шын жуан. 血脉满身转。

37. Дансы вэ ба сый натар...   ## 37. 旦是我把谁哪塌儿……

Дансы вэ ба сый натар 但是我把谁哪塌儿
Мынгэр дыйзулё, 猛个儿得罪了，
Шыщин-шыйи жынцуэни, 实心实意认错呢，
Цэ жы хуэбыйлё. 才知坏背了。

Жынди шэтусы ван хуэ, 人的舌头是软和，
Чуанпин мэ гўдў, 全凭没骨头，
Бу дуйли зу хў фэни, 不对哩就胡说呢，

Мә лилён дончў.	没力量挡住。
Хўда Торля мянчянни	胡达讨尔俩面前呢
Вә чито йиман,	我祈祷一满,
Фужо вәди гўнахар,	恕饶①我的古那哈儿
Фоншә вәди дан.	放赦我的胆。
Заму цызо ду зуни,	咱们迟早都走呢,
Шон ахырети лў,	上阿黑列提②的路,
Тэ мә щинжин жё сысый	太没心劲叫是谁
Щин ли чуэ шыту.	心里揣石头。
Вәдищин ганжиндини,	我的心干净的呢,
Мә зон нәнәзы,	没脏讷讷子,
Чўтуэ дэду пәфанди	除过歹毒颇烦的
Хи шын жәжәзы.	黑深褶褶子。
Вәди жә щинди дамын	我的热心的大门
Сыжи фоншәр кэ,	四季放赦儿开,
Мы йигәр ду жинчини,	每一个儿都进去呢,
Зыё ниму лэ.	只要你们来。
Вон дин шонди вифыншон	往顶上的位份上
Жонди жё зуэни,	让的叫坐呢,
Дон дин чинди щи кижын,	当顶亲的稀客人,
Жё чон хунхуэни.	叫尝红火呢。

---

①恕饶：波斯语音译，指罪过。
②阿黑列提：阿拉伯语音译，来世。

38. Мәю нэчин щии бу хуэ...

Мәю нэчин щии бу хуэ,
Цызо гандёни,
Бу хуэй бикәр да луэлуэ,
Жянжян няндёни.

Дуан щён жуэбэди щинщю
Йихуэй дедёни,
Дэгэ зунйин ду бу лю,
Жянжян медёни.

39. Юйихуэй вә сыщёнди...

Юйихуэй вә сыщёнди,
Вәму хуэйхуэймин
Дусы жыншы шәхити
Зэ жыгэ тянжин.

Вәму ду жин тянтонни,
Мый йигэ хуэйхуэй,
Йинцы ислям эрнү
Мухәрмедди бый.

Вәмуди гынгў-йилэ
Жыни чўлё шын,
Чечў арабу фучин,
Жюсы хуэмин гын.

---

38. 没有爱情心不活……

没有爱情心不活，
迟早干掉呢，
不会白可儿打落落，
渐渐蔫掉呢。

端像着（zhuo）败①的星宿
一回跌掉呢，
带改踪影都不留，
渐渐灭掉呢。

39. 有一回我思想的……

有一回我思想的，
我们回回民
都是真实舍黑提②
在这个天井。

我们都进天堂呢，
每一个回回，
因此伊斯俩们儿女
穆罕默德的辈。

我们的亘古以来
这呢（ni）出了声，
借（jie）住阿拉伯父亲，
就是回民根。

---

①着败：指燃尽。
②舍黑提：烈士。

Жызу бонжер лёнчян нян

Ви исляму жёмын

Вэму шыщин жынжанлё,

Жуанчын йищин жын.

Ви зан исляму жёмын

Вэму да фын сан,

Щё жи йи томиндини

Зэ куанда дипан.

Натар хан мэ дочини,

Мэ люгуэ жүэйин,

Ви бохŷ чинжын жёмын,

Ви зыю чын щин:

Йиндŷ, Малащи, Мыгуэ,

Жунгуй Тэван, хырхызстан

Вужин чынха чин жялё...

Вэму мэ тёжян!

Дуэшо хуэйзŷ шэдёлё

Ви йигэ зывон,

Жё хуэниди хуэй жёмын

Сыжи кэ вонвон.

这就膀肩儿①两千年

为伊斯俩们（mu）教门

我们实心征战了（liao），

转成一心人。

为咱伊斯俩们教门

我们大分散，

晓计议逃命的呢

在宽大地盘。

那塌儿还没到去呢，

没留过脚印，

为保护清真教门，

为自由诚心：

印度、马来西亚、美国

中国台湾、吉尔吉斯斯坦

如今成下亲家了……

我们没挑拣！

多少回族舍掉了

为一个指望，

叫怀里的回教门

四季开旺旺。

40. Зэ кун лŷшон подини...

40. 在空路上跑的呢

Зэ кун лŷшон подини

Еванди чичэ,

Литу хуэйшын лондини,

在空路上跑的呢

夜晚的汽车，

里头回声浪的呢，

---

①膀肩儿：差不多。

Гуон зуэдигэ вэ.   光坐的个我。

Куэ до линху зандони   快到临后站道里
Йи фын жун йигуэ,   一分钟一过，
Люлон фын жейиндини,   流浪风接迎的呢，
Гуон хадигэ вэ.   光下的个我。

До жяни ба мын кэкэ,   到家里把门开开，
Ба хуон дын дянжуэ,   把黄灯点着，
Зофон бингуэр-лынзоди,   灶房冰锅儿冷灶的，
Гуон зандигэ вэ.   光站的个我。

Бу ю зыжи сыщёнди,   不由自己思想的，
Да эрлан сантуэ,   打尔兰散脱，
Вужин жыншы кундини,   如今真实空的呢，
Гуон хуэдигэ вэ.   光活的个我。

41. Нарын. Еван. Тандо.   ## 41. 纳伦、夜晚、滩道

Сыжу-баха   四周八下
Шындини мэ бян-янди тан.   神的呢没边沿的滩。
Вэ зэ жунжян зандини,   我在中间站的呢，
Жин хў да пансуан.   尽胡打盘算。
Дон тудинни кудини   当头顶里哭的呢
Бими хи е тян,   秘密黑夜天，
Нан фыгуэлэди щинщю   安（nan）飞过来的星宿
Бужўдярди шан.   不住点儿的闪。
Жуви бавэ   周围八外
Куанжанди   宽展的
Ю дуэму щётин.   有多么消停。
Щин хуанхуан тёди шынчи   心欢欢跳的声气

Тинди бавэ жын.	听的八外①真。
сынхуэр	生活儿
зущён йидогур	就像一道沟儿
жытар мэ фа чин,	这塌儿没发青,
сыхур мэ сунжинлэгуэ	时候没送进来过
ба гуйжун жүэзун.	把贵重脚踪。
Мын! Дэ сый	猛！带谁
Гуэ ханлихар.	怪喊哩下儿。
Вэ жю люшын тин!	我就留神听！
Са шын зэ ду мэ чүлэ...	啥（sa）声再都没出来……
Щин ще ду щён чин!	心血都想清！
Данпа,	耽怕，
Чин зүбый	亲祖辈
Луэхэр ба вэ мын канжян,	落罕儿把我猛看见，
Дэ щён фэ йигэ	带想说一个
Сани ,	啥呢，
Гуон бу ган янчуан.	光不敢言喘。
Жын йибый дуэ нян зочян	整一百多年早前
Ви зо да нанвын	为造大安稳
Да тянсан	打天山
Та фангуэлэ,	他翻过来，
До жэр жинлё фын.	到这儿进了坟。
Вэди,дунди	饿（wo）的、冻的
Вандёли...	完掉哩……
Вонщён мэдый чын!	望想没得成！
Зывон щян мэ дажюха,	指望先没搭救下，
Минйүн тэ нэщин.	命运太恶心。
Кэсы луэхэр	可是落罕儿
Зожуэли	找着呢
Ба жыгэ нанвын,	把这个安稳，

---

①八外：非常，真。

Жер щётинди жуандини	这儿消停的转的呢
Зэ жытар ю щин...	在这塌儿有心……
Йисыр вэ е минбыйли:	一时儿我也明白哩:
Мый йихуэй йигэр	每一回一个儿
Зэшышон зоди	在世上找的
Щётин дондор	消停当当儿
Зу зэ жэр.	就在这儿。

42. Жы йибян сындо шышон...

42. 这一遍生到世上……

Жы йибян сындо шышон	这一遍生到世上
Ни дэ вэ эрви	你带我二位
Йинви тяншонди диндуэ	因为天上的定夺
Бу иыи пыйчын дуй.	不能配成对。
Щян мэ ли дуймян щүанхуон	先没立对面喧慌①
Зэ жынжын жунжян,	在人人中间,
Ба щин литуди тындун	把心里头的疼痛
Е бу ган жечуан.	也不敢揭穿。
Дуан па таму ла щянхуа,	耽怕他们拉闲话,
Гон зугуэ мянчян,	光走过面前,
Ба замуди жи вонщён	把咱们的嫡(ji)望想
Жыни йисожян.	这呢一扫见。
Гуон нын вын йигэ хахо	光能问一个瞎(ha)好
Чин жяжян либян,	亲家间里边,
Дюха хуэйниди жүэву,	丢下怀里的觉悟,
Гуанкан зэ ман нян.	观看在满眼。

①喧慌: 聊天。

Мәсы! Хан ю зывонни,   没（me）事（si）! 还有指望呢，
Дуэ бу ца нянлуй,   多不擦眼泪，
Зэ йибян сындо шышон   再一遍生到世上
Заму нын пый дуй.   咱们能配对。

Нэхур вэ фангуэлэни   那会儿我翻过来呢
Ба жыгэ димян,   把这个地面，
кэсы ба ни зожуэни   可是把你找着呢
дин туни щянчян.   顶头呢先前。

43. Чинзор   ## 43. 清早儿

Тяншон щинщю дедини   天上星宿跌的呢
Жуанчын хун хуэ жян;   转成红火箭；
Щүэбый йүнцэ фудини   雪白云彩浮的呢
Фын зочи жунжян.   粉早起中间。

Сазрфушон емоэы   沙枣树上野猫子
Гуэлалади хан;   怪拉拉的喊；
Жүанни тугү ещинди   圈里头牯也寻的
Дын жонгуйди гуан.   等掌柜的管。

Щян гу лади чон тешын,   闲狗拉的长铁绳，
Я сонзы хын ган;   哑嗓子哼干；
Гунжир кэшон янхузы   公鸡儿咳上咽喉子
Дунчи жин жёхуан.   蹲起劲叫唤。

Сохүлү куэ щинлэни,   骚葫芦①快醒来呢，
Туанйүар дын мин лён,   团圆等明亮，

---

①骚葫芦：东干乡庄名。

Дунфон куэ шанчӱлэни
Жӱнмый хун тэён.

东方快闪出来呢
俊美红太阳。

44. Тойүанзыни

44. 桃园子里

Тойүанзыни чигуэди
За нэму наннин,
Жуви чуан бигуагуади,
Чисый хын ганжин.

桃园子里奇怪的
咋那么安宁,
周围全白刮刮的,
气色很干净。

Зохуа фи лон жёдини,
Бавэ кэфи тян,
Ба бый мян щүэ фынхади
Жэ бивэ гэ нян.

造化睡朗觉的呢,
八外瞌睡甜,
把白棉絮缝下的
热被窝盖严(nian)。

Гуонсы щүэлова йисыр
Гуэлала чӱ шын,
Бый фу да йигэ лынжан,
Щүэ де йи ху цын.

光是雪老哇一时儿
怪拉拉出声,
柏树打一个冷颤,
雪跌一厚层。

Щинни жянжян луан жизо
Нандый фэ чон зан:
Жыгэ чёчи бый нанвын
Йингэ дуан футан.

心里渐渐乱急躁
难得说常站(zan):
这个跷蹊白安稳
应该短舒坦。

45. Щүэхуар бу жӱ луэдини...

45. 雪花儿不住落的呢……

Щүэхуар бу жӱ луэдини
Вон шызы лӱшон,

雪花儿不住落的呢
往石子路上,

Зэ кунжунни щүандини   在空中里旋的呢
Жы зу йихушон.   这就一后晌。

Жуви ямир-дунжинди...   周围哑呜动静①的……
За нэму нанвын!   咋那么安稳！
Йиче жон кан щүэдини,   一切障②看雪的呢，
Мэ жиншын чў шын.   没精神出声。

Вэ чёчиди зандини,   我跷蹊的站的呢，
Дуэ бу ган лёлуан: 多不敢撩乱：
Тэ хэпа щүэ жүэдини   太害怕雪觉的呢
Мын чў шын дунтан.   猛出声动弹。

Гуон щин йигэр гоноди   光心一个高傲的
Бу щён дуэ сунжин,   不想多松劲，
Дашын, дашын тёдини,   大声，大声跳的呢，
Дажё гуэ щётин.   打搅乖消停。

46. Фушон жинхуон фуезы...   ## 46. 树上金黄树叶子……

Фушон жинхуон фуезы   树上金黄树叶子
Бу жў йижынжыр   不住一阵阵儿
Вон маншонха дедини,   往满上下跌的呢，
Йисыр луэ йицыр.   一时儿落一层儿。

Туанйүар пуди манмарди,   团圆儿铺的满满儿的，
Нан щинха щян вэр,   难寻（xing）下闲窝儿，
Зохуа линйир дуанхади   造化临尾儿端下的
Гуйжун хуон йиняр.   贵重黄忆念儿。

---

①哑呜动静：形容非常的安静。
②障：呆呆地。

Мын...йигэ жинхуон еер,
Йидяр бу фа хуон,
Луэдо сэ жэтупэрди
Суй мо жӰжӰшон.

Фынфыр чонди ёдини
Ба суй жӰжӰвон,
ЖӰжӰ гэди жинхуон бир
Зэ ёчуоршон тон.

猛……一个金黄叶叶儿，
一点儿不发慌，
落到晒热头坡儿的
碎毛蛛蛛（zhuzhu）上。

风风儿唱的摇的呢
把碎蛛蛛网，
蛛蛛盖的金黄被儿
在摇床上躺。

47. Дуэшо щинщю жуэдини...

47. 多少星宿着的呢……

Дуэшо щинщю жуэдини
Зэхилан тяншон,
Жё заму щихуандини
Чигуэ люсый гуон.

多少星宿着的呢
在黑蓝天上，
叫咱们喜欢的呢
奇怪绿色光。

Мый йигэ щинщюди лён,
Йинви до димян,
Йингэ гуэ хошо сыже,
Хын жи бый дуэ нян.

每一个星宿的亮，
因为到地面，
应该过好少①时节，
很几百多年。

Зу нэгэ сыхур щинщю
Кэнын, зо жуэбэ,
Зэ мэ бян-ян эрланни
Жуанчын хуэй ёнкэ.

就那个时候星宿
可能，早着败，
在没边沿的尔兰里
转成灰扬开。

Гуонсы сахади гуонлён
До вужин хан жо,

光是洒下的光亮
到如（wu）今还照（rao），

---

①好少：很多。

Жё мый йи ви жынди щин | 叫每一位人的心
Бу нанвынди тё. | 不安稳的跳。

Дуан чо жыму заму ду | 端朝这么咱们都
Хуэзэ дун-яшон | 活在顿亚上
Ю нынгу чон сыжян са | 又能够长时间洒
Чигуэ люсыйгуон. | 奇怪绿色光。

Йиху до щётин хушон | 以后到消停后响
Замуди худэ | 咱们的后代
Кан жыгэ жүнмый гуонни... | 看这个俊美光呢……
Заму зо жуэбэ! ... | 咱们早着败！……

48. Жыгэ шышон хуэгуэди... | 48. 这个世上活过的……

Жыгэ шышон хуэгуэди | 这个世上活过的
Жынку нан жыдо, | 人口难知道，
Зыху вудо йүншыди | 之后入到永世的
Нандый нын фэ шо. | 难得能说少。

Щянзэ жын шышон хуэди | 现在正世上活的
Жынку чүан бу лэ, | 人口全不来，
Цызо ду жуанчын түни, | 迟早都转成土呢，
Сыхур йидолэ. | 时候一到来。

Вончян шышон щүан лэди | 往前世上现（xuan）来的
Жынку хан юни, | 人口还有呢，
Гуонсы шуфу жён хуэгу, | 光是寿数刚（jiang）活够，
Таму е зуни. | 他们也走呢。

Йинцы заму дусы ки | 因此咱们都是客

Жыгэ дун-яшон,　　　　　　　这个顿亚上，

Ахыр йингэ жуанхуэй жя,　　阿黑尔①应该转回家，

Бу нын шын чончон.　　　　　不能剩常常。

Наму захуэй заму ду　　　　那么咋会咱们都

Мый йитян сыжян　　　　　每一天时间

Зущён йүншыди хуэни,　　　就像永世的活呢，

Бу сышён вончян?　　　　　不思想往前？

Ту литу саду мэди　　　　　土里头啥都埋的

Чугуэ йинзы чян:　　　　　除过银子钱：

Ба щин чүан жэхидини　　　把心全遮黑的呢

Жё цэыйди мян.　　　　　　叫财贝的绵。

Ви мынгэр пянйи лэди　　　为猛个儿便宜来的

Фуйү йинзы чян　　　　　　富馀银子钱

Заму ги щянжынди фын　　咱们给先人的坟

Ду бу ги шыщян.　　　　　都不给识闲。

Гуонсы хуэй йүншы сыхур　光是回永世时候儿

Ду лёха зыдый,　　　　　　都撂下只得，

Йинцы до жяни йүнди　　　因此到家里用的

Читади цэбый.　　　　　　其他的财贝。

Жыни до йуншы мыншон,　这(zhi)呢(ni)到永世门上，

Тянщян фучелэ,　　　　　　天仙浮起来，

Заму монмон ё йидин　　　咱们忙忙要一定

Ба лищин дакэ.　　　　　　把礼行②打开。

Йинцы йинтэ нахуэйчи　　因此应该拿回去

------

①阿黑尔：后世，来世。

②礼行：礼物。

Йиёр гуйжун бо:
Жыгэ шышон ганхади
Жынли-дэдо хо.

一样贵重宝：
这个世上干下的
仁礼待道好。

Заму ба са сунгини,
Йинви йинзы чян
Ба жынли-дэдоди хо
Зо щяндо йимян.

咱们把啥送给呢，
因为银子钱
把仁礼待道的好
早掀到一面。

49. Чичэ занжин подини...

49. 汽车攒劲跑的呢……

Чичэ занжин подини
Куэ да чынпуни;
Чынпу щён мон щидини
Ба чэ вон куни.

汽车攒劲跑的呢
快打城铺里；
城铺像蟒吸的呢
把车往口里。

Чичэ тў хи яндини,
Куэзу до чын бян,
Куан малў ди лёнхани
Ёншы дый гэбян.

汽车吐黑烟的呢，
快走到城边，
宽马路的两下呢[①]
样式得改变。

Гунчон, дянйинйүар, пузы
Мын шындо хумян,
Го луфон йисы-санки
Жуанчын щё фонжян.

工厂、电影院、铺子
猛剩到后面，
高楼房一时三刻
转成小房间。

Жуви жын-ян шодини,
Щян бу ца мифан,
Ду ту тэ го зудини
Жыйижыр танман.

周围人烟少的呢，
先不差密繁，
都头抬高走的呢
这一阵儿坦慢。

---

①两下呢：两边儿。

Йигэ щёсы тёдини   一个小时跳的呢
Чичэ зэ лўшон,   汽车在路上,
Вон йγан бутын ладини   往远不停拉的呢
Ба вэму монмон.   把我们忙忙。

Мын! Чичэ вынжун занха,   猛！汽车稳重站下,
Жон вэ куэ ха чэ,   让我快下车,
Мянчян вэди гў щёнжуон,   面前我的孤乡庄,
Ю дуэму салуэ.   有多么洒落。

Тэён хуанлуэ жодини,   太阳欢乐照的呢,
Финёр луан жёхуан,   飞鸟儿乱叫唤,
Бый йγнцэ вын фудини,   白云彩绒凫的呢,
Щясан фынфыр щуан.   下山风风儿旋。

Бобо щи йику чисый,   饱饱吸一口气色,
Щинни хо шуди   心里好受的
Бу ю зыжи щён ханни: 不由自己想喊呢:
Хома, чин тўди.   好吗，亲土地。

50. Вэ ба минйγн мэ фончў...   50. 我把命运没防住……

Вэ ба минйγн мэ фончў   我把命运没防住
Дачын йибо за,   打成一包渣（za）,
Вужин тэ дуан жиншынди   如今太短精神的
Зэ гуонйиншон та.   在光阴上踏。

Мэйисыди жуандини,   没意思的转的呢,
Дун-щи бый щякў: 东西白下苦:
Щинни хын щён зожуэни   心里很想找着呢

Ба куан минлён лў.

Юйихуэй щян жүэ муди
Ба мин лўди жэ
Зэ хун гуонйин тандони
Вилё нын зожуэ.

Жянжян щинжин медини
Зэжынжын мянчян,
Да щинфу дю жиндини
Йитян ган йитян.

Тэ хэпадисы йихуэй
Чишон хабулэ,
Зуэдо зывонди чянмян,
Зэ бу щён челэ.

Жюсы! Вэ щячидини
Лян янчи гуонйин,
Дыйдо за гуон фудини...
Йи лан ду мэ йин.

51. Йү жё хуон щүэ щядини...

Йү жё хуон щүэ щядини,
Йидян жун бисэ:
Йү-щүэ...йикуэр цандини,
Тэ нан фынщёкэ.

Лёнлёршон щүэ пудини,

把宽明亮路。

有一回先觉谋的
把明路的热
在红光阴滩道里
为了能找着。

渐渐心劲灭的呢
在人人面前，
大幸福丢尽的呢
一天赶一天。

太害怕的是一回
棋上下不来，
坐到指望的前面，
再不想起来。

就是！下棋的呢
连咽气光阴，
得到咋光输的呢……
一盘都没赢。

51. 雨搅黄雪下的呢……

雨搅黄雪下的呢，
一点钟比赛：
雨雪……一块儿掺的呢，
太难分晓开。

梁梁儿上雪铺的呢，

Кынкырни фи вон.   坑坑儿里水旺。

Хуон щүэ монмон щёдини,   黄雪忙忙儿消的呢，

Йү фи хуохуон тон.   雨水慌慌淌。

Йисыр чүанпин зущёнсы   一时儿全凭就像是

Тяншон йүнцэ щё,   天上云彩消，

Жуанчын чу фи додини,   转成稠水倒的呢，

Жё димян нундё.   叫地面㺒（nong）掉。

Гуонсы жуви фынмыйди   光是周围粉美的

Хуанлуэ чир чўлэ,   欢乐气儿出来，

Йинцы чунтян ещинди   因此春天也寻的

Куэ щён жечуанкэ.   快想揭喘开。

52. Жүнмый щүэпяр луэдини...

52. 俊美雪片儿落的呢……

Жүнмый щүэпяр луэдини   俊美雪片儿落的呢

Вон ган дипиршон,   往干地皮儿上，

Вон ванчүан кун хонзыни,   往完全空巷（hang）子里，

Вон фондинзышон...   往房顶子上……

Туанйүар жянжян чигуэди   团圆儿渐渐奇怪的

Ю дуэму щётин,   有多么消停，

Зохуа бигуагуарди шын,   造化白刮刮的神，

Чисый хын ганжин.   气色很干净。

Мянчян ямир-дунжинди,   面前哑迷动静的，

Мэ йи ви хуэ щин,   没一位活心，

Вэ йигэр мэ йисыди   我一个儿没意思的

Зэ дон лўшон чин.

在当路上清。

Лёнгў гў жүэ йинсызы
Жин гын вэ хуту.
Щүдон, бу фонщин фон вэ,
Па вон йүанчўр зу.

两个孤脚印丝子
紧跟我后头。
许当，不放心防我，
怕往远处走。

53. Щин...жергэ ни чўзоди...

53. 心……今儿个你楚燥的……

Щин...жергэ ни чўзоди
Чүанпин бу хуанлуэ,
Зущён фа ма тандони
Чинзор бу лежүэ.

心……今儿个你楚燥的
全凭不欢乐，
就像发麻滩道里
清早不列脚。

Жюсы! ни тё фадёлё,
Тэ щён хуанхани,
Жыйижыр щён туйщюни,
Манмар занхани.

就是！你跳乏掉了，
太想缓下呢，
这一阵儿想退休呢，
慢慢儿站下呢。

Гуонсы вэ гуйха чито,
Годи бэ жинчў,
Иапа сэгоди тёни,
Жё ще бэ чинчў.

光是我跪下祈祷，
搞的叵紧住，
哪怕赛高的跳呢，
叫血叵清住。

Вэ ю хошо гандини,
Мын занха бу щин,
Йинцы зывон вэдини
Вэди чин хуэймин.

我有好少干的呢，
猛站下不行，
因此指望我的呢
我的亲回民。

Жысы вэди да жонзэ-

几时我的大账债——

Ги та ги бонцу,
Бужан хуэха зӯ сани,
Хан юса юцу.

给他给帮凑,
不然活下做啥呢,
还有啥忧愁。

54. Чю йүдяр дедадини...

54. 秋雨点儿滴答的呢……

Чю йүдяр дедадини,
Еван жынжын сын,
Вэ зо щё мыймыйдини:
Хубар чулё мын.

秋雨点儿滴答的呢,
夜晚真正森,
我找小妹妹的呢:
后半儿出了门。

Жүэ зэ натар тадини,
Сысый бу жыдо,
Вэ зэ жуви пындини,
Зунсы зобудо.

脚在哪塌儿踏的呢,
是谁不知道,
我在周围碰的呢,
总是找不到。

Гуонсы линжү ё фэсы,
Та зущён пынжян:
Лян мянфуди щёхуар
Зугуэ да мянчян.

光是邻居要说是,
他就像碰见:
脸面熟的小花儿
走过打面前。

До лён бан-е ву челэ,
Саду канбужян,
Вэди йишон шытули,
Щинни да лынжан.

到两半夜雾起来,
啥都看不见,
我的衣裳湿透了,
心里打冷颤。

Дунфон дун вэ цэ жэхуэй,
Мучинмыншон дын:
"Дуйли,ба лян дахали...
Дюха дын мижын".

东方动我才折回,
母亲门上等:
"对哩,把脸奪下哩……
丢下等媒人"。

Ди эртян ганзо йизор

Мижын шон мынкар,

Дуан линжу дафадилэ,

Цэ жындый щёхуэр.

第二天赶早一早儿

媒人上门槛儿,

端邻居打发的来,

才认得小伙儿。

55. Йигур щинщуан чнн цо ви...

55. 一股新鲜(xuan)清草味……

Йигур щинщуан чнн цо ви

Дыйдо да натар

Гынди щяндалон фынфыр

Дуан жуандо жытар.

一股新鲜清草味

得道打哪塌儿(得道: 不知道)

跟的闲搭浪风风儿

端转到这塌儿。

Зэ хи шы-ю гуандёди

Ну жэ чын жунщин

Та зыжи ду мэ лёщён

Ба вэ мын тищин...

在黑石油关掉的

怒热城中心

它自己都没料想

把我猛提醒……

Жюсы! Ё да жэр пони

Ви тижи гончён,

Минтян вэ зу хуэйжяни,

До сохулу щён.

就是!要打这儿跑呢

为体己刚强,

明天我就回家呢,

到骚葫芦乡。

56. Вэ зэ шонян жунжянни...

56. 我在少年中间呢……

Вэ зэ шонян жунжянни

Жын фуди сыхур,

Ни тэ щён гон бекэди

Нун цымый гудур.

我在少年中间呢

正熟的时候,

你太像刚菊开的

嫩刺玫骨朵儿。

Чинзор жин тэёнди гуон

清早金太阳的光

Шучын йигӯгӯр,

收成一股股儿，

Нэ фа зэ жэ зуйчуршон

爱（nɑi）耍在热嘴唇儿上

Лян луфи дудур.

连露水豆豆儿。

Мый йихуэй да ни гынчяр

每一回打你跟前儿

Зэ зугуэ дыйбян,

在走过得便，

Вэ жуангуэ шын гуасуни

我转过身刮搜呢

Ба ни чон сыжян.

把你长时间。

Жыхур вэди шонянди

这会儿我的少年的

Янсый чуан шодё,

颜色（sei）全潲掉，

Гужя-вашыди шуфу

垢痂瓦屎的寿数

Ман ги вэ дэ щё.

满给我戴孝。

Зуэр хушон да ни гынчяр

昨儿后晌打你跟前儿

Мэ лёщён зугуэ,

没料想走过，

Бу ю зыжи кэ гуасу,

不由自己可刮搜，

Ванчуан бу ю вэ.

完全不由我。

57. Вэму зэ куан сыжянди...

57. 我们在宽时间的……

Вэму зэ куан сыжянди

我们在宽时间的

Да хуон фын жунжян

大黄风中间

Хуонхуон-монмон хуэдини

慌慌忙忙活的呢

Бу жыдо шыщян.

不知道识闲。

Йигэ жуэ жин гыдини

一个脚紧给的呢

Вон фынхур минтян,

往粉红儿明天，

Ди эргэ-гуон шындини

第二个——光神的呢

Зэ вучи зуэтян.　　　　　　　　在雾气昨天。

Хуон фын вон йγан гуадини　　黄风往远刮的呢
Ба сынхуэр мыйтян,　　　　　把生活（senghuo）儿每天，
Хуон Ди ви ду бу фужо,　　　皇帝位都不恕饶，
Гўгун гуалансан.　　　　　　　故宫刮烂散。

Кэсы...ю йи йγан шынву　　　　可是……有一院神屋
Жыгэ дун-яшо,　　　　　　　　这个顿亚上，
Хуон фын ду мон вандини,　　黄风都忙万①的呢，
Мэю данзы чуон.　　　　　　　没有胆子闯。

Жысы сыжи гуйжунди　　　　　几时四季贵重的
Зэ мый йи щинвэр　　　　　　在每一心窝儿
Чин мучин зо чонхади　　　　亲母亲早唱下的
Чигуэ лянщин гэр.　　　　　　奇怪连心歌儿。

Йинцы ба та зашонлё　　　　　因此把他扎上了
Заму лян бый нэ;　　　　　　咱们连背挨（nai）；
Зэ минйўнди лўфушон　　　　在命运的路数上
Та сыжи суй зэ.　　　　　　　他四季随在。

58. Йигўр щёшын фичелэ...　　58. 一股儿笑声飞起来……

Йигўр щёшын фичелэ　　　　　一股儿笑声飞起来
Хын жанжан-чинчин　　　　　很战战兢兢
Да ниди мян зуйчуршон-　　打你的绵嘴唇儿上——
Куэ чиндо кунжун.　　　　　快亲到空中。

Жыйижыр чянван лади　　　　这一阵儿千万辣的

①万：绕路。

Хуэянди гуонлён
Вэди щинни жуэдини,
Ба туанйүар жолён...

Ба жыгэ жүнмый жүэву
Дэ бими луэжүэ
Йи ви жын нын пэщёкэ,
Сый жыншы нэгуэ.

Сый ви чигуэ фын зочи
Йиванщижя дынуэ,
Лян щё гүнён тандони
Вон лённи зуэгуэ.

Зущён йигүр чин чүан фи
Йихур ду бу дин,
Жин щихан эрфындини
Нэчинди шынйин.

До жиргэ зэ кунжунни
Вэ кын зо люшын
Сыжи ги вэ гуйжунди
Чинжынди щёшын.

火焰的光亮
我的心里着（zhuo）的呢，
把团圆儿照亮……

把这个俊美觉悟
带秘密落脚
因为人能破晓开，
谁真实爱（nai）过。

谁为奇怪粉早起
一晚夕等过，
连小姑娘滩道里
往亮里坐过。

就像一股儿清泉水
一会儿都不定，
尽稀罕耳缝的呢
爱情的声音。

到今儿个在空中里
我肯找留神
四季给我贵重的
亲人的笑声。

59. Чуонзы лимяр вагонни...

59. 窗子里面儿瓦缸里……

Чуонзы лимяр вагонни
Жинсыляр кэлян,
Чин еер чүан няндини,
Хуар гүдүр гын чян.

窗子里面瓦缸^①里
金丝莲儿可怜，
青叶叶儿全蔫的呢，
花骨朵儿跟前。

①瓦缸：指花盆。

Чуонзы вэмяр йижуви	窗子外面一周围
Зу нэгэ сыжян	就那（nai）个时间
Жин тэён ман садини	金太阳满洒的呢
Ба хуанлуэ чунтян.	把欢乐春天。
Мын чянту жын кэдини	门前头正开的呢
Жи дунзы малян,	儿墩子马莲，
Вын хуар дуан цуан видини	绒花儿端爨味的呢
Ги жүнмый сы мян.	给俊美四面。
Ман йитян нянжэдини	满一天眼热的呢
Мэ зыю жин хуар	没自由金花儿
Ба вэчян ю гончёнди	八外前有刚强的
Йипян жын сынхуэр.	一片真生活儿。
Гуонсы фонзыниди хуар	光是房子里的花
Мэ нынгу до йүан,	没能够到远，
Тянтян-вумый щё шыже	天天寤寐（mei）小世界
Чуан бу ги кухуан.	全不给口唤。
Йинцы вагон сыщёнди:	因此瓦缸思想的：
Та зусы димян,	他就是地面，
Ба хуар гын ниннин жуачў-	把花儿根硬硬（ning）抓住（chu）——
Мэщин гишыщян.	没心给识闲。

60. Заму дэгэ йинажир...

60. 咱们带改一拿紧儿……

Заму дэгэ	咱们带改
Йинажир зэ жыгэ шышон	一拿紧儿在这个世上
Щёнщер похуанди лома	像些跑欢的跑马

Зэ да помачон...	在大跑马场……
Гуон занжин шыкандини	光攒劲试看的呢
Сыдуэхур вончян,	是多会儿往前,
Жин дуан жя вонщёндини	尽断假望想的呢
Дэ за мый йибян.	带咋每一遍。
Жюсы! Зыё	就是，只要
Хи нянжэ	黑眼（nian）热
Йихуэй мын сожян	一回猛扫见
Ба бугуан са "бавэди"	把不管啥"八外的"
Зэ шэхуэй жунжян,	在社会中间，
Донвэр бянчын тун бянзы,	当窝儿变成铜鞭子，
Кэчў шо личи	可出勺力气
Куэ куэ	快敥
Шыщё шоншыни.	失笑赏识呢。
Дуан жё щин жожи!	端叫心着急！
По жэ шыншон тондини	跑热身上淌的呢
Хун ще сый гун хан,	红血色滚汗，
Бизыни бый чи модини,	鼻子里白气冒的呢，
Зыгэму белан.	直个谋憋烂。
Йитян...	一天……
Мынгэр дедони. Хуту хын куэ ма	猛个儿跌倒呢。后头很快马
Нэхур жинган дуаншонни,	那会儿紧赶断①上呢
Вэдо ни диха.	崴到泥地下。

61. Йүэфынпэ

61. 月份牌

Йүэфынпэ	月份牌
Зэ чёншон гуа. Жызу жын йи нян	在墙上挂，这就（zou）整一年
Заму чэ жонжордини	咱们扯张张儿的呢
Чин ганзо тянтян.	清赶早天天。

①断：追赶，拦截。

Вон гэдо-сычўр	往各道四处
Лёдини Чүанпин бу гуанщян...	摺的呢，全凭不管闲……
Вон йүазыни,	往院子里，
Жүэдини...	脚底里……
Натар йи дыйбян!	哪塌儿一得便！
Зыжор луан ду фидини,	纸（zi）张儿乱都飞的呢，
Йүэфынпэ зы бэ.	月份牌纸薄。
Ба линйир зыжор чэдё,	把临尾儿纸张扯掉，
Заму цэ хуанлуэ...	咱们才欢乐（luo）……
Гуонсы	光是
Ду мэ сыщёнгуэ:	都没思想过：
Заму щян бу жў	咱们闲不住
Мыйтян чэди зыжиди	每天扯的自己的
Жын банжер	整半截儿
Шуфу.	寿数。

62. Чинлёнлёнди тандони...

62. 清凉凉的滩道里……

Чинлёнлёнди тандони	清凉凉的滩道里
Цэ шонлэ лён чи,	才上来亮气，
Бый йүнцэ щихандини	白云彩稀罕的呢
Ба фынхун зочи.	把粉红早起。

Йигўр щуан фын фищинлэ,	一股儿旋风睡（fei）醒来，
Ба нун фан чинцо	把嫩（nun）泛青草
Чо тушон лүмэдини,	头上将抹的呢，
Чинжэди жин го.	亲热的劲高。

Мэю фурди хундапо	没有数儿的红大袍[1]
Ду жанжан-чинчин	都战战——兢兢

①红大袍：红罂粟花。

Лян люйинйинди мыйзы   连绿（liu）茵茵的麦子

Щюдади же чин.   羞答的接亲。

Живи лён луфи дудур,   周围亮露水豆豆儿，

Чин нянлуй йиён,   清眼泪一样，

Вон йишоншон жандини,   往衣裳上粘的呢，

Жыни йичуоншон.   这呢一撞（chuang）上。

Жытар ба мə нэчинди   这塌儿把没爱情的

Нун шонян сыхур   嫩少年时候

Вə зотуни хэхынгуə,   我早头里害恨过，

Чүан бу дун са сыр.   全不懂啥（sa）事儿。

Жинтян...зудо банлўни,   今天……走到半路里，

Тэ чигуэ нянщян,   太奇怪念想，

Ба ни зэ фимындини   把你在睡（fei）梦地里（ni）

Зэ щён жян йимян.   再想见一面。

63. Заму хан суйди сыхур...   63.咱们还碎（sui）的时候儿……

Замухан суйди сыхур   咱们还碎的时候儿，

Кын шучын йичүн,   肯收成一群，

Шон дин годи фудини,   上顶高的树（fu）的呢，

За нэму гощин.   咋那么高兴。

Зуə гогоди цудини   坐高高的瞅（cou）的呢

Вон йүандё дифон,   往远鸢地方，

Бу сыщён жызы хуэйдё,   不思想枝子坏掉，

Бу хэла дый шон.   不害怕得（dei）伤。

Нянжин жыни йибичү-   眼睛这呢一闭住——

Ту литу ганкуэ
Зущён вонха зэдини,
Щинни тэ фонкуэ.

Жыхур...заму шондини
Да чинзор до хи
Вон гуонйинди фу готу,
Гуон бу гуан жуви.

Бу кан вонха йибыйзы,
Чүан бу нэ би нян,
Зы хэпа дехачини,
Мин за нэму тян.

64. Вэчян

Йигэ
Фалуй йинйинзы
Зэ кун йинлӯшон,
Йикынкынзы
Фи литу
Жинчон пэфан вон.
Бин йү бу тын щядини,
Ба жуви пошы,
Лян еван
Же чиндини,
Гуэ щихуан хунсы...
Хуон лӯдын вон кун туанйүар
Са сыфи гуонлён:

---

①是非：指好奇。

Ба йү

Дэеванди сыр

Чүанпин щён жолён...

Йинйинзы йисыр чёчёр

Да йигэ лынжан

Зэ фи

Кынкынзы литу,

Чон сыжян пэфан.

Йинйинзы...

Жюсы вэди! Хын йида гунфу

Хощён мущён садини.

За нэму щян гў!

Эй...Щүэви зэ дынйихар,

Зэ шо дынйихар,

Вэ зы чын йинйинзыни

Е куэзу куанкуар.

把雨

带夜晚的事儿

全凭想照亮……

影影子一时儿悄悄

打一个冷颤

在水

坑坑子里头,

长时间颇烦。

影影子……

就是(si)我的! 很一大功夫

好像谋想啥(sa)的呢。

咋那么像鼓!

哎……些(xue)微再等一下儿,

再稍等一下儿,

我只成影影子呢

也快就款款儿。

65. Заму дэгэ хан гуади...

65. 咱们带改还瓜的……

Заму дэгэ хан гуади

Нэгэ гуй сыже,

Бу жыдо дамын нэмяр

Е ю да шыже.

咱们带改还瓜的

那个贵时间,

不知道大门那面儿

也有大世界。

Минйүн дазо щянчүлэ

Ба шуфу чүанзы,

Гуон до дў чянчян-ванван

Лўфу нин ванзы.

命运打早显出来

把寿数圈子,

光到毒千千万万

路数拧弯子。

Суансы! Йижэгуэ ванзы,

Кэ йигэ ванзы,

算是! 一折过弯子,

可一个弯子,

Зэ жэгуэ нэгэ ванзы,
Ди сангэ чүанзы...

再折过那个弯子，
第三个圈子……

Зу чо жыму йинажир,
Чон жызы фанчон,
Нин ванзы йилю-гуанчуан
Хуахун гуонйиншон.

就朝这么一拿经儿，
长日子泛常，
拧弯子一溜——贯穿
花红光阴上。

Мый йибян хў да панзы,
Ба зыжи щён хун:
Зэ йигэ ванзы нэмяр,
Фын йүнчи жын дын.

每一遍胡打盘子^①，
把自己想昏：
在一个弯子那面儿，
粉运气正等。

Наму нын зожуэнима
Хансы зобужуэ
Ба дин линйирди ванзы,
Вонщёнди луэжүэ?

那么能找着呢吗
找不着
把顶临尾儿的弯子，
望想的落脚？

Минйүн бу ги шы хуэйда,
Жё зыжи ду жы,
Додуэлуэ хан чижёди
Щяца дў пыйжы.

命运不给真回答，
叫自己都知，
倒多罗^②还欺搅的呢
下碴毒配治。

66. Жэ шу жин лүмэдини...

66. 热手尽捋摸的呢……

Жэ шу жин лүмэдини
Дуан зущён сўчон
Ба чинжынди вын туфа,
Чүан бу хуон, бу мон.

热手尽捋摸的呢
端就像素常
把亲人的绒头发，
全不慌，不忙。

①盘子：算盘。
②倒多罗：倒过来。

Йизуэр фонкуэ кэлонни | 一撮儿爽快壳宦里
Гынчў куэ щегуан | 跟住快血管
Ба хуншын-жянжян зукэ- | 把浑身——渐渐走开——
Манчүан ду жуон ман... | 满全都装满……

Йихур мынгэр жинщинлэ, | 一会儿猛个惊醒来，
За нэму пэфан: | 咋那么颇烦：
Шу вифыншон ган гўже | 手位份上干骨节
Гуон лэчи дунтан. | 光来去动弹。

Йинви сынза жонкуни | 因为森咂仗口①呢
Дэдў шо задан | 歹毒烧炸弹
Ба лён ба шу жедёлё, | 把两把手截掉了，
Нин лёдо йинан... | 硬撂到一岸……

Зэ бонгэрни фидини | 在傍个儿呢睡的呢
Тэ нежон чижын, | 太茶障亲人，
Дазо фи лон жёдини, | 打早睡朗觉的呢，
Нянлуй зо бу сын. | 眼泪早不生。

Жызу хын жишы нянлё, | 这就（zou）很几十年了，
Минйүн дуэму кў, | 命运多么苦，
Мэ лүмэ тади туфа | 没将摸他的头发
Нэжынди мян шу. | 爱（nai）人的绵手。

67. Жынди щин долэ мэ дир...

67. 人的心到来没（me）底儿……

Жынди щин долэ мэ дир, | 人的心到来没（me）底儿，
Бу жыдо жибо, | 不知道饥饱，

①仗口：战争、打仗的时期。

Йигэ шыжеди цэбый 一个世界的财贝
Ги та ду щян шо. 给他都嫌少。

Да чинзор до хи еван 打清早儿到黑夜晚
Гуон вонщён гоно, 光望想搞闹,
Зущён йүншыди хуэни, 就想永世的活呢,
Бу сыщён ву ло... 不思想务劳……

Хӯда-я, вэ чито ни 胡达呀,我祈祷你
Жинтян куэ фужо, 今天快恕饶,
Зэ зу ахыретди лӯшон 在走阿黑列特的路上
Дуэ мэ ганха хо. 多没(me)干下好。

68. Щятян жиннян чигуэди... 68. 夏天今年奇怪的……

Щятян жиннян чигуэди 夏天今年奇怪的
Щян мэ нэму жэ, 先没那么热,
Тянчи жин сынвавади, 天气尽森哇哇的,
Тэ дуанлё хунхуэ. 太短了红火。

Дыйдо вэди щиндини 得道我的心底里
Жызу куэ да тур 这就快打头儿
Кэжя зуэ биндинима 可价坐冰的呢吗
До жыгэ сыхур? 到这个时候儿?

Дыйдо фадёди жэту 得道乏掉的热头
Линху жы жи нян 临后这几天
Мэ нэщезы жэлима 没那些子热哩吗
Йизудо сан бян? 一走到山边?

Гуонсы тандони хубар
Хын чүэдуан жэ чи,
Зущён шонянди сыхур
Бу нын жё хуанщи.

光是滩道里后半儿
很缺短热气，
就像少年的时候儿
不能叫欢喜。

Сан щяни лэди фынфыр
Нин зынсы-бахуэ
Ба чин цо фумэлиха,
Жюшыр кэ фижуэ.

山下里来的风风儿
硬争死巴活
把青草抚摸哩下，
就势儿可睡着。

Хэвани йивэ хунлю
Цэжён жын кэфан,
Кэсы гуэди жыйижыр
Дэ за бу дуан цуан.

河湾里一窝红柳
才将正开繁，
可是怪的这一阵儿
待咋不端爨。

Лэ! Шушон йидуй цэхуэ,
Куэ жинган дянжуэ,
Жё далынжанди щятян
Ба бин щин вужэ.

来！收上一堆柴（cai）火，
快紧赶点着，
叫打冷颤的夏天
把冰心焐热。

69. Хуэй жя

69. 回家

Зэ жян! Вэди лянщин гэр,
Гуй вынцун Йинчуан,
Вэди зӱбыйди жящён
Зэ жыгэ эрлан...

再见！我的连心根儿，
贵温存银川，
我的祖辈的家乡
在这个尔兰……

Жинтян вэ ё хуэйжяни,
Жэ щин вон хуэй жуй,
Пый хуэйзӱди долэти

今天我要回家呢，
热心往回追，
陪回族的道来提①

_____

①道来提：阿拉伯语音译，指生活、营干。

Вə сыжи щён хуэй.

Чин жя зə натарни,
Нанцон жин гəло,
Зущён мый йигə хуэйзў
Вə чўан бу жыдо.

Хуэйдо "хуэйди"дифоншон
Вə бу нын вондё
Ба ни, щин лиди гў жя,
Дин шутин йиндё.

我四季想回。

亲家待在哪塌儿呢，
暗（nan）藏金圪垯，
就像每一个回族
我全不知道。

回到 "回的" 地方上
我不能忘掉
把你，心里的孤家，
顶受听音调。

70. Тэ нан хуə жыгə шышон...

70. 太难活这个世上……

Тэ нан хуə жыгə шышон
Мəю жын зўгуй,
Мў жын ги ни йүн бонцу...
Нищян бусы сый!

Жын жунжянни чў шын хан-
Сыйду тинбужян:
Дузы пындо шы чёншон
Занди бавə йүан.

Тэён ги ни щёдини,
Кəсы мə жə чи,
Ниди нянлин шын бу да,
Гуонсы мə личи.

太难活这个世上
没有真祖国，
没人给你用帮凑……
你先不是谁！

人中间里（ni）出声喊——
谁都听不见：
豆子碰到石墙上
溅的八外远。

太阳给你笑的呢，
可是没热气，
你的年龄甚不大，
光是没力气。

Быйкәр шышон хуәдини,
Хын чүәдуан йүнчи,
Дашын чон шу гәрдини,
Кәсы мә шынчи.

白可儿世上活的呢，
很缺短运气，
大声唱首歌儿的呢，
可是没声气。

71. Хуа

Хуа, Хуа, Хуа...
Мә тур. Мә йир. Заму ду сыжи

Йифын жун щян сыдуәхур
Ба зуй мәщин би.
За нәму дуә нян щин хуа!？
Тэ бу шён дуә жӯ!
Йүнбуйүн
Чон сыжянжя жин дан яцагӯ.
Бу йүн фынми щён чыди
Ба ку чүан пәлан:
Жан жёнжён хуа ба шәту
Нын банчын жи шан.
Туанйүар дуәшо.
Хо сычин чүанли мә дый чын,
тӯмәщинзы жунжянни
цызо дуан жиншын.
Гуонсы заму фәдини...
Мәю жин дончӯ!
Нин зынди ханжёдини,
Минбый жё хӯдӯ.
Ба фәхуа
Занхади жин зэсы ман шучүан,

71. 话

话，话，话……
没头儿，没尾（yi）儿。咱（za）们
　　都四季
一分钟闲是多候儿
把嘴没心闭。
咋那么多蔫心话！？
太不想多住！
用不用
长时间价尽弹牙叉（ca）骨。
不用蜂蜜香吃的
把口全破烂：
燃（ran）浆浆话把舌头
能掰（ban）成几扇。
团圆儿多少。
好事情全力没得成，
唾沫星子中间里
迟早短精神。
光是咱们说的呢……
没有劲挡住！
硬（ning）挣的喊叫的呢，
命白叫糊涂。
把说话
攒下的劲再是满收全，

Ба зрлан ду задёни,
Зу бә фә димян.
Зу ви нэгә,
Хӱда-я, вә зэ чито ни,
Ба ги жын дуанхади хуа
Жинган шудёчи.

把尔兰都炸（za）掉呢，
就（zou）匞说地面。
就为那个，
胡达呀，我再祈祷你，
把给人端下的话
紧赶收掉去（qi）。

72. Ло йӱмуфу

Зэ лӱкуршон зандини
Жыгә йӱмуфу,
Дыйдо ди жигә бый дун
Ги та фә гӱ фу.

Дон щинзы неди хэпа,
Чынха да кӱлун,
Сы фын вонгуә гуадини,
Дуан бин ло фу жун.

Кэсы жыни до кэчур,
Кэ йӱанмыр-жоён,
Мэю фурди нун езы
Зэ йӱн литу чён.

Зулӱжын гуәлэ-гуэчи,
Дансы зу фадё,
Зэ диха щехуандини,
Фонщин фи лон жё.

72. 老榆木树

在路口上站的呢
这个榆木树，
得道第几个百洞
给他说古树。

当心子茶的害怕，
成下大窟窿，
森风往过刮的呢，
端病老树中。

可是这呢到开春，
可原模儿照样，
没有数儿的嫩叶子
在云里头藏（qiang）。

走路人过来——过去，
旦是走乏掉，
在底下歇缓的呢，
放心睡朗觉。

73. Фижё гэр

Фижё! Вэ чин ни Фижё,
Суй ганжин жэ щин,
Ба лёнгэ хуанлуэ нянжин
Чүан бичү фонщин.

Жыйижыр вэту гуэди
Йичон мян щётин,
Жуви вынжун шындини,
Шын тян тэ наннин.

Жё ган ми тянди кэфи,
Щён зо ву монмон
Луэдо мучин захади
Хуа мян жынтуршон.

Хуон йүэр вынцун садини
Ба нанвын шын гуон
Зэ дюдунди тофуди
Щи ган жыжыршон.

Ба фын ляндарди гүнёр
Жинчонди лужин,
Е жё хуанди фижёчи,
Хи еван хуанйин.

Лодун-е "гэзыр", "гэзыр"
Зэ чуонзышон щён,
Щю жүн-ён бин хуардини
Йичыр вон да лён.

73. 睡觉歌儿

睡觉！我请你睡觉，
碎干净热心，
把两个欢乐眼睛
全闭住放心。

这一阵儿外头怪的
异常绵消停，
周围稳重神的呢，
深天太安（nan）宁。

叫赶蜜甜的瞌睡，
像早雾茫茫
落到母亲扎（za）下的
花绵枕头上。

黄月儿温存洒的呢
把安稳神光
在丢盹儿的桃树的
细干枝枝上。

把粉脸蛋儿的姑娘儿
经常的搂紧，
也叫缓的睡觉去（qi），
黑夜晚欢迎。

冬老爷"咯吱儿"，"咯吱儿"
在窗子上响，
绣俊样冰花儿的呢
一直（chi）儿往大亮。

Жё дин шутинди гӯжир
Жӯнмый "Бый хӯтер",
Йӯанхуэй ги ни туэмынлэ
Жинтя фон куэщер.

Фижё! Вэ чин ни фижё,
Суй ганжин жэ щин,
Ба лёнгэ хуанлуэ нянжин
Чуан бичӯ фонщин.

叫顶受听的古今儿
俊美"白蝴蝶",
原回给你托梦来
今天放快些儿。

睡觉！我请你睡觉，
碎干净热心，
把两个欢乐眼睛
全闭住放心。

74. Чӯан димяншон йидогур...

74. 全地面上一道股儿……

Чӯан димяншон
Йидогур Ха дэ Хо лёнгэр
Лянляншур южуандини зэ
    гэли-гэлор.
Лён ви гӯ лолэр-зымый
Тэ бу жы шыщян
Шу жынжын
Щинчондини жин зузу-занзан.
Бу тифэ щемый щёнтун
Сӯчон нин зынжан,
Вон зыжи жӯболынни
Ба жынди щин жуан.
Жингуан куан сыхуандини
Ба заён жянчё,
Тэ щён ба зыжи мыйзыр
Ганкуэ кэ хундё.
Жюсы!

全地面上
一道股儿瞎（ha）带好两个儿
连连手悠转的呢在仅里圪塄儿。

两位孤老婆姊妹
太不知识闲
收人人
心肠的呢尽走走站站（zan）。
不提说血脉相通
素常硬争战，
往自己聚宝盆里
把人的心转。
尽管宽使唤的呢
把杂样奸巧，
太想把自己妹子儿
赶快可哄掉。
就是！

Туанйӷар щян хуэйхуэй   团圆先回回

Ха кын жуанчын Хо,   瞎（ha）肯转成好，

Хо, додуэлуэ, чибучир   好，倒多罗，去不去

Жуанчын Ха цызо.   转成瞎迟早。

Да жытар...   打这塌儿……

Зэ гуонйиншон чӱанпин бу жыдо   在光阴上全凭不知道

Мый йицы ниди йинган   每一次你的营干

Щин хама, щин Хо?   心瞎吗，心好？

Юйибян   有一遍

Ман жӱчӱчи ба зы ганжин щин,   满掬出去，把只干净心，

Гуонсы жынжын мадини,   光是人人骂的，

Фэсы, тэ нынщин.   说是，太能行。

75. Жанхо бонни тондини...　　75. 战壕旁（bang）呢躺的呢……

Жанхо бонни тондини   战壕旁里躺的呢

Нежон щё жӱнжын,   茶张小军人，

Хощён фи лон жёдини,   好像睡朗觉的呢，

Жян фынми...фимын.   甜蜂蜜睡梦。

Жуви чончон бэдини   周围长长摆的呢

Ду щӱэтон-хунвэ   都趸躺横卧

Та гонцэ щёмедёди   他刚才消灭掉的

Жигэ дӱ хэхуэ.   几个毒害货。

Йӯанчӯр жон жын хундини,   远处仗正红的呢，

Чёнпо луан хэлын,   枪炮乱嚯愣，

Хи ян жэ тэёндини,   黑烟遮太阳的呢，

Жё ди бу наннин.   叫地不安宁。

Гуонсы бу гуан тондини
Нянчин щё йинщүн...
Тади донйүанди нянлин
Цэсэ йи дян жун.

光是不管躺的呢
年轻小英雄……
他的党员的年龄
才是一点钟。

76. Йүэлён

76. 月亮

Дыйдо сый дэ фащёди
Лян хын лихэ дор
Ба фунонди быйпир гуа
Чели йи суй яр.

得道谁带耍笑的
连很厉害刀儿
把熟囊的白皮儿瓜
切了一碎牙儿。

Зыху мын лёяелэли
Жочу еван тян.
Гуа яр гуэди дёхали
Дон кунжун жунжян.

之后猛撂起来哩
照（zhao）住夜晚天。
瓜牙儿怪的掉下哩
当空中中间。

Хун жор, хн зырди гуа яр
Йикуэр йүнцэшон
Жё жынди яншэзы де,
Ханфи да чон тон.

红瓢儿，黑籽儿的瓜牙
一块儿云彩上
叫人的咽舌子跌，
涎水大长淌。

77. Шыжешонди заён хуа...

77. 世界上的杂样话……

Шыжешонди заён хуа
Тэ нан фыгуэлэ,
Йигэ лян йигэ бу тун,
Зущён сан дэ хэ.

世界上的杂样话
太难分过来，
一个连一个不同，
就像山带海。

Гуонсы ю йи жү хуани,

Дуан йүанмыр-жоён

Дуэди хуашон фэдини

Ба та ду фанчон.

Нэгэ хуа ду тинжянгуэ,

Та шызэ шутин,

Да суйсур зу жыдони,

Зуй фэди бу тин.

Хырхыз, хуэйзў, вурусы

Чуанпин бу щян фа

Йитян до хи жёдини:

Ма, ама, мама.

光是有一句话呢，

端原模儿照样

多的话上说的呢

把他都泛常。

那个话都听见过，

他实在受听，

打碎碎儿就知道呢，

嘴说的不停。

吉尔吉斯，回族，乌鲁斯

全凭不嫌乏

一天到黑叫的呢：

妈，阿妈，妈妈。

78. Шыдуэбёди

78. 拾掇表的

Тянтян

Чин ганзо

Гонгор бё чи дян жуншон.

(Нан зуцуэ йипэ жун бё Зэ чон

   жуэзышон!)

Та до щюлибёчонни

Ба за бё щё кан:

"Ниму хо!

Жинтян дажя ду зуди дуэ йүан?"

Йиху ба гунзуэ йифу куанкуар

Йүан хуаншон,

Сы мян гуанвонйигэгуэр,

Зу зуэдо вэршон,

天天

清赶早

刚刚儿表七点钟上。

（安（nɑn）走错一排钟表在长桌子

   上！）

他到修理表厂里

把杂表笑看：

"你们（mu）好！

今天大家都走的多远？"

以后把工作衣服款款儿

原换上，

四面儿观望一个过儿，

就坐到窝儿上，

Ба хӱщӷ

Лӱмэ йихур,

Щи йику кун чи,

Бизы шыщёди йичӱ-

Зэ мэ са шынчи...

До "зэ жян!

Тэ бэ лойӱан!"

Хын дуэ жи дян жун

За бё ба тади сыхур

Бу щитын зы хун.

Та бу гуанщян тодини

Лян шыгэ зыту

Зэ замуди хуэйдёди заён бё литу,

Зэ заму чуан дюдёди

Гуй сыжян жунжян,

Заму зыжи ёндёди,

Чӱанпин бу гуанщян...

把胡须

捋摸一会儿,

吸一口空气,

鼻子失笑的一搐(chu)——

再没(me)啥(sa)声气……

到 "再见!

太叵跑远!"

很多几点钟

杂表把他的时候儿

不惜疼只哄。

他不管闲掏的呢

连十个指(zi)头

在咱(za)们的坏掉的杂样表里头,

在咱们全丢掉的

贵时间中间,

咱们自己漾掉的,

全凭不管闲……

79. Вэ е

79. 我爷

Жюсы! Вэ е зудёлё,

Ду мэ дый жонда,

Шэдо жин жонкунилё,

Нэсырдэ вава.

Лёнгэ нянжин канжянлё,

Шычи суй жунжян,

Ба фанчон ё жын минди

Ло бими тянщян.

就是！我爷走掉了(liao),

都没得长大,

折(she)到紧仗口里了,

那时儿的娃娃。

两个眼(nian)睛看见了,

十七岁中间,

把泛常要人命的

老秘密天仙。

Та зыжи зэ щиндини
Ду мэ мущёнгуэ,
Чынвый вэди еени,
Гуй сыхур фигуэ.

他自己在心底里
都没谋想过，
成为我的爷爷呢，
贵时候儿飞过。

Йинви ба жижүн щифур
Чүшон цэ йи чи,
До жин жонкуни шэдё,
Жуанчын шэхити.

因为把急俊媳妇儿
娶上才一期，
到紧仗口里折（she）掉，
转成舍黑体。

Жинтян вэ ду ман хуэгуэ,
Тади чин сунзы,
Ба та хуэхади шуфу,
Ту дэ бый йинзы...

今天我都满活过，
他的亲孙子，
把他活下（ha）的寿数，
头带背影子……

Та кын лэ фимындини,
Бый хӱщү хын за,
Вончян жин чын шудини:
"Куэ лэ, сунзы-а!".

他肯来睡梦底里，
白胡须很扎（za），
往前尽抻手的呢：
"快来，孙子啊!"。

Гуонсы жыни до гынчян,
Бый хущү диха
Ги вэ щихуан щёдини
Щё гуатар вава.

光是这呢（zhini）到跟前，
白胡须底下（ha）
给我喜欢笑的呢
小瓜蛋（ta）儿娃娃。

80. Жыгэ да фуйүанзыни...

80. 这个大树园子里……

Жыгэ да фуйүанзыни
Мыйтян до хубар
Жили-зала хандини
Чячян-ванван чёр.

这个大树园子里
每天到后半儿
叽哩喳啦喊的呢
千千万万雀（qiao）儿。

Йижуви хунянярди,
За нэму хокан...
Жытар юцу яндинди
Нандый нын дуэ зан.

一周围红压压儿的，
咋那么好看……
这塌儿忧愁（cou）諯的
难得（dei）能多站（zan）。

Мый йи куэ сонзы фушон
Дусы кэ суэсуэ
Щищи-щёнщён дянхади
Я-чёди за вэ.

每一棵桑子树上
都是可索索
细细详详垫下的
鸦雀的扎（za）窝。

Мын... вэ лэ за панвонди
Жё жэно фичи
Зэ вэди щинни дяншонни
Ба чин вэ чищин.

猛……我带咋盼望的
叫热闹飞起
在我的心里垫上呢
把亲窝起兴。

81. Хуэгуэ!

81. 活过

Ба шы жын минди Хэхын
Занжин чуан жуй йуан,
Бу жё та зэ ту литу
Жуанчын да йижян.

把失人命的害恨
攒劲全追远，
不叫他在头里头
转成大意见。

Лян мэ йисыди Гоно
Мый йихуэй ванжан
Бу ла щянмэ щиндини;
Жэр ю да данщуан.

连没意思的高傲
每一回万然
不拉闲磨心底呢；
这有大担悬。

Ги мэ жибоди Нянжэ,
Дижян го вонщён,
Бу лю нянсый йибыйзы
Жин сысы-лёнлён.

给没饥饱的眼热，
低贱高望想，
不留眼色一辈子
净思思量量。

Жё дуан донтуди цўщён　　　　叫短当头①的醋想

Чечў лан щянхуа　　　　　　借（qie）住烂闲话

Бў зуан эрлин юсыди,　　　　不钻耳林②游事的,

Дуан хэпа чын ха.　　　　　　端害怕成瞎。

Ба жинчон суди Пэфан,　　　把经常诉的颇烦,

Зущён дэ хуон чун,　　　　　就像歹蝗虫,

Жуйди, дуанди йүанйүанди,　追的,断的远远儿的,

Зэ бу жё хуэй щин.　　　　　再不叫回心。

Хуэгуэ! Ба гуонйиншонди　活过! 把光阴上的

Жы жи ёнзы хэ,　　　　　　这几样子害,

Зэсы мый йигэр мэщин　　　再是每一个儿没心

Цы жин дуэзэхэ.　　　　　　跐（ci）尽多灾海③。

82. Заму зущён йинйинзы...　## 82. 咱们就像影影子……

Заму　　　　　　　　　　　　咱们

Зущён йинйинзы　　　　　　就像影影子

Зэ куан шышон хуэ,　　　　在宽世上活,

Лёнгэ щинхуон йинйинзы,　两个心慌影影子,

Тэ дуан жэ хунхуэ.　　　　太短热红火。

Чын йитянжя чигуэди　　　成一天家奇怪的

Дэгэ канбужян　　　　　　带改看不见

Чуанпин　　　　　　　　　全凭

Йигэ ба йигэ,　　　　　　一个把一个,

---

①当头: 指担当。
②耳林: 阿拉伯语借音,指知识。
③多灾海: 波斯语音译,火狱。

Чуан жо дон мянмян.

Йинви эрви ю лён цун

Тижи хуа гуонйин:

Ни быйди ниди ризги,

Вә то зыжи мин.

Йүнчи...

(Заму жыхади)

Йихуэй мын бекэ!

Жыхур ю ниди йикуэ,

Вәди ди эр куэ...

Ни ю ниди вонщённи,

Вә ю вәди тян,

Ни ю

Ниди пәфанни, вә ю вәди нан.

Зусы! Жинзы дехачи,

Банчын лёнбонгә,

За хэ еба-жунжянни

Йинщёнсы лёнгә.

全照当面面。

因为二位有两寸

体己花光阴：

你背的你的利兹给

我讨自己命。

运气……

（咱们织下的）

一会猛掰开！

这会儿有你的一块，

我的第二块……

你有你的望想呢，

我有我的天，

你有

你的颇烦呢，我有我的难。

就（zou）是！镜子跌下去，

拌成两半（bang）个，

咋合也罢——中间里

影像是两个。

83. Нниди чютян долэлё...

83. 你的秋天到来了（liao）……

Нниди чютян долэлё,

Жизо кў йиндё,

Зуандо ләфан щин литу,

Бужўдяр чижё.

Чын йитянжя бу жўди

Йин линдор щёшын

Жыхур чүанпин тинбужян,

Зэ мәю жиншын.

你的秋天到来了，

急燥苦音调，

站到颇烦心里头，

不住点儿欺搅。

成一天家不住的

银铃铛儿笑声

这会儿全凭听不见，

再没有精神。

Ю чон, ю минди туфа
Ба бый йин дэшон,
Чын жежезы луэдини
Вон ган жязышон.

又长，又明的头发
把白银带上，
成截截子落的呢
往干胛子上。

Щёнтян гуонйин жунжянни
Ба суан цў дешон:
Сын йү бу жў щядини
Вон ножын щиншон.

香甜光阴中间呢 (ni)
把酸醋滴 (de) 上：
森雨不住下的呢
往熬 (nɑo) 人心上。

Чын йитянжя зуэдини
Зэ чуонхў гынчян,
Сыщён жэ чунтяндини,
Хын фужү сыжян.

成一天家坐的呢
在窗户跟前，
思想着种田的呢，
很富足时间。

Гонгор зу нэгэ сыхур
Бый щүэ лын дунтян,
Жё сы мян ду вужэди,
Зэ нян литу щян.

刚刚儿就那个时候儿
白雪儿冷冬天，
叫四面都捂着的，
在眼里头显。

84. Жыни мин тянтон-быйтян...

84. 这呢 (zhini) 明天堂——白天……

Жыни мин
Тянтон-быйтян ба нянжин бичў,
Дуэзэхэ-еван жинган
Кэсы дый фафу.
Чуонзышон сынза хинан
Бужўдяр жин нан:
Та щя хын щин хуонланди
Вон фонни щён зуан.

这呢明
天堂白天把眼睛闭住 (chu)，
多灾海——夜晚紧赶
开始得发福。
窗子上森哑黑暗 (nɑn)
不住点紧按：
他下狠心慌乱的
往房里想窜。

Щин литу тэ наншуди　　　　　心里头太难受的

Луан хў да пансуан:　　　　　乱胡打盘算：

Хўтёр пындо дынзаншон-　　　胡跳儿碰到灯盏上——

Ман шын да лынжан.　　　　　满身打冷颤。

Жыхур　　　　　　　　　　这会儿

Хэпа жынжынди щёнщер мо ёгуэ,　害怕真正的像些儿毛妖怪,

Жё бар да жэ щунтонни　　　叫伴儿打热胸膛里

Щён куэ фичўлэ.　　　　　想快飞出来,

Жыйихур...　　　　　　　　这一会儿……

Бу ю гэжын цэ нын щёнчелэ　　不由个人才能想起来

Ба лёнщин, вўчон,　　　　把良心、无常,

Хўда дэ хи дуэзэхэ...　　　胡达带黑多灾海……

...Дуэзэхэ-еван дюдун　　　……多灾海夜晚丢盹

Мин тянтон-быйтян　　　　　明天堂白天

Донвэр　　　　　　　　　当窝儿

Зу да щёдини зэ эрлан жунжян.　就大笑的呢在尔兰中间。

Лан тан, бый йўнцэ, зочи,　　蓝天、白云彩、早起,

Лин вугынцыр шын,　　　　灵五更鸥①儿声,

Чинщю, салуэ дэ жунмый　　清秀, 洒落带俊美

Туанйўар кэ чў шын.　　　团圆儿可出声。

Жунмый тэён　　　　　　　俊美太阳

Са жин гуон вон фонни жинган,　洒金光往房里紧赶,

Тынчонди лумэ туфа,　　　疼怅的捋摸头发,

Бэзы, шу дэ лян.　　　　　脖子, 手带脸。

Жыйихур...　　　　　　　　这一会儿……

Бу ю гэжын ванчуан ду вон дэ　不由个人完全都忘带

Ба лёнщин, вўчон, Худа　　把良心, 无常, 胡达

Дэ хи дуэзэхэ...　　　　　带黑多灾海……

...Дуэзэхэ-еван мон лэ　　　……多灾海夜晚忙来

Кэ да бу йўанчўр,　　　　可打不远处儿,

---

①五更鸥：夜莺。

Кузэу дашын ко мынни
Щүэви тин йихур...

快就大声敲门呢
些（xue）微停一会儿……

85. Жюсы! Вэ тэ мэ йүнчи...

85. 就是！我太没运气……

Жюсы! Вэ тэ мэ йүнчи
Хуэ зэ гуонйиншон,
Чын йитянжя зодини,
Гуонсы пынбушон.

就是！我太没运气
活在光阴上，
成一天价找（zao）的呢，
光是碰不上。

Доди хумян гындини
Со минйүн йицын,
Зузан жин чижёдини
Мэщин ги нанвын.

到底后面跟的呢
臊命运一层，
走站（zan）尽欺搅的呢
没心给安（nan）稳。

Щёнщёр йивэ хуон мифыр,
Гонцэ жинчелэ,
Зэ вэ гынчян щүандини,
Ганбан бавэ дэ.

香香儿一窝黄蜜蜂儿，
刚才惊起来，
在我跟前旋的呢，
干办八外歹。

Мый йигэ щян гуэжонди
Ба дү жян мёшон,
Нан вынвынди чуэдини
Дуан вон жэ щиншон.

每一个闲乖张的
把毒箭瞄上，
按（nan）稳稳的戳（que）的呢
端往热心上。

86. Тян-е ба нундёди тян...

86. 天爷把脓掉的天……

Тян-е ба нундёди тян,
Бу гуанщян дый фа,

天爷把浓掉的天，
不管闲得乏，

Монмон були йиванщи, Йиняр ду мэ за.	忙忙补哩一晚夕, 一眼儿都没眨 (za)。
Ганзо шо йү гундоди Манмаи цэ жүчў, Димян щилищер кунчи, Ба нянжин бичў.	赶早勺雨公道的 慢慢才住住, 地面吸哩些儿空气, 把眼睛闭住。
Жынү ба данчин данзы Жюшыр мон шушон, Дёдо будин гэдёди Нанкан хи тяншон.	织女把淡青单子 就势忙收上, 掉到补丁盖掉的 难看黑天上。
Нюлон сыйүн куэ бянзы Ба бый щүэ йүнцэ Жинган дашын ханжёди, Ганкуэ жуйчўлэ.	牛郎使 (si) 用快鞭子 把白雪云彩 紧赶大声喊叫的, 赶快追出来。
Жин жэту туфын-тусы Мэ на да йүсан Зэ вэчян южуандини, Са жин гуон щихуан.	金热头头逢头事 没 (me) 拿大雨伞 在外前悠转的呢, 洒金光喜欢。

87. Хуайүанни чепир хубар... | ## 87. 花园里茄皮儿后半儿……

Хуайүанни чепир хубөр Жыйижыр щихуан, Кэ бажя жин садини Ба чигуэ хинан.	花园里茄皮儿^①后半儿 这一阵儿喜欢, 可扒价劲洒的呢 把奇怪黑暗 (nan)。

---

①茄皮儿: 紫色, 紫墨色的。

Фын тохуар жызы быйху   粉桃花儿枝子背后

Жинхун щё йүэйүэр   金红小月月儿

Мэйисыди цондини   没意思的藏的呢

Чон сыжян йигэр.   长时间一个儿。

Чун фынфыр йихур щинлэ,   春风风儿一会儿醒来，

Ба фын тохуар ви   把粉桃花儿味

Туту-мэмэ жуандини   偷偷摸摸转的呢

Вон чүан сы жуви.   往远四周围。

Мы! Йидур суй хуон янжир   猛！一对碎黄燕唧儿

Да шын хи тяншон   打深黑天上

Жили-зала фигуэ чи,   叽哩喳啦飞过去（qi），

Зыху дуан йинщён.   之后短影像。

Хуэгуэди хуахун жызы   活过的花红日子

Бу йүн жэ щин вын   不用热心问

Да мянчянни гуэдини,   打面前里过的呢，

Ванчын йигын шын.   挽成一根绳。

Жызу кэжя банбыйзы   日子可价半辈子

Куэ жинлё йүнзун,   快进了永总，

Гуонсы хуэлима мэ хуэ,   光是活哩吗没活，

Вэ щян зун бу дун.   我先总不懂。

88. Ада...   88. 阿大……

Хи еван мон гуэдини   黑夜晚忙过的呢

Ниди нянжинни,   你的眼睛（nianjing）里，

Мин тэён хуон чўдини   明太阳晃出的呢

Ниди нянжинни...	你的眼睛里……

Ни ба дин мин емозы	你把顶命夜猫子
Ду бу ган дуә чуон,	都不敢多撞（chuang）,
Дансы нэгә мын луәдо	旦是那个猛落到
Ло сазар фушон.	老山楂儿树上。

Ни щин бый чончундини	你寻白长虫的呢
Йичыр до вужин,	一直（chi）儿到五更（jing）,
Ба та жёди кан мын шә,	把他叫的看门舍,
До бый нэзы чин.	到白奶子清。

Зўди вуфан нэмазы,	做的午饭乃麻子,
Йитян ду бу фон,	一天都不放,
Щин бу дин гэзуадини	心不定该咋（zua）的呢
Мый йихуэй бу хуон.	每一回不慌。

Мин тэён мон гуәдини	明太阳忙过的呢
Ниди нянжинни,	你的眼睛里,
Хи еван хуон лэдини	黑夜晚晃来的呢
Ниди нянжинни...	你的眼睛里……

89. Вә ае вучондёлё...   89. 我阿爷无常掉了……

Вә ае вучондёлё,	我阿爷无常掉了,
Дажя ду лэ сун,	大家都来送,
Жяни жын сусуә бу дуан,	家里人梭梭不断,
Фэ тажя: "Ту жун..."	说他家："头重……"

Мучин нянпир жунжурди,	母亲眼皮儿肿肿儿的,
Жеже жин щилү,	姐姐净吸溜,

Фучин путожя диха
Бу чў шыи юцу.

父亲葡萄架底下
不住声忧愁。

Мын! Лю готян йүанзыни
Щихуан щёшын за,
Нэсы вэди щё диди,
Лян га бегэ фа...

猛！绿高甜园子里
喜欢笑声杂，
那是我的小弟弟，
连尕鳖盖耍⋯⋯

90. Хи ма чо тан подёлё...

90. 黑马朝滩跑掉了⋯⋯

Хи ма чо тан подёлё,
Жэту нян сан бян,
Жочў цычи подёлё,
Жёнжёр нын канжян.

黑马朝滩跑掉了，
热头撑山边，
照住迟气跑掉了，
将将儿能看见。

Хи ма чо тан подёлё,
Нэтар лю цо мян,
Щян фын сўчон гуадини,
Го чин цо суйбян.

黑马朝滩跑掉了，
那塌儿绿草绵，
闲风素常刮的呢，
高青草随便。

Хи ма чо тан подёлё,
Ба жёншын дындуан,
Сысый ба та мэ дончў,
Ваншон чо куанжан.

黑马朝滩跑掉了，
把缰绳扽断，
是谁把他没挡住，
晚上朝宽展。

91. Вэди пын-ю зудёлё...

91. 我的朋友走掉了⋯⋯

Вэди пын-ю зудёлё,
Жын хуэдо банлон,

我的朋友走掉了，
正活到半浪，

Дажя куди сундёлё,
Чин нянлуй чон тон.

大家哭的送掉了，
清眼泪长淌。

Жергэ...жэту кэ чўлэ,
Дуан зущён сўчон,
Са жўнмый жэ гуондини
Вон чиннэ чыншон.

今儿个……热头可出来，
端就像素常，
洒俊美热光的呢
往亲爱城上。

Жынжын лўшон зудини,
Вон гэчўр монхуон,
Йўанхуэй ба гуонйинчини,
Бу тифэ вучон.

人人路上走的呢，
往各处儿忙慌，
原回把光阴去呢，
不提说无常。

Ни кан! Чичэ ду мэ цы,
Жын чи дян жуншон
Цун малўщон жэгуэлэ,
Тиндо зандошон.

你看！汽车都没迟（ci），
整七点钟上
从马路上折过来，
停到站道上。

92. Йүнцэ

92. 云彩

(жочў М.Лермонтов)
Сыжи ни южуандини
Зэ шынлан тяншон,
Йинцы ю да кэнынни,
Ю лида йўанвон.

（照住 米·莱蒙托夫）
四季你悠转的呢
在深蓝天上，
因此有大可能呢，
有力大愿望。

Лан тян ни жуанлигэгуэр
Жё щян фын цуйшон,
Натар ду фишончигуэ,
Тянтян ющин лон.

蓝天你转了个过儿
叫闲风催上，
哪塌儿都飞上去过，
天天有心浪。

Гуон ниди зунйин насы | 光你的踪影哪是
Зэ куанда тяншон? | 在宽大天上？
Цун на йидэ ни долэ, | 从哪一带你到来，
Тэгэ бу жы мон? | 带改不知忙？

Сыйду ба та зобужуэ, | 谁都把他找不着，
Тяншон щян бу жян, | 天上鲜不见，
Щудон жё фын гуадёлё, | 许当，叫风刮掉了，
Нандый сый сожян... | 难得谁睄见……

Мэди! Ни мэ людыйха | 没的！你没留得下
Ба зунйин йинщён, | 把踪影影像，
Зунсы йүнцин мэ люгуэ, | 总是用心没留过，
Чуапин мэ сыщён. | 全凭没思想。

Ни щян мэ зуэгуэ хочў | 你先没做过好处
Зэ шышон дый хуэй, | 在世上得坏，
Дуэ жызы бый жуандини, | 多日子白转的呢，
Е мэю зўгуй. | 也没有祖国。

93. Сохүлў. Бэцэлён.Саратан | 93. 骚葫芦　菠菜梁　萨拉坦

Жэту тэ щён хун данзы | 热头太像红单子
Зэ го кунжун фу, | 在高空中浮，
Ба нўжэ вон хан дищя | 把怒热往旱地下
Фын да гўзы пу. | 分大股子扑。

Туанйүар хын тўцонцонди, | 团圆儿很土苍苍的，
Дуан щён шонвугуэ | 端像晌午过
Йи чүн луэтуэ погуэчи, | 一群骆驼跑过去，

Тў вонщя жын луэ. 土往下正落。

Гэдо-сычўр ган дипи 各道四处儿干地皮
Мэ банфа бекэ, 没办法莂开，
Шын лезы хуахуа-була 深料子花花布拉
Дон мянчян кэкэ. 当面前开开。

Луэтуэпын носынсынди, 骆驼蓬闹森森的，
Чынчын ган цэхуэ, 成成干柴火，
Зыгэму жуэчелэни, 只个谋着起来呢，
Бу йўн фа ёнхуэ. 不用刷洋火。

Лоба гуэди жуэдини, 涝坝怪的着的呢，
Куэзу цо жоннян, 快就草长严，
Йи даван фи гундини, 一大弯水供的呢，
Зэ тинтин жунжян. 在庭庭中间。

Туанйўар ган цо вэзыни 团圆儿干草窝子里
Шон чянван маза, 上千万蚂蚱，
Ку сэ нёди шындини, 都赛咬的声的呢，
Шынйин дуэму да. 声音多么大。

Чу фи гынчяр бинтэзы 稠水跟前冰台子
Тэ нежон щё хэр 太茶障小孩儿
Жызу йитян вонщёнди 这就一天望想的
Жуагэ лю лэгуар. 抓个绿癞呱。

94. Хитян жунди хи йўнцэ... ## 94. 黑天中的黑云彩……

Хитян жунди хи йўнцэ 黑天中的黑云彩
Ванчын йидакуэ 弯成一大块

Зэ чын шонту дёдини...
Сынза щён долэ!

Жинтян тян сычидини,
Хуэ жуэ нянжинни,
Юди сыхур вонщёнди
Дашын зо ханни.

Чынпу хади шындини,
Бу ган дуэ дунтан,
Дын тянди да зуйдини,
Гуон хуэй да лынжан.

Йисы-санки...гуатуэлё,
Шо фын мэю дон,
Быййү кэсы дотуэлё,
Чынни хӱ фи тон.

Кэсы тянди чи щёдё,
Жэту йүан чӱлэ,
Чынпу хуанлуэ щёдини
Ба нянжин зынкэ.

在城上头吊的呢……
森哑想到来!

尽天天使气的呢,
火着眼睛呢,
有的时候望想的
大声噪喊呢。

城铺吓的神的呢,
不敢多动弹,
等天的大嘴的呢,
光会打冷颤。

一时三刻……刮脱了,
勺风没有挡,
白雨开始倒脱了,
城呢糊水淌。

可是天的气消掉,
热头原出来,
城铺欢乐笑的呢
把眼睛睁开。

95. Вэ чин чүан шыже дажын...

95. 我请全世界大声……

Вэ чин чуан шыже дажын
Ба га йүан димян
Дуанги шанщин эртунму,
Жё таму гуанщян.

我请全世界大声
把尕圆地面
端给善心儿童们,
叫他们管闲。

Йинцы заму тэ бу хуэй

Ба та чё дабан:

Чён,по,фижи,куэ хуэжян

Дэ гэжун задан...

Жызу эршы быйнян ман,

Заму хан бу дин:

Жы жуонщю-фонфа

Манйи суй нэщин.

Вэ сыщёнди эртунму

Чечў хо жэ щин

Бадимян цун дабанни,

Хуа лида щинжин.

Ги хокан дипинщяншон

Ба засый хуа гон

Шыщин-шыйи гуашонни,

Ви щисый вонвон.

Туанйүар йидин зэшонни

Ба цуан динщёнхуар,

Жё са тэпин щён вини

Дуан ги мый йигэр.

Ба бый гэзы фонкэни,

Жё до кунжун щүан,

Хан ви заму зывонди

Щихуан тэпин чүан.

Йиху таму шу ла шу

Чын йида жящя,

因此咱们太不会

把他巧打扮：

枪、炮、飞机，快火箭

带各种炸弹……

这就二十百年满，

咱们还不定：

这装修方法

满意随爱心。

我思想的儿童们

借住好热心

把地面重（chong）打扮呢，

花力大心劲。

给好看地平线上

把杂色花虹

实心实意挂上呢，

为喜色旺旺。

团圆儿一定栽上呢

把爨丁香花儿，

叫洒太平香味呢

端给每一个儿。

把白鸽子放开呢，

叫到空中旋，

还为咱们指望的

喜欢太平泉。

以后他们手拉手

成一大家下，

Чонди,щёди гощинни,　　　　唱的、笑的、高兴呢，
Бу фа йитянжа.　　　　　　　不乏一天家。

96. Щүə лў　　　　　　## 96. 趐路

Щёнжуон нан бян шынчонди　　乡庄岸边深长的
Жыгə ло щүə лў　　　　　　　这个老趐路
Жергə кə щяндо мянчян,　　　今儿个可现到面前，
Жё жə щин щёнфу.　　　　　　叫热心享福。

Щясян фынфыр гуадини,　　　下山儿风风儿刮的呢，
За нэму вынчин,　　　　　　咋那么温情，
Чон фумə туфадини,　　　　长抚摩头发的呢，
Щин литу гощин.　　　　　　心里头高兴。

Нэгə Хəла гəдашон,　　　　那个合拉圪垯上，
Хан суйди сыхур,　　　　　还碎的时候，
Вəиу фади санщингуə,　　　我们耍的散心过，
Кын цон мамахур.　　　　　肯藏玛玛猴儿①。

Дачү литу щизоргуə,　　　大渠里头洗澡过，
Нэ чы епуто,　　　　　　爱吃野葡萄，
Зыху жə тўшон тонгуə,　　之后热土上躺过，
Хан ган кон ду шо.　　　还赶炕都烧。

Мущү дини "дагургуə"　　苜蓿地里"打滚过"
Чын йибан тянжа,　　　　成一半天家，
Гуон таншон да бишыгуə,　光滩上打髀石过，
Тэ мəщин хуэйжа.　　　　太没心回家。

①藏玛玛猴儿：捉迷藏。

Йихубар жуа щүанфыргуэ;   一后半儿抓旋风儿过;
Жыни йиканжян,   这呢一看见,
Подичи,   跑的去,
Зуандо литу,   钻到里头,
Хади дю йүян.   吓的丢语言。

Е цымый дуцзы быйху   野刺玫墩子背后
Зуй туфын-тусы,   最头逢头事,
Бон хун дуантёрди ятур   绑红缎条儿的丫头儿
Ги вэ нянгуэ сы...   给我念过诗……

Кэсы янчигуй минйүн   可是咽气鬼命运
Ба вэ ини жуачў,   把我硬抓住,
Жя шу дыншон зудёлё,   夹手拖上走掉了,
Е мэ гуанщян кў.   也没管闲哭。

Вэ цынтуанди мэщин зу,   我蹭团的没心走,
Йинви суй шан щин   因为碎善心
Мэ щинфу чянмян дынди   没信服前面等的
Щихуан хуа гуонйин.   喜欢花光阴。

Шыди! Ба вэ хунди чи,   实的! 把我哄的去,
Мэ жё дуэ щихуан,   没叫多喜欢,
Чыдо жер вэ пындини,   直到今儿我碰的呢,
Дуан шыщян футан.   短识闲舒坦。

Зэ тади да лон литу,   在他的大浪里头,
Суй пёзы йибан,   碎瓢瓢子一般,
Йитян вон хи тёдини...   一天往黑跳的呢……
Вон нагэ бян нан?   往哪个边岸?

Чин щүэ лў йишын бу чў,
Чүан бу щён зочян,
Бу гуан вә дюдундини,
Хын дуанлё хун-ян.

亲趸路一声不出,
全不像早前,
不管我丢盹的呢,
很断了红艳。

Щёнжуон нан бян шынчонди
Жыгэ чон Щүэ лў
Жергэ кэ щяндо мянчян,
Жё щинни щёнфу.

乡庄岸边深长的
这个老趸路
今儿个可现到面前,
叫热心享福。

97. Чынпуни кэ луэхалё...

97. 城铺里可落下了……

Чынпуни кэ луэхалё
Хуон жинзы сыже,
Туанйүар йиче фижуэлё,
Мә щинжин шынче.

城铺里可落下了
黄金子时间,
团圆儿一切睡着了,
没心劲升起。

Гуон мэфурди фуезы
Цылонлор дажан,
Жё мян фынфыр дэ фади
Вон сы мян жин жуан.

光没数儿的树叶子
跳浪狼打颤,
叫绵风风儿带耍的
往四面净转。

Йитян чинзор фанчелэ,
Йичў чин фонмын,
Чыпу манчүан хуондёни,
Фуер пучын цын.

一天清早翻起来,
一出亲房门,
城铺满全荒掉呢,
树叶儿铺成层。

Зусы! Цэ мэ нэму гуа
Зыжан жы йихуэй,
Ги зыжи мон щюдини
Ба хуон жинянбый.

就是! 才没那么瓜
自然这一会儿,
给自己忙修的呢
把黄纪念碑。

98. Бэцэ лён

Хуон тӱ лён зэ вэ мянчян,
Ба нянжин бичӱ,
Быый жэтуди гуондини
Йи шын ду бу чӱ.

Тӱтӱ-лала забади
Жи дун луэтуэпын
Жыгэ сыжян би чисый-
Видо носынсын!

Быый мяр чу лоба яншон
Йичӱн суй вава,
Цун вихӱни мочӱлэ,
Жили-зала фа.

Лёнгэ дёйүлор донвэр
Дю гуйжун пиннан:
Кунжун пинмин щӱандини,
Бу жӱдян жёхуан.

Дын лёнфынди бэцэ лён
Мынгэр йидунтан,
Ба йиту жэ хан дянзы
Куэ лёдо йинан.

Чигуэ! Зу зэ жэр йичыр
До жерди жызы
Вэди эртун лондини
Жуанчын йинйинзы.

98. 菠菜梁

黄土梁在我面前，
把眼睛闭住，
背热头的光地呢
一声都不出。

秃秃拉拉扎巴的
儿墩骆驼蓬
这个时间闭气色——
味道闹森森！

北面儿稠涝坝沿儿上
一群碎娃娃，
从苇湖里冒出来，
叽哩喳啦耍。

两个钓鱼老儿当窝儿
丢贵重平安：
空中拼命旋的呢，
不住点叫唤。

等凉风儿的菠菜梁
猛个儿一动弹，
把一头热汗点子
快撩到一岸。

奇怪！就在这一直儿
到今儿的日子
我的儿童浪的呢
转成影影子。

99. Сыфи хинан нандини...

Сыфи хинан нандини
Зэ хуон чуонзышон:
Вэ зуэзо сывындини
Жы зу йихушон.

Мянчян бутын жандини
Хуон дынзанди гуон,
Зыму ду винондини
Быйзы жонзышон.

Мын йигӱр фын фижинлэ,
Ба дынзан кафан,
Хинан жили-жишыди
Ба вэ жинган чүан.

Йику зу янхачилё
Ба вэди сывын.
Щүдон, хинан е нэ нян
Хо чёмё зуэвын.

100. Хозэди!

Хозэди! Ни хозэди!
Вэди гуй нэчин,
Сыжи йүнщин кэфанди,
Чунтянди шу йин.

---

99. 是非黑暗暗的呢……

是非黑暗暗的呢
在黄窗子上：
我作造诗文的呢
这就一后晌。

面前不停站的呢
黄灯盏的光，
字母都维囊①的呢
白纸张子上。

猛一股儿风飞进来，
把灯盏卡翻，
黑暗急哩饥失的
把我紧赶劝。

一口就咽下去了
把我的诗文。
许当，黑暗也爱念
好巧妙作文。

100. 好在的！

好在的！你好在的！
我的贵爱情，
四季用心开繁的，
春天的手印。

---

①维囊：突厥语，意为跳舞。

Жё фынхур тохуа-йүнцэ	叫粉红儿桃花云彩
Мыйтян пый ничи,	每天陪你起,
Нун шонянди щён чисый	嫩少年的香气色
Суйбяр щён щичи.	随便儿香吸去。
Вэ шон щятянди лӯни,	我上夏天的路呢,
Жыгэ бу ю вэ,	这个不由我,
Ба муфуди гуэ бэпэ	把母父的怪拨派
Мэю жиншын дуэ.	没有精神躲。
Щятян! Та за щё еба,	夏天！他咋笑也罢,
Жуандо нян мянчян,	转到眼面前,
Зунсы мэю нэму чин,	总是没有那么亲,
Зущён фын чунтян.	就像粉春天。
Йүанчӯр куэ жодадини	远处儿可（kuɑi）扰哒的呢
Гӯ жинхуон чютян,	孤金黄秋天,
Нэгэ гуйни лян хуон ер	那个国里连黄叶儿
Кын нэ луэ ножян...	肯爱落熬煎……
Зу нэгэ сыхур дени	就那个时候跌呢
Сын бин йү бу жӯ	森冰雨不住
Вон жуан лоди кун щини,	往转老的空吸呢,
Жё та жинчон кӯ.	叫他经常哭。

101. Фоншэ

101. 放赦

Ни жын дый щехуандини,	你真得歇缓的呢,
Жыйижыр фижуэ,	这一阵儿睡着,
Лёнгэ дажанди нянпир	两个打颤的眼（niɑn）皮儿

Хан ган зы ду бэ.

还赶纸都薄（bo）。

Тэён сакэди йигўр
Хуанлуэ жинзы гуон
Да чуонхўни зуанжинлэ,
Жодо лянмяншон.

太阳洒开的一股儿
欢乐金子光
打窗户里钻进来，
照到脸面上。

Мэ щемыйди ган зуйчур
Щүэви йидунтан,
Йизуэр чин щёляр донвэр
Щихуанди кэ фан.

没（me）血脉（mei）的干嘴唇儿
些（xue）微一动弹，
一撮儿青小脸儿当窝儿
喜欢的开繁。

Ни туэ щён фимындини:
Чунтянди футан
Зэ ниди мян щин литу
Жё щяца щихуан.

你脱香睡（fei）梦地呢：
全天的舒（fu）坦
在你的绵心里头
叫下碴（ca）喜欢。

Вэ ё ганкуэ чўчини
Да жэр жыйибян,
Ни щинлэ кэ пэфанни
Ба вэ мын канжян.

我要赶快出去呢
打这儿这（zhi）一遍，
你醒来可颇烦呢
把我们看见。

Зэ нишон вэ щинхади
Заён ха хын дуэ.
Гуйдо диха чито ни,
Ба вэ зэ фоншэ.

在你上我行下（ha）的
杂样瞎很多。
跪倒地下（ha）祈祷你，
把我再放赦。

102. Жин жуандини...

102. 净转的呢……

Жин жуандини,
Жин жуандини,

净转的呢，
净转的呢，

Жуандини чинщю йүан дипан	转的呢清秀远地盘
Зэ жыншы мэ бян-янди	在真实没（me）边沿的
Гуэ жими эрлан.	怪机密尔兰。
Заёр щинщин жунжянни	杂样星星中间呢（ni）
Дуан тянтян-вумый	端天天瘩寐（mei）
Зу зыжиди лүдини.	走自己的路的呢。
Бу митан хуэйхуэй!	不迷瘫回回！
Да жэр	打这儿
Заму йинажир жин пинпин-наннан	咱（za）们一拿紧儿尽平平安安
Зэ хун жэту гуон дищя	在红热头光底下
Ду сын-ён, хуэ, ван.	都生（seng）养、活、完。
Бан мэфур	办没数儿
Сычиндини...	事（si）情的呢……
За нэму хуонлан!	咋那么慌乱（lan）！
Вончў йиди луан йисы	往出溢的乱意思
Лян чэ лабуван!	连车拉不完！
Мин зыгэму дигини	命直个谋抵给呢
Ви жя, кун шоншы:	为家，空赏识：
Зыёсы	只（zi）要是
Жынжын	人人
Мянчян нын дуэ пый конзы.	面前能多拍腔（kang）子。
Сўчон щёмущищирди	素常笑模嘻嘻儿的
Зэ хуахун туанйүар	在花红团圆儿
Зо нянжэ нянжиндини:	找（zao）眼（nian）热眼睛的呢：
Гоно щин далуэр.	搞闹心打落儿。
"Хўда"	"胡达"
Сыжи дёдини зэ кун зуй бянчян,	四季掉的呢在空嘴边前，
Жеже чынха чын хуади	节节成下成话的
Йигэ щё йижян.	一个小意见。
Ту литу ба тянтон мыр	头里头把天堂门儿

Лян фон чүанту да,
Жүэмуди суйрати чё
Мэ нэму хэпа...
Хан жуандини,
Жуандини жүнмый йүан дипан,
Жё чэхади хуон чүандё,
Зэ куанда эрлан.

连放拳头打,
觉谋（mu）的绥拉提桥
没那么害怕……
还转的呢,
转的呢俊美远地盘,
叫扯下（ha）的谎圈掉,
在宽大尔兰。

103. Вэ хан хуэдини

103. 我还活的呢

Зусы! Вэ хан хуэдини
Зэ жы дун-яшон,
Вэди щин далуэрдини,
Дуан зущён сүчон.

就（zou）是!我还活的呢
在这顿亚上,
我的心打锣儿的呢,
端就像素常。

Гуонсы вэ фалуйдёлё
Ви зо жыншы ли,
Чүанпин мэю щинжинлё
Вэди жэ щин ли.

光是我乏累掉了
为找真实哩,
全凭没有心劲了
我的热心里。

Жыгэ шышон нан хуэжын
Жин шыщин-шыйи,
Доди ба ниди хочў
Вэдо зыни ли.

这个世上难活人
尽实心实意,
到底把你的好处
崴到缁泥里。

Да щиндини чўчиди
Ганжин хо йижян
Дуан щён пындо шытушон,
Фиди бу жян мян.

打心底里出去的
赶紧好意见
端像碰到石头上,
飞的（di）不见面。

104. Бусы! Заму мэ хуэди...

Бусы! Заму мэ хуэди
Зэ жыгэ шышон,
Быйкэр гуон жан вэрдини
Суй чин димяншон.

Зэ гуонйинди шын хэни,
Щён янзы йиён,
Мэйисыди пёдини,
Тэ чүэдуан фынлён.

Фын йигуа мэтуйиди
Донвэр зу хуонлан,
Бу гуа-диндир шындини,
Ду мэ жин дунтан.

Ванчүан бу сыщён вонху,
Жинтян жён йихо,
Нэзу вончу йидини
Нянфын щё лозо.

Ба жерди вон мергэ туй,
Ба мергэ -вон хур,
Хургэ е ю мергэни,
"Мергэ" щян мэфур...

Зу жыму линйир мергэ,
Жинту жы минбый,
Йихуэй луэдо мянчянни,

104. 不是！咱（za）们没（me）活的……

不是，咱们没活的
在这个世上，
白可儿光占窝儿的呢
碎亲地面上。

在光阴的深海里，
像燕子一样，
没意思的飘的呢，
太缺短分量。

风一刮没头尾的
当窝儿就慌乱，
不刮一定定儿神的呢，
都没劲动弹。

完全不思想往后，
今天将一好，
那就往出溢的呢
眼缝笑老早。

把今儿的往明儿个推，
把明儿个往后，
后个也有明儿个呢，
"明儿个"先没数儿……

就这么临尾儿明儿个，
顶头只明白，
一回落到面前里，

Жё щин дуэ хухуэй.

叫心多后悔。

Нэхур ба гуэлиди жызы,
Дансы куан дакэ,
Сыса йидяр мэ ганха
Зэ дун-яшон цэ.

那会儿把过哩的日子,
旦是宽打开,
是啥(sa)一点儿没干下
在顿亚上才。

Лёнщин лян бянзы кэсы
Бу жў да куэни
Ба замули жын жўэву...
Ю хын да цуэни!

良心连鞭子一样
不住打靸呢
把咱们的真觉悟……
有很大错呢。

105. Минйүн

105. 命运

Жэту ня щи сан йижыр
Щяни ви жынжан...
Лў зэ туни жуа кунмыр,
Жын зэ хуту дуан.

热头压(nia)西山(san)一阵儿
峡里围争战……
鹿在头里抓空门儿,
人在后头断。

Таму поди сыжян чон,
Сыйду бу щён сун.
Мынгўр жын бядо цошон,
Лў йигэр дын кун.

他们跑的时间长,
谁都不想松。
猛个儿人扒(bia)到草上,
鹿一个儿等空。

Канди жын шындо йинан,
Лў занха жянжян,
Ба жуви тэнэ гуанкан:
-Мин, ни бавэ тян...

看的人剩到一岸(nan),
鹿站下(zanha)渐渐,
把周围太爱(nai)观看:
——命, 你八外甜……

Канди мый лў бу жян йин,
Жын ба гунжян зан,

看的梅鹿不见影,
人把弓箭载(zan),

Зуэдо цошон чон бэщин:
-Мин, ни бавэ суан...

坐到草上尝拨心^①：
——命，你八外酸……

106. Зэ Россия

106. 在拉瑟亚（俄罗斯）

Ба ни вэ сыщёнчелё
Жэ быйён хушон,
Ба щин тедо чунтянди
Бый хуамуфушон.

把你我思想起（qie）了
热背阳后响，
把心贴到春天的
白桦木树上。

Та зэ вэди хуэвэни
Жинчон тон нянлуй,
Чинзанзарди жин дурдур
За чэму щянхуэй.

她在我的怀窝呢（ni）
经常淌眼泪，
清湛湛（zan）的金豆豆儿
咋那么贤惠。

Ни, данпа, сыщёндини,
Бый йүн зэ гынчян,
Жиннян зу жончелэни,
Шын жян шынлан тян.

你，耽怕，思想的呢，
白云在跟前，
今年就长起来呢，
能见深蓝天。

Ги чун фын дуан модини,
Та вугын санщин
Туди щихан нидини,
Быйтян хуэй данщин.

给春风端帽的呢，
他五更三星
偷的稀罕你的呢，
白天还担心。

Лянмян щидо хуамушон,
Ба ту куэ тэче-
Жю нэгэ йүн фудини
Вон дунмян жеже.

脸面偢到桦木上，
把头快抬起——
就那个云凫的呢
往东面节节。

---
①拨心：此处指忧伤。

Йихур вә зу вондёлё-
Щинни дуан зущён
Ни зэ вәди хуэвәни,
Жүнмый нун быйён.

一会儿我就（zou）忘掉了（liao）——
心里端就想
你在我的怀窝里，
俊美嫩白杨。

107. Зэ хэ бянни

107. 在海边呢

Вә хушон зэ хў бянни,
Щи шы сазышон,
Щелё йидуәр щё сывын,
Йинви гэ щинхуон.

我后晌在湖边呢，
细湿沙（sa）子上，
写了一段儿小诗（si）文，
因为改心慌。

Жә хў хушон йижынжыр
Йи лон гын йилон,
Зущён мяншан жә шәту,
Ба сывын щишон.

热湖后晌一阵阵儿
一浪跟一浪，
就像绵闪热舌头，
把诗文吸上。

Вә бу ю зыжи щёнди:
Вон жыгэ шын хў
Гуон бусы хэ людини,
Вәди вын е ву.

我不由自己想的（di）:
往这个深湖
光不是河流的呢，
我的文也入。

108. Кэчур долэди сыхур...

108. 开春儿到来的时（si）候……

Кэчур долэди сыхур,
Минйүн дэгэ кў,
Ба вәди нэчин мынгэр
Жё дў бин начў.

开春儿到来的时候，
命运带改苦，
把我的爱（nai）情猛个儿
叫毒病拿住（chu）。

Йисын мый хогуэ, фэсы,　　　　医生（seng）脉（me）号过，说是（si），
Йүн бый чончун щин,　　　　　用白长虫心（xing），
Нэхур бин вончян лэни,　　　　那会儿病往前来呢，
Гуон дюха цощин.　　　　　　　光丢下（ha）操心。

Вэ мэ данлин банфади　　　　　我没（me）单另办法的（di）
Зу чў мын ганжин,　　　　　　就出门赶紧，
До кэфанди тандони　　　　　　到开繁的滩道呢（ni）
Зыдый хэ хуэ мин.　　　　　　只（zi）得害活命。

Да нэхур... мыйтян бан-е,　　　打那会儿……每天半夜，
Гонгор йи би нян,　　　　　　刚刚一闭眼（nian），
Йи тё сынза ма чончун　　　　一条森呱麻长虫
Зу до вэ мянчян.　　　　　　　走到我面前。

"ба вэди нэчин налэ,　　　　　"把我的爱（nai）情拿来，
Ни ба та манйүан,　　　　　　你把它埋怨，
Були ба ниди гиги,　　　　　　不哩把你的给给，
Нэхур вэ чинйүан..."　　　　那会儿我情愿……"

Гуон вэ ба са гигини,　　　　光我把啥（sa）给给呢，
Йинцы нан йинчын,　　　　　因此难应承，
Нэчин хуан хо подёлё,　　　　爱情还好跑掉了，
Гыншон кан бин жын.　　　　跟上看病人。

109. Вужин зэ найидэни...　　　## 109. 如今在哪一带呢……

Вужин зэ найидэни　　　　　如今在哪一代呢
Вэди фын шонян,　　　　　我的粉少年，
Кэфанди фынхур жызы,　　　开繁的粉红枝子，

Нун щёнтян нянщян...

Зэ жими Летахэ литу
Жер йитян фонжан,
Та вон йүншы фудини,
Бу жыдо хуэйжуан.

Зочян вэ кын зуэ сывын,
Зочи жён шонлэ,
Жё линжүжяди гунжир
Мынгэр жинщинлэ.

Нэхур щинни лёндини,
Гуон ту литу луан;
Жыхур ту литу лёндини,
Щинни кэ хуонлан.

浓香甜年限……

在机密列塔河里头
今儿一天放展,
他往永世兒的呢,
不知道回转。

早前我肯作诗（si）文,
早起将上来,
叫邻居家的公鸡儿
猛个儿惊醒来。

那会儿心里凉的呢,
光头里头乱;
这会儿头里头凉的呢,
心里可慌烂。

110. Заму сыжи мондини...

110. 咱们（zamu）四季忙的呢……

Заму сыжи мондини,
Чүан мэ щян гунфу,
Вон чянмяр шыкандини,
Гуон хӯли-хӯдӯ.

Йидин мэ сыжяр толүн,
Вон нагэ бян-ян,
Нэтар сый ло дындини,
Жиди гон хи ян.

Зу нэгэ сыхур гонгор

咱们四季忙的呢,
全没（me）闲功夫,
往前面儿试看的呢,
光糊里糊涂（du）。

一定没时间讨论,
往那个边沿,
哪塌儿谁（sei）老等的呢,
急的杠黑烟。

就那个时候刚刚

Жүнмый тян шуфу
Да бонгәрни гуәдини-
Шызэ гуйжун фу!

俊美甜寿数
打膀胳里过的呢——
实在贵重数！

Гуонсы бянзы куәдини,
Заму нан сыщён,
Зан чы нэ жин подини
Ви жя кун вонщён.

光是鞭子敁的呢，
咱们难思想，
攒吃奶劲儿跑的呢
为假空望想。

111. Вә щинфуни, хан лэни...

111. 我信服呢，还来呢……

Вә щинфуни, хан лэни
Жүнмый фын йүнчи
Зэ вәмуди хонзыни-
Чигуэ гуй жечи.

我信服呢，还来呢
俊美粉运气
在我们（mu）的巷（hang）子里——
奇怪贵节气。

Чиннэ чунтян кә сунни
Дуан ги мый йигәр
Ба чин ганзо кэфанди
Нун цуан щюлюхуар.

亲爱（nai）春天可送呢
端给每一个儿
把清赶早开繁的
嫩（nun）爨秀溜花儿。

Чинжэ зохуа мон дони
Ба фугуй бый йү,
Жуви луан чи фипорни,
Хуонфи чуанчын чү.

亲热造化忙倒呢
把富贵白雨，
周围乱起水（fei）泡儿呢，
黄水圈成渠。

Заму эрви йүан пони
Шу лян шу лянчў
Зэ куан да чү хонзыни,
Щихуан шын бу жў.

咱们二位远跑呢
手连手连住（chu）
在宽大渠巷子里，
喜欢声不住。

Подо суйсур фахади   跑到碎碎儿耍（fa）下的

Нэгэ щүэ лўшон,   那个趄路上，

Гуйжун хэла гэдашон,   贵重豁垃圪垯上，

Ющирди винон.   游戏儿的维囊。

Йисы-санки сандёни   一时（si）三刻（kei）散掉呢

Щинниди нанщин,   心里（ni）的安（nan）心，

Бый йү бавэ щижинни   白雨八外洗净呢

Ба кэлян нэчин.   把可怜爱（nai）情。

112. Хуэйзў мадуй   112. 回族马队

Зэ тандони поддини   在滩道里跑的呢

Хуэйзў мадуй туан,   回族马队团，

Вон жинтян зы лэдини.   往今天只来的呢。

Тэён фан Тянсан...   太阳翻天山……

Бый лэ машон фидини,   白烈马上飞的呢，

Ган хуон фын ду куэ,   赶黄风都快，

Масанчин жин жёдини: 马三青尽叫的呢：

"Лохуэйхуэй, ганкуэ!"   "老回回，赶快！"

Чын нянжа фи лон жёди   成天价睡朗觉的

Вуне да тандо   如茶（nie）大滩道

Зў сани-мын жинщинлэ-   做（zu）啥（sa）呢——猛个儿惊醒来——

Чўанпин бу жыдо.   全凭不知道。

Куэ до бу жў фадини   快刀不住要的呢

Щүан зэ кунжунни,   悬在空中里，

Вонкэ дуэ тўмяндини   往开剁土面的呢

Зэ дуан тудини.

Мый йигэ матизышон
Тэён жин гуон жуэ,
Зэ Чюличуан жодини,
Зу щён жуэ хун хуэ.

Хунчи жингуан жандини,
Зэ мянчян бэлон,
Вон туанйүар са зыюдини,
Жё чуан дый жефон.

Зэ тандони подини
Хуэйзў мадуй туан,
Вон жинтян зы лэдини.
Тэён фан Тянсан...

在端头顶呢。

每一个马蹄子上
太阳金光着（zhuo），
在秋里川耀（rao）的呢，
就像着红火。

红旗金光展的呢，
在面前摆浪，
往团圆儿洒自由的呢，
叫全得解放。

在滩道里跑的呢
回族马队团，
往今天只来的呢。
太阳翻天山……

113. Зу чянван нян жуандини...

113. 就（zou）千万年转的呢……

Зу чянван Нян жуандини
га чигуэ димян
Зэ жыншы мэ бян-янди
Да кунжун жунжян.
Мыйтян
Вушын дўдини, бу жыдо щехуан,
Ба хын нан фугуэлэди
Мэфурди данщуан.
Зу нэгэ

就千万年转的呢
尕奇怪地面
在真实没（me）边沿的
大空中中间。
每天
无声度的呢，不知道歇换，
把很难数（fu）过来的
没数儿的担悬①。
就那个

①担悬：危险。

Сыжер заму зан чы нэди жин,

Ба щин чуэдо хуэвəни,
Туйжы гуй гуонйин:
кў, гощин, панвон,
манхун, панвон, чон, щихуан
дэ нандый фугуэлэди
заён щё ганбан.
Хўда-я,
Вə дыйдо за ванчүан бу дунса,
Жынжын
Хуэдо димяншон
Ю са йисыма?

时间儿（si jier）咱们（zamu）
攒吃奶的劲，
把心揣到怀窝里（ni），
推知贵光阴：
苦、高兴、盼望，
瞒谎，盼望，怅，喜欢
带难得（dei）数过来的
杂样小干办。
胡达呀，
我得道咋完全不懂啥（sɑ），
人人
活到地面上
有啥意思吗？

114. Мучин-димян фадёлё...

114. 母亲——地面乏掉了（liao）……

Мучин-димян фадёлё,
Зэ мэю жиншын
Сын-ён хоханзы эрзы
Ги дэдў жанжын.

Жызу жын лёнчян дуэ нян
Чүан тянтян-вумый
Дэ пəфан хи щёдини,
Бу ган чин нянлуй.

Лян йиче мучин йиён
Та жинчон панвон
Суй нанвын щехуанхани,
До салуэ хушон.

母亲——地面乏掉了，
再没有精神
生养好汉子儿子
给歹毒战争。

这就（zhizou）整两千多年
全天天寤寐
带颇烦黑孝的呢，
不干清眼（nian）泪。

连一切母亲一样
她经常盼望
碎安（ɑn）稳歇换下呢，
到洒落后晌。

Зу ви нэгэ вэ чито
За минжын йипин-
Мучин-димянди эрнү-
Куэ занчын тэпин.

Жё сынза дэдү жонди
Да бэля данщин
Жергэ зэ бэ мын жиндун
Ба жуан ло мучин.

就为那个我祈祷
咱民人一凭——
母亲—地面的儿女——
快赞成太平。

叫森咂歹毒仗的
大拜俩担心
今儿个在巨猛惊动
把转老母亲。

115. Заму дуан йүнчидини...

115. 咱们（zamu）短运气的呢……

Заму дуан йүнчидини
Луанхуон гуонйиншон,
Сыщёнди дый йидяндяр,
Дуэ е йүнбушон.

咱们短运气的呢
乱慌光阴上,
思想的得一点点儿,
多也用不上。

Чигуэди жыни зожуэ,
Гон пынче йипын,
Щинни донвэр вонщёнди
Лан йи да лёжин.

奇怪的这呢（zhini）找着（zaozhuo）,
刚捧起（qie）一捧,
心里当窝儿望想的
揽一大撩襟。

Жынжын жын щин тэ мэ дир,
Ган кү жин ду жан,
Ба та жыншы шыдашыр
Вилё нын тянман.

真正人心太没底儿,
赶枯井都懃,
把他真实实打实儿
为了能填满。

Гуонсы щян чүанпин йигэр
Ду мэщин жынжон:
Жынди дин дади йүнчи-
Сынзэ дун-яшон.

光是（si）先全凭一个儿
都没心认账:
人的顶大的运气——
生在顿亚上。

116. Панфилов. Люйүә. Сы дян жун

Жянжян лёншон лэдини
Мә янсый хи тян.
Гуэди! Йигә суй щинщин
Ду нандый зожян.

Йуанчўр зуә ёнзыдини
Йилю шын сан пян,
Йикуэ хи йўнцэ-щила
Гэлё го сан жян.

Лён куэ тур куанди йүәйүәр
Дэ вон натар мон,
Зонжи-гўда йўн литу
Ба бан шын хў зон.

Лўшон йито лучәчәр
Жин по-хан щян ман,
Лохар-чәхў хуонланди
На ма бон мон ган.

117. Сохўлў. Лайүә. Еван

Му, ву, ву... зы пудини
Вон диха кә цын,
Жуви чи был лондини,

116. 潘非洛夫　六月　四点钟

渐渐亮上来的呢
没（me）颜色黑天。
怪的！一个碎星星
都难得找见（zaojian）。

远处儿做样子的呢
一溜儿深山片①，
一块黑云彩稀拉
盖了（liao）高山尖。

两筷头儿宽的月月儿
待往哪塌儿忙，
脏叽咕哒云里头
把半身糊脏。

路上一套驴车车儿
紧跑——还嫌慢，
老汉儿车夫慌乱的
拿马棒忙赶。

117. 骚葫芦　腊月　夜晚

雾，雾，雾……只扑的呢
往地下可蹭，
周围起白浪的呢，

---

①山片：山根。

Саду канбужын.

Вә занжинди зудини
Кун митан лӱшон,
Кә бажя сы вудини
Лён ба шу монмон.

Са щиндун ду мәюди,
Чуанпин мә жын-ян,
Зэ мә сый вә жуәмуди
Жыгә гӱ димян.

Щин "тын-тынди"тёдини,
Куэ щён бечӱлэ,
Вә жёнмур дашын ханни-
Ба чин мын канлэ...

Зусы! Вә до чин жяни,
Ба мын куан лакэ:
"Э-ё, ни да нани лэ?"
"Да ву литу лэ..."

啥（sa）都看不真。

我攒劲的走的呢
空迷瘫路上，
可扒价撕雾的呢
两把手忙忙。

啥（sa）行动都没有的，
全凭没人烟，
在没谁（sei）我觉谋的
这个孤地面。

心"腾腾的"跳的呢，
快像弯出来，
我将儿大声喊呢——
把亲门看来……

就是！我到亲家里，
把门款拉开：
"哎呀，你打哪里来？"
"打雾里头来……"

118. Жә хэзы. Ваншон. Щётин...

118. 热海子　晚上　消停……

Жә хэзы. Ваншон. Щётин.
Шын нанввын. Ни. Вә.
Дуан тудини хуон йӱэйуәр
Йуә кан йуә нянжә.

热海子，晚上，消停。
神安稳（nanweng），你，我。
端头顶呢黄月月儿
越看越眼热（nianre）。

Мяншан хэзы бу янчуан,
Жыйижыр фижуэ:
Быйтян зобар янчи фын,
Мə жё та луəсуə.

绵闪海子不言喘，
这一阵儿睡着：
白天早半儿唵气风，
没叫他啰嗦。

Ни луйчў фи вондини,
Сыщён гуй йүмян,
Йихуэй хэзы дуангиди
Ги заму чүнян.

你对住水望的呢，
思想贵遇面，
一回海子端给的
给咱们去年。

Дуйли зэ бə жиндунли,
Куэ жё за йинян.
Ги та, мəю эрнүди,
Саншон йиба ян...

对哩，在叵惊动哩，
快叫眨（za）一眼（nian）。
给他，没有儿女的，
散上一把盐……

119. Да чү хонзы

119. 大渠巷（hang）子

Жыгə хонзы хан зэни,
Дуан зущён сўчон,
Ду жёди "Да чү хонзы",
Йигə да щёнжуон.

这个巷子还在呢，
端就像素常，
都叫的"大渠巷子"，
一个大乡庄。

Зэ тин дон лу зандилэ
Лён куэ ло йү фу,
Хошо чунтян ги таму
Кын дуан лю йифу.

在庭当路站（zan）的来
两棵（kuo）老榆树，
好少春天给他们（mu）
肯端绿（liu）衣服。

Ви жё гуəлўди жынжын
Шонву ще йинлён
Лю йүн жёди няннярди

为叫过路的人人
上午歇阴凉
绿云遮的严严（nian）儿的

Ба дэдў тэён.

Йи да чү фи тондилэ
Дуан да дон хонни:
Мыйтян жынжў дудур лю
Да йүфу бонни.

Ганзо йизор нэ щи лян
Вэди чин мучин
Зэ фу диха,чү яншон...
Ю дуэму нянчин!

Вужин да чү мэюди,
Зо гандё йүфу,
Мучинди щё тинбужян...
Сыхур тэ дэдў!

Жыгэ хонзы хан зэни,
Дуан зущён сўчон,
Ду жёди "Да чү хонзы",
Йигэ да щёнжуон.

120. Щүэ доди шын

Бый щүэ... бый щүэ щядини
Бу жў йижынжыр,
Зэ кунжунни щүандини
Мин бин хуа жынжыр.

Вон бый диха луэдини,

把歹毒太阳。

一大渠水淌的来
端打当巷（hang）里：
每天珍珠豆豆儿流
打榆树傍（bang）呢。

赶早一早儿爱（nai）洗脸
我的亲母亲
在树（fu）底下，渠沿上……
有多么年轻！

如今大渠没有的，
早干掉榆树，
母亲的笑听不见……
时候太歹毒！

这个巷子（hang）还在呢，
端就像素常，
都叫的"大渠巷子"，
一个大乡庄。

120. 雪到的声

白雪……白雪下的呢
不住一阵阵儿，
在空中里旋的呢
明冰花珍珍儿。

往白地下落的呢，

Йихур жю йицын,
До диха мә жиншынди,
Донвәр зу мә шын...

Вынцун зохуа жыйижыр
Шызэ дый чигуэ,
Зущён... сый ханли йи шын,
Жючў-бу ган кэ.

Бый щүэ бу зан додини,
Туанйүар луэ нанвын,
Люшын зэ тин, тинжяни
Ба щүэ деди шын.

一会儿就一层，
到地下没精神的，
当窝儿就没声……

温存造化这一阵儿
实在得奇怪，
就像……谁（sei）喊哩一声，
揪住——不敢开。

白雪不站（zan）倒的呢，
团圆儿落安（nan）稳，
留神再（如果）听，听见呢
把雪跌的声。

121. Чунхуазы кэ щядини...

121. 春花子可下的呢……

Чунхуазы
Кэ щядини
Жынжын йидян жун,
Хуон щүэ пянзы щүандини
Монмон зэ кунжун.
Туанйүар
Хў фи тондини;
Хуон янсый дипян
Юди вәршон туэзыжя
Кэжя нын канжян.
Сыжян
Занхади чын щүэ
Зэ мэжин занчў,
Йисы-санки хуадёни,
Чынха ни хўхў,

春花子
可下的呢
整整一点钟，
黄雪片子旋的呢
忙忙在空中。
团圆儿
黄水（fei）淌的呢；
黄颜色地片
有的窝上坨子价
可价能看见。
时间
攒下（ha）的陈雪
再没劲站（zan）住，
一时三刻化掉呢，
成下泥糊糊，

Мынмынди	猛猛的
Шы щүэхуазы	湿雪花子
Бядо жэ ляншон-	啪（bia）到热脸上——
Мэ нэму бин шынсани,	没那么冰甚啥（sa）呢①，
Щён зуэтян хушон.	像昨天后晌。
Йисыр...	一时（si）儿……
Щинни дунхади	心里冻下的
Йикуэкуэр лын бин	一块块儿冷冰
Донвэр щёдё чигуэди,	当窝儿消掉奇怪的,
Ду мэ лю зунйин.	都没留踪影。

122. Бан-ени

122. 半夜里（ni）

Да лў чёчёр шындини,	大路悄悄儿神的呢,
Дуан панвон нанвын,	端盼望安（nan）稳,
Жыйижыр фи лон жёдини,	这一阵儿睡朗觉的呢,
Мў жиншын чў шын.	没精神出声。
Жанжанцы йүдяр йигэр	縿縿子雨点儿一个儿
Тэ щёнщёр щёхэр,	太像像儿小孩儿,
Зэ ман шонха фадини,	在满上下（ha）耍（fa）的呢,
Чин хуа бу ву эр.	亲话不入（wu）耳。
Зэ фондиршон тёдини,	在房顶儿上跳的呢,
Зэ хуон фуершон,	在黄树叶儿上,
Зэ фонмыншон кодини,	在房门上敲（kao）的呢,
Зэ хи чуонзышон.	在黑窗子上。

---

①其啥呢：指 "甚那么"。

Вон фи кынни бядини,

Вон хуон шы цошон.

Вон жүэдини дедини,

Вон зон ни лӱшон...

Мын! йүдяр ба вэ сожян,

Куэ дедо шыншон,

Зущён ган жын чуэдини,

Чүан биндо щиншон...

往水坑里啪（bia）的呢，

往黄湿草上。

往脚底里跌的呢，

往脏泥路上……

猛！雨点儿把我睄见，

快跌到身上，

就像干针戳的呢，

全冰到心上……

123. Чютян

Фын йисыр зу сыдини

Ба кун финёр вэ

Зэ жи куэ фу жунжянни

Хан да шонвугуэ.

Та ба фушонди фуер

Йигэ ду мэ шын,

Чуан жуандо гӱ йинлӱршон,

Жянжян луэчын цын.

Мын! фын ба вэди мозы

Монмон махалэ,

Тэ хэпа вэ хуту дуан,

Бавэ поди куэ.

Гуонсы вэ мэ хэрли дуан,

123. 秋天

风一时儿就撕的呢

把空飞鸟儿窝

在几棵树中间

还打上午过。

他把树上的树叶儿

一个都没剩，

全转到孤阴路上，

渐渐落成层。

猛！风把我的帽子

忙忙抹（ma）下来，

太害怕我后头断，

八外跑的快。

光是我没合儿力断，

Щин литу бу тын:
Гыншон щятян зудёлё
Вэди жын жиншын.

心里头不停：
跟上夏天走掉了
我的真精神。

124. Гонгор до лён бан-ени...

124. 刚刚儿到两半夜里（ni）……

Гонгор до лён бан-ени
Вэ мын фищинлэ,
Йигӯр лён фын да фонни
Вон вэ шин лӯлэ.

刚刚到两半夜里
我猛睡醒来，
一股儿凉风打房里
往外寻路来。

Жигэ юлон хуон фуер
Тэ хуонхуон-монмон
Чечӯ фын южуан туанйҳар...
Щихуан шын цонлон.

几个悠浪黄树叶
太慌慌忙忙
借（qie）住风悠转团圆儿……
喜欢声沧浪。

125. Юди фэди: "Шудёчи..."

125. 有的说的："收掉去（qi）……"

Юди фэди: "Шудёчи
Ни куэ ба сывын...",
Йинцы щянзэ лохуэхуэй
Бу дун хуэйзӯ вын.

有的说的："收掉去
你快把诗文……"，
因此现在老回回
不懂回族文。

Гуонсы вэ зуэ сывынни
Йҳн фуму йҳян,
Зыё шышон шын йи ви
Чин хуэйзӯ лянмян.

光是（si）我作诗文呢
用父母语言，
只要世上剩一位
亲回族脸面。

126. Гыншон залуй зудёлё...

Гыншон залуй зудёлё
Вэди щён кэфи,
Ба вэ йигэр лёхалё
Таму лён эрви.

Мэфурди сын йў дяндяр
Пятатарди щя,
Зущён щё хэр жинжүэпяр
Хў по, бу хуэй жя.

Вэ ди ту литу манмар
Луан сыщён жянжян
Ба мый йигэ щян гэлор
Жыйижыр жан нян.

Быйтян мэ сыжян гуанди
Дантў гуэ йисы
Жыхур чын лохў пуди,
Дуан вонщён жүсы.

Жыгэ жекур да хэпа
До щин жянжяршон:
Дуэ мэ ганха хо, данпа,
Вэ зэ дун-яшон.

Зущён ги вэ зуэжурлэ,
Чуонзыди нэмян,

126. 跟上炸雷（lui）走掉了（liao）……

跟上炸雷走掉了
我的香瞌睡，
把我一个儿料下了
他们两二位。

没（me）数儿的森雨点点儿
啪（pia）塌塌儿的下，
就像小孩儿精脚片儿
胡跑，不回家。

我的头里头慢慢儿
乱思想渐渐
把每一个闲圪塝儿
这一阵占严（nian）。

白天没时间管的
胆突怪意思
这会儿成老虎扑的，
端望想举事。

这个节口儿大害怕
到心尖尖儿上：
多没干下好，耽怕，
我在顿亚上。

就像给我做主儿来，
窗子的那面，

Хи тяншон мын мочўлэ
Быйгуагуади дян.

黑天上猛冒出来
白刮刮的点。

127. Ба вон шонян хуэйди лў...

127. 把往少年回的路……

Ба вон шонян хуэйди лў
Куэ ванчуан вондё,
Йинцы жё сыжян за цо
Дазо ду жондё.

把往少年回的路
快完全忘掉,
因此叫时间杂草
打早都长掉。

Эртун чиндё щён чисый
Зэ фонмын нэмян
Ба заму зэ бу нын дын
Жын чинзор сыжян.

儿童情调香气色
在房门那面
把咱们再不能等
整清早儿时间。

Зэ кэфанди тойуанни
Нун нэчин сыжи
Ги заму, чечў чун фын,
Зэ бу са цуан ви.

在开繁的桃园里
嫩爱情四季
给咱们,借(qie)住春风,
再不洒爨味。

Мучин тэяншон цуди
Зэ бу цо шан щин,
Жисы заму хуэлэни,
Жир дазо жё мин...

母亲台沿上瞅的
再不操善心,
几时咱们回来呢,
鸡儿打早叫鸣……

Жыгэ шышон йи тё лў
Жыжы щин вончян,
Ба заму жин цуйдини
Вон лобан сыжян.

这个世上一条路
直直行往前,
把咱们尽催的呢
往老半时间。

128. Юбинди

Цэди чун фын хийинзы
Жыхур фидилэ,
Вон сы мян мон садини
Ба хинан ганкуэ.

Туанйүар ямир-дунжинди,
Чүан луйди фижуэ,
Гуонсы ...жыгэ фонзыни
Юдынзан хан жуэ.

Мэ фынлёнди щё гүнён,
Гынбынсы йигэр,
Зэ гэлорни зуэдини,
Тэ щёнщер луэхэр.

Жан хын чон зыжядини,
Дэгэ щян щифан,
Чын жи бянжя цадини,
Суйбян цун кэ жан.

Санпый туфа пыйдини
Су жян жягуэршон:
Хи сысыр ду жүандини,
Минди фонлё гуон.

Цуан щён-ю ца няндини
Ба нунмян бый лян;
Хуон лён жунжян жуэдини
Йидүр хуүто нян...

128. 有病的

踩的春风黑影子
这会儿飞的来，
往四面忙洒的呢
把黑暗赶快。

团圆儿哑鸣儿动静的，
全累的睡着，
光是……这个房子里
有灯盏还着。

没分量的小姑娘，
根本是一个儿，
在圪垯儿里坐的呢，
太像些儿落合儿。

染很长指甲的呢，
带改嫌细烦，
成儿遍价擦的呢，
随便重（cong）可染。

散披头发披的呢
瘦肩胛拐儿上：
黑丝丝儿都卷的呢，
明的放了光。

爨香油擦严的呢
把嫩面白脸；
黄亮中间着的呢
一对儿核桃眼……

Зу жыму тянтян-вумый 就这么天天寱寐
Дуан йүанмыр-жоён 端原模照样
Йигәр чончон зуэдини 一个儿常常坐的呢
Йичыр вон да лён. 一直往大亮。

Тижи йинйир чибучир 体已影影儿去不去儿
Чын жыншы Тэзы, 成真实太子,
Жё та сыжи щёдини, 叫她四季笑的呢,
Цэсы хоханзы. 才是好汉子。

Жыйижыр дин чигуэди- 这一阵儿顶奇怪的——
Та жынжын хын щён 她真真很像
Жинлулур литу зуэди 金楼楼（lu）儿里头坐的
Жүнмый Хуонгүнён. 俊美皇姑娘。

129. Сыжя ## 129. 诗家

Сыжя зуэ сывындини 诗家作诗文的呢
Йижонзы зышон: 一张子纸上:
"Чинщю чунтян хундини "清秀春天红的呢
Жүнмый жэ шышон; 俊美热世上;

Зыжан жын шоншыдини, 自然真赏识的呢,
Ба лю йи чуаншон; 把绿衣穿上;
Йилю бый ян фидини 一溜白雁飞的呢
Го шынлан тяншон; 高深蓝天上;

Жэту, жэту... щёдини, 热头, 热头……笑的呢,
Дуан щён шандини; 端像闪的呢;
Чёр шушон зуэ хуэйдини, 雀儿树上坐会的呢,
Ду луан хандини; 都乱喊的呢;

Вынцун гуэхуар кэдини-　　　　　　绒存果花儿开的呢——
Йикуэ бый йүнцэ,　　　　　　　　一块白云彩，
Цуанви ко фын фидини,　　　　　　爨味靠风飞的呢，
Туанйүар мифыр цэ”...　　　　　　团圆儿蜜蜂采”……

Щежя мынгэр тёчелэ,　　　　　　　写家猛个儿跳起来，
Щинни ман щихуан:　　　　　　　心里满喜欢：
Данпа жыншы чуандони　　　　　　耽怕真实川道里
Фынхур чунтян жуан.　　　　　　　粉红春天转。

Жинкуэ до чуонзы гынчян-　　　　　尽快到窗子跟前——
Донвэр фа пэфан...　　　　　　　　当窝儿发颇烦……
Чю ху сын йү щядини,　　　　　　　秋后森雨下的呢，
Чуанпин бу щён зан.　　　　　　　全凭不想站。

130. Зэ димяншон подини...　　　　130. 在地面上跑的呢……

Зэ димяншон подини　　　　　　　在地面上跑的呢
Йи да чүн куэ ма,　　　　　　　　一大群快马，
Вонгуэ дү кунжяндини:　　　　　　往过度空间的呢：
Хэ, тан, сан дэ ва.　　　　　　　　河、滩、山带洼。

Зэ сыжянди мый йи тё　　　　　　在时间的每一条
Жяннан ванзышон　　　　　　　　艰难弯子上
Жё жынжын пыйжыдини,　　　　　叫人人配治的呢，
Бу жыдо нежон.　　　　　　　　　不知道茶障①。

Лян бын шыту дадини,　　　　　　连笨石头打的呢，

---

①茶障：可怜。

Лян дӯ гунжян са,
Лян чён дэ по шыдини,
Лян дэ задан за...

Хун ще бу жӯ тондини
Дуан щён фи йиён,
Дансы шудо йиданни-
Ю манман йи жён.

Кэсы мачӱн подини,
Бу жыдо хуонмон,
Да фи литу почӯлэ,
Жодо хунхуэшон.

Жергэ шынди тэ будуэ
Жын эрлан жунжян,
Таму фонжан подини
Бу жӯдян вончян.

131. Вэди щинни гӯгӯрди...

Вэди щинни гӯгӯрди
Щян луанчи-базо,
Сыжиннинди гӯгӱзы
Кунтонтонди ко.

Тэ щён санщяни занди
Нэ йичӱ гӯ мё,
Жё дӯ тэён жыдини,
Сын фын хо, йӱ жё...

连毒弓箭杀，
连枪带炮使的呢，
连歹炸弹炸……

红血不住淌的呢
端像水一样，
但是收到一搭呢——
有满满一江。

可是马群跑的呢，
不知道慌忙，
打水里头跑出来，
照到红火上。

今儿个剩的太不多
真尔兰中间，
他们放展跑的呢
不住点往前。

131. 我的心里孤孤儿的……

我的心里孤孤儿的
先乱七八糟，
使劲拧的股股子
空堂堂的敲（kao）。

太像山下里站的
那一处孤庙，
叫毒太阳炽的呢，
森风嚎，雨叫……

Гуонсы йидур хуон янжир
Зэ ло мё лёншон
Жызу йищя жўдини,
Ба чин вэ дяншон.

Хубар шудо йидани
Ду дашын жёхуан,
Дыйдо шонлён садини,
Тэ нан дун йинган.

光是一对儿黄燕唧儿
在老庙梁上
这就一下住的呢，
把亲窝垫上。

后半儿收到一搭呢
都大声叫唤，
得道商量啥的呢，
太难懂营干。

132. Зэ йицын ху бин дищя...

Зэ йицын ху бин дищя
Хын щён хуа йўйўр
Вэ йинавар пындини,
Гуон бу жыдо йир...

Щинни зун щён гуан йинян
Нанцон лан асмар,
Щи йику щёнтян чисый-
Нэхур жуан луэхэр.

132. 在一层厚冰地下……

在一层厚冰地下
很像花鱼鱼儿
我一拿完儿①碰的呢，
光不知道尾儿……

心里总想观一眼
暗藏蓝阿斯玛儿②，
吸一口香甜气色——
那会儿转落罕儿。

133. Вэ дебанди шондини...

Вэ дебанди шондини
Вон дон диндиршон
Зэ суйди сыхур фахади
Хын го гэдашон.

133. 我跌绊的上的呢……

我跌绊的上的呢
往当顶顶儿上
在碎的时候儿要下的
很高圪垯上。

①一拿完儿：经常，一直。
①阿斯玛儿：阿拉伯语音译，天。

Чин чун фынфыр гуадини,　　　亲春风风儿刮的呢，
Бу жыдо шыщян,　　　　　　不知道识闲，
Ба туфа фумэдини,　　　　　把头发抚摩的呢，
Щинни тэ футан.　　　　　　心里太舒坦。

Жуви-салуэ тандони-　　　　周围——洒落滩道里——
Жи пян мыйсый щүэ　　　　几片麦色雪
Жытар-нэтар пудини,　　　　这塌儿——那塌儿铺的呢，
Чүанпин мэ щёпэ.　　　　　全凭没（me）消破。

Тэён-гүнён жодини　　　　　太阳姑娘照的呢
Жын данчин тяншон,　　　　真淡青天上，
Вон маншонха садини　　　　往满上下洒的呢
Ба жэ жинзы гуон.　　　　　把热金子光。

Вэди жүэдини щүэхуар　　　我的脚底里雪花儿
Дуан жанжан-чинчин　　　　端战战兢兢
Лян эрлан жыншыдини-　　　连尔兰认识的呢——
Гонгор зын нянжин.　　　　刚刚睁眼睛。

Вэ бобо щили йику　　　　　我饱饱吸了一口
Фужү щён кунчи,　　　　　富足香空气，
Ба щинниди луан жизо　　　把心里的乱急躁
Куанкуар фончүчи.　　　　款款儿放出去。

134. Жынйүэ

134. 正月

I
Жынйүэ чў 8.
Шыщёди! Дипизы хын ган...

I
正月初八。
失笑的！地皮子很干……

Сыйду жинян мэ жян щүэ.	谁都几年没见雪。
Гуон мо йү дебан.	光毛雨跌绊。
Хуон жэту фататади	黄热头乏踏踏的
Йигэр вончян фу,	一个儿往前凫,
Жи куэр гужя-вашыди	几块儿垢痂瓦湿的
Зон йүнцэ же лў.	脏云彩捷路。
Туанйүар	团圆儿
Хын тўцонцонди.	很土苍苍的。
Щян бу щён дунтян!	先不想动弹!
Кэсы сый е фэбулё:	可是谁也说不了:
Жысы жын чютян.	几时真秋天。
Жынжын лонлор-бэбэди	人人浪浪儿摆摆的
Чүан бу гуанщян лў,	全不管闲路,
Гэулэ-гуэчи зудини,	过来过去走的呢,
Бикэр та жүэбу.	白可儿踏脚步。
Дэдў вынбин фандини,	歹毒瘟病犯的呢,
Зущён куэ фанлян,	就像快翻脸,
Ба мый йигэр вон дони,	把每一个往倒呢,
Бу вын сый чинйүан.	不问谁情愿。
Вэди эрзы	我的儿子
Жы кэжя	这可价
Куэ ю йичи дуэ	快有一期多
Коншон бяди жанжарди,	炕上扒(bia)的展展儿的,
Нянни хун хуэ жуэ.	眼里红火着。
Жыйижыр дон йүанзыни,	这一阵儿当园子里,
Ло гуэзы фушон	老果子树上
Йигэ хичёр дундини,	一个黑雀儿蹲的呢,
Дуан щён дашын чон...	端像大声唱……
Жё гуэ тянчи хундёли.	叫怪天气轰掉哩。
Тэ нежон финёр!	太茶障张飞鸟儿!
Зэ, хичёр...	哎,黑雀儿……

Кэлян хичёр!　　　　　　　　　可怜黑雀儿!

Гуатар суй хичёр!　　　　　　瓜蛋儿碎黑雀儿!

II　　　　　　　　　　　　　　Ⅱ

Жынйүэ чў 9.　　　　　　　　正月初九。

Цэ жүэжуэ жергэ тянчи бян!　才觉着今儿个天气变!

Момор йүйүр　　　　　　　　毛毛儿雨雨儿

Щядини да чинзор жянжян.　下的呢打清早儿渐渐。

Кон жидёди дипизы　　　　　渴(kang)急掉的地皮子

Куэ бянлё янсый.　　　　　　快变了颜色。

Лўшон　　　　　　　　　　　路上

Зу щён вонхани йикынкыр ни фи.　就像忘下呢一坑坑儿泥水。

Ган шонву луэсуэ йүйүр　　　赶晌午络梭儿雨雨儿

Чўан жуанчын бый щүэ.　　　全转成白雪。

Чигуэ жүнмый щүэхуазы　　奇怪俊美雪花子

Туанйүар　　　　　　　　　团圆儿

Монхуон луэ!　　　　　　　忙慌落!

Вон шы лўшон щядини.　　　往湿路上下的呢。

Вон фондинзышон.　　　　　往房顶子上。

Вон ган фушон луэдини.　　　往干树上落的呢。

Вон лю цоцоршон.　　　　　往绿草草儿上。

Гуэлэ-гуэчи　　　　　　　　过来过去

Зудини хонзыни жынжын,　走的呢巷子里人人,

Зущён жён фидищинлэ,　　就像将睡的醒来,

Шынти хын чинсын.　　　　身体很轻松(seng)。

Вэди эрзы зуэдини　　　　　我的儿子坐的呢

Зэ чуонзы гынчян.　　　　　在窗子跟前。

Мын ханли:　　　　　　　　猛喊的:

"Нэсы сама?"-　　　　　　　"那是啥嘛?"——

Дуан жочў дон йүан.　　　端朝住当院。

Вэ зу жинган почўчи-　　　我就紧赶跑出去——

Зусы суй гуатар... 就是碎瓜蛋儿……
Гуэфу диха дундини. 果树底下蹲的呢。
Жюди йигэдар. 蹾的一圪垯儿。
Жё гуэ тяняи хундёли. 叫怪天气轰掉哩。
Тэ нежон финёр! 太茶障飞鸟儿！
Зэ, хичёр... 再，黑雀儿……
Кэлян хичёр! 可怜黑雀儿！
Гуатар суй хичёр! 瓜蛋儿碎黑雀儿！

135. Фэсы, сан-ён халэлё...

135. 说是，山羊下来了……

Фэсы, сан-ён халэлё 说是，山羊下来了
Зуэтян да саншон, 昨天打山上,
Нэтар бый щуэ чуан бу щё, 那塌儿白雪全不消,
Сын фын хо хушон. 森风嚎吼上。

Фэсы сан-ён халэлё, 说是山羊下来了,
Зэ чуандо зо хо, 在川道找好,
Жытар щятян чон бу гуэ, 这塌儿夏天长不过,
Чин цо нын чы бо. 青草能吃饱。

Фэсы, сан-ён халэлё, 说是，山羊下来了,
До щёнжуонди нан... 到乡庄的难……
Шынли йида пян хун ще, 剩了一大片红血,
Эржэхуэй шон сан. 二折回上山。

136. Шышон ю йи ви жынни...

136. 世上有一位人呢……

Шышон ю йи ви жынни, 世上有一位人呢,

Дуан щён ни дэ вэ,　　　　　端像你带我，
Зэ фэ зуйбянчянди хуа,　　在说嘴边前的话，
Хо путун ложэ.　　　　　　　好普通老者。

Чин ганзо шон хуэдини,　　清赶早上活的呢，
Бу хуэй дуэ чэхуон,　　　　不会多扯谎，
Тади щёнпяр гуадини　　　他的相片挂的呢
Зэ минйү баншон.　　　　　在命运板上。

Тян, кў, хан, ха ду чонгуэ　甜、苦、咸、瞎都尝过
Зэ сынхуэ лўшон,　　　　　在生活路上，
Ги Хўда Торля доще　　　　给胡达套尔俩道谢
Йидо ван хушон.　　　　　一到晚后晌。

Щинэгуэ! Дэ мо нянжин,　喜爱过！带毛眼睛，
Гансан щё гўнён　　　　　干散小姑娘
Зожүэфу диха зуэгуэ　　　皂角树底下坐过
Йичыр вон да лён.　　　　一直儿往大亮。

Ю жигэ хо пын-юни,　　　有几个好朋友呢，
Кын зэ жяни лэ,　　　　　肯在家里来，
Зыжи е нэ лонмынзы,　　自己也爱浪门子，
Тэ щихуан мэ дэ.　　　　太喜欢卖呆。

Же фэчи, лалахў жўр,　　叫说去，拉拉糊主儿，
Нэ фэхуа, нэ щё,　　　　爱说话，爱笑，
Нэ фа, нэ хан, нэ хужё,　爱耍，爱喊，爱胡叫，
Нэ чон гэр, нэ тё...　　　爱唱歌儿，爱跳……

Шышон ю йи ви жынни,　世上有一位人呢，
Дуан щён ни дэ вэ...　　端像你带我……

"Шозы,гуазы, бандёзы..."-
Жынжын кын тифэ.

"烧子，瓜子，半吊子……"——
人人肯提说。

137. Вэ дыйдо за щян бу дун...

Вэ дыйдо за щян бу дун
Ба вэди щивон,
Та суйбян гэбяндини,
Зущён бу жючон.

Зуэтян йищин вонщёнди
Ба ни щён зожян,
Жинтян шыщин мущёнди
Да мянчян куэ нян.

137. 我得道咋先不懂……

我得道咋先不懂
把我的希望，
他随便改变的呢，
就像不久长。

昨天一心望想的
把你想找见，
今天实心谋想的
打面前快撵。

138. Зэ жын мянчян щёдини...

Зэ жын мянчян щёдини,
Вэ хын ю жиншын,
Жынжын йичэ фэдини:
"Цэсы гощин жын..."

Гуонсы сый жыншы жянгуэ
Вэди нежон щин,
Та яндин тэ чёчини,
Йинцы бусўщин.

Йи да куэзы хи йўнцэ

138. 在人面前笑的呢……

在人面前笑的呢，
我很有精神，
人人一切说的呢：
"才是高兴人……"

光是谁真实见过
我的茶障心，
他言定太跷蹊呢，
因此不舒（su）心。

一大块子黑云彩

Бу жё щян сунжин,
Чўанпин жэняндёдини
Ба вэди бин щин.

不叫先松劲，
全凭遮严掉的呢
把我的冰心。

Йисыр, йисыр фахуонди
Жуанчын да бый йў,
Кэ гонзыди додини,
Жуви чын фи чў.

一时儿，一时儿发慌的
转成大白雨，
可缸子的倒的呢，
周围成水渠。

Вэ зынди гощиндини,
Ба гэжын жуа жин,
Йинви мэщин жё сысый
Дуан ви вэ занжин.

我挣（zeng）的高兴的呢，
把个人抓紧，
因为没心叫是谁
端为我攒劲。

Зэ жын мянчян щёдини,
Вэ хын ю жиншын,
Жынжын йичэ фэдини:
"Цэы гощин жын..."

在人面前笑的呢，
我很有精神，
人人一切说的呢：
"才是高兴人……"

139. Фуйўанзыни

139. 树园子里

Жер жытар бигуагуади,
Тэ дуанлё фынмый,
Жэту лонлор-бэбэди,
Чўанпин мэ янсый.

今儿这塌儿敝寡寡的，
太短了粉美，
热头浪浪摆摆儿的，
全凭没颜色。

Туанйўар жинчон щядини
Хуон фуер бу жў,
Цылонлор жин гэдини
Ба гўдан йинлў.

团圆儿经常下的呢
黄树叶儿不住，
刺浪浪儿尽盖的呢
把孤单阴路。

Солӯди гуон содини
Да фабый чинзор,
Лӯ лёнхани дуйдини
Лён лүн хуон фуер.

扫路的光扫地呢
打发白清早儿，
路两下里堆的呢
两轮黄树叶。

Нэгэ... нян боди лохар
Зэ гуэ йижынжыр,
Е зу чынха чютянди
Чигуэ хуон щёнжыр.

那个……严包的老汉儿
再过一阵阵儿，
也就成下秋天的
奇怪黄相人儿。

140. Мə бян-янди лёншы ди...

140. 没边沿的粮食地……

Мə бян-янди лёншы ди
Жын манмян щян нян,
Дуан зущён йи пян хэзы
Кэ бэдо мянчян.

没边沿的粮食地
正满面显眼，
端就像一片海子
可摆到面前。

Щимяр ня сан бяндини
Зыхур йүан тэён,
Ги жин мыйзы садини
Ба линйир гуонлён.

西面儿压山边儿的呢
之后远太阳，
给金麦子洒的呢
把临尾儿光亮。

Йисыр йигӯр лён фынфыр
Хын хуонхуон-монмон
Да сан щяни фидилэ,
Жё мыйзы бэлон.

一时儿一股儿凉风风儿
很慌慌忙忙
打山下呢飞的来，
叫麦子摆浪。

Щён видо ба чүан туанйүəр
Куэ манфу жуонман,
Жё шынти, бу ю зыжи,

香味道把全团圆儿
快满数装满，
叫身体，不由自己，

Дый чигуэ футан.

Вэ бобо щилё йику
Жыншы чин чисый:
Бин щинни тэ щихуаилё...
Гуонйин шы жүнмый!

得奇怪舒坦。

我饱饱儿吸了一口
真实清气色：
冰心里太喜欢了……
光阴实俊美！

141. Йигүр лён фын жён гуагуэ...

141. 一股儿凉风将刮过……

Йигүр лён фын жён гуагуэ,
Жин чютян долэ;
Хуон фуер мон луэдини,
Туанйүар жын чнгуэ.

一股儿凉风将刮过，
金秋天到来；
黄树叶忙落的呢，
团圆儿真奇怪。

Дюха вэлё... зущёнсы
Е дуэ мэ йү са,
Гуонсы кэ дэ бый сыйлё
Жи гынгыр туфа.

丢下我了……就像是
也多没余啥，
光是可带白色了
几根根儿头发。

142. Люйүэди жэ бу ган ко...

142. 六月的热不敢靠……

Люйүэди жэ бу ган ко
Ба нэ йитё чин,
Ни хан нын зүхагэ са,
Вэди гуатар щин...

六月的热不敢靠
把那一条亲，
你还能做下个啥，
我的瓜蛋儿心……

Шыйүэди жэ дуэ мэ жин,
Зу бэ ган дунтан...

十月的热多么近，
就叵敢动弹……

Куэ ву бый лын дунни,
Нянпир кэ йишан.

快入白冷冬呢,
眼皮儿可一闪。

143. Вэ ба чин эртун сыхур...

143. 我把亲儿童时候……

Вэ ба чин эртун сыхур
Жинтян кэ мынжян:
Йикуэр нуншаншар кэчур
Шанзэ дон мянчян.

我把亲儿童时候
今天可梦见:
一块儿嫩闪闪儿开春儿
闪在当面前。

Лёнгэ зыю щё хэзы
Зэ суан дини фа.
Фон "бавон фынзыдини",
Фон шу ба щян жуа.

两个自由小孩子
在蒜地里耍。
放"霸王风纸(zi)的呢",
双手把线抓。

Да хун тэён садини
Ба жинзы жэ гуон.
Фу ди куэ щён жекэни,
Чи вон тяншон хуон.

大红太阳洒的呢
把金子热光。
熟的快像揭开呢,
去住天上黄。

Лёнг чинчё суй хўтёр,
Йинтэ дэ Шанбэ,
Мяншан чун фын жунжянни
Ющир жин хуанлуэ.

两个儿轻巧碎蝴蝶(tiao)儿,
英台带山伯,
绵闪春风中间里
由兴儿尽欢乐。

"Суандини та садини?"...-
Мынгэр мучин хан
Зэ фынхур гуэфу диха,
Шынйин дуэ мяншан.

"算的呢他洒的呢?"……——
猛个儿母亲喊
在粉红果树底下,
声音多绵闪。

Жергэ... та кэжя дазо
Зу вилё вонжын,
Щёхэрди туфа бонжер
Чүан чынха щүэжын.

今儿个……他可价打早
就为了亡人，
小孩儿的头发膀间
全成下雪珍。

144. Заму ахыр ду зуни...

144. 咱们阿黑儿都走呢……

Заму ахыр ду зуни
Жы йи тё гуэ лў,
Да жытар дуэ бу хэпа,
Цызо йүн ву тў.

咱们阿黑儿①都走呢
这一条怪路，
打这塌儿多不害怕，
迟早攃如土。

Гуон жындон дуэдуэ хэпа
Найихуэй быйкэр
Жыгэ жүнмый дун-яшон
Ту дэ бый щүэхуар...

光正当多多害怕
那一会儿白可儿
这个俊美顿亚上
头戴白雪花儿……

145. Ни ё фэ ни лодини...

145. 你要说你老的呢……

Ни ё фэ ни лодини,
Бан бый куэ ву йүан,
Щин бу жу сунжиндини,
Ёншын тэ нанкан.

你要说你老的呢，
半百快入远，
心不住的松劲的呢，
腰身太难看。

Кэсы щинщю жүэдини
Зу жи бый чян нян.
Ни кан... та хан жодини,
Лю сый щю хи тян.

可是星宿着的呢
就儿百千年。
你看……他还耀的呢，
绿色羞黑天。

①阿黑儿：阿拉伯语借词，最终。

146. Хуон чютянди йин

Вэ зудо фуйγанзыни
Сынчон ван хушон,
Зуэдо чγэдуан фынмыйди
Йи лю бандыншон...

Чютян чонжю додини
Ба пиннан танман
Гн жянжян бян янсыйди
Тэ кунтон зыжан.

Гўдан бу жў кодини
Ба жизо щё гў.
Мянчян йижынжыр кунди
Ёншын бавэ кў.

Вон щинни мон зуандини
Хуон чютянди йин.
Йисыр манмян тинжянни
Щин тёди шынйин.

147. Юди зуэ сывынндини...

Юди зуэ сывынндини
Зэ нодэ жунжян,
Ба сыщёнхади йисы
Луэчын цыр жянжян...

Зыху гуон дабандини

146. 黄秋天的音

我走到树园子里
森长晚后响，
坐到缺短粉美的
一溜板凳上……

秋天长久到的呢
把平安坦慢
给渐渐变颜色的
太空堂自然。

孤单不住敲的呢
把急躁小鼓。
面前一阵阵儿空的
扬声八外哭。

往心里忙钻的呢
黄秋天的音。
一时儿满面听见呢
心跳的声音。

147. 有的作诗文的呢……

有的作诗文的呢
在脑袋中间，
把思想下的意思
擞成词儿渐渐……

之后光打扮的呢

Лян заён жуонщю,
Йинцы жы йихозы хуэ
Туанйүан тэгэ ю.

Вэ... зуэ сывындини
Дуан зэ жэ щинни,
Нэгэ зыжи чибучир
Вон вэмян йини.

Да жытар шын бу жүн-ёён
Вэди чёмё хуа,
Йинви щин гуон жыдоди
Хо зэмусы Ха.

连杂样装修，
因此这一号子活
团圆儿带改有。

我……作诗文的呢
端在热心里，
那个自己去不去儿①
往外面移呢。

打这塌儿甚不俊样
我的巧妙话，
因为心光知道呢
好在么是瞎（ha）。

148. Хуа гуонйин

Хуа гуонйин
Хуахуа гуонйин
Дэ хуахун гуонйин...
Шыдашыр, жуонщю-фонфа
Йи чэ-лён лёжин.
Ги мый йи ёнзы гуонйин
Ба заён янсый
Жынжын гэжын пыйдини
Дуан тянтян-вумый.
Да жытар
Йикуэр гуонйин шызэ хын щисый.
Ди эр куэр, за кан еба,
Тэ мэю янсый.

148. 花光阴

花光阴，
花花光阴
带花红光阴……
实打实儿，装修——方法
一车——两撩襟。
给每一样子光阴
把杂样颜色
人人各人配的呢
端天天窊寐。
打这塌儿
一块儿光阴实在很喜色。
第二块儿，咋看也罢，
太没有颜色。

---

①去不去儿：时不时。

Виса ду жан гуонйинни
Лян заёр янсый!?
Вэ чин дажя,
Лян фынхур янсый сӯчон пый.
Нэхур гуонйин цанкэни,
Зущён фын тохуар,
Ги жуви са щихуанни
Да зочи чинзор.

为啥都染光阴呢
连杂样儿颜色!？
我请大家,
连粉红颜色素常配。
那会儿光阴绽开呢,
就像粉桃花儿,
给周围洒喜欢呢
打早起清早儿。

149. Быййү жянжян жӯдини...

149. 白雨渐渐驻的呢……

Быййү жянжян жӯдини,
Туанйүар жын хокан,
Зыжан щёмущищирди
Жынжын тэ щихуан.

白雨渐渐驻的呢,
团圆儿真好看,
自然笑模嘻嘻儿的
正真太喜欢。

Жэно йүдяр-щё хэзы,
Дуан жин жүэ лён пяр
Зэ шы лӯшон тёдини,
Бу жыдо щюляр.

热闹雨点儿——小孩子,
端精脚两片儿
在湿路上跳的呢,
不知道羞脸儿。

Йисы-санки да тэён
Ба хи йүн лакэ,
Ба гӯжер гуон хуанлуэди
Донвэр чүан сакэ.

一时三刻大太阳
把黑云拉开,
把孤寂儿光欢乐的
当窝儿全洒开。

Йигэ чин мин йү дудур,
Лян жынжӯ йиён,

一个清明雨豆豆儿,
连珍珠一样,

Зэ жинхуаршон шоншыди
Кан жуви дуй щён.

在金花儿上赏识的
看周围对象。

Мынмынди! Зущён минбый,
Щүэви йидажан,
Чынха йигүр чин нянлуй,
Мон тондо йинан.

猛猛的！就像明白，
稍微一打颤，
成下一股儿清眼泪，
忙淌到一岸。

150. Залуй пынкэ худини...

150. 炸雷喷开吼的……

Залуй пынкэ худини
Зэ хисый тяншон,
Хэлын-дотын лэдини
Да сынза щифон.

炸雷喷开吼的
在黑色天上，
呵愣——倒腾来的呢
打森呲西方。

Хуэ бянзы зы куэдини,
Туанйүар куэ фа хуон,
Бэля фонжан фидини
Вон нежон дунфон.

火鞭子只鞁的，
团圆儿快发慌，
百灵儿放展飞的呢
往茶障东方。

Щила йүнцэ жэдини
Ба щинщю монмон,
Лёнгэ бонзы шандини
Да щё чин щифон.

稀拉云彩遮的呢
把星宿忙忙，
两个膀子扇的呢
打小亲西方。

Фын бу жүди гуадини,
Тонтү луанлуан гон,
Быййү, лынзы куэ дони
Вон ло фа дунфон.

风不住的刮的呢，
塘土乱乱杠，
白雨，冷子快到呢
往老乏东方。

151. Чунтян кэ ко мындини...   151. 春天可敲（kɑo）门的呢……

Чунтян кэ ко мындини	春天可敲门的呢
Жызу йи-лён тян:	这就一两天：
Ба жүнмый тэ чинжэди	把俊美太亲热的
Ги зохуа чуанлян.	给造化串联。
Тэён бый йүн жунжянни	太阳白云中间呢
Бавэди хуанлуэ,	八外的欢乐，
Гого-щинщин ляндини	高高兴兴炼的呢
Ба зон мисый щүэ.	把脏墨（mei）色雪。
Фи ман шонха тондини,	水满上下淌的呢，
Щянчон щён щи щян,	先长像细线，
Зыху шудо йидани	之后收到一搭里
Ба дипи гэ нян.	把地皮盖严。
Йичүн мачёр жизоди	一群麻雀儿急躁的
Жын шонву мажон,	整晌午骂仗，
Мый йигэр дуан щён зэ жэр	每一个端想在这儿
Ба щин вэ дяншон.	把新窝垫上。
Да чү хонзы лёнхани	大渠巷子两下呢
Дуанжы нун быйён	短枝嫩白杨
Да чинзор дабандини,	大清早儿打扮的呢，
Жыншы хын жүн-ён.	真实很俊样。
Куэ чин еер чүлэни,	快青叶叶儿出来呢，
Нэхур до хушон	那会儿到后晌
Ги йүн фэ чёчёр хуани,	给云说悄悄儿话呢，
Жё вын фын пыйшон.	叫绒风配上。

152. Чин дажя! Вэ вучондё...

Чин дажя!
Вэ вучондё (дуан бу ё го тэ!),
Бэ щя вон рэхэти ли
(чуан бу ё шын мэ!)...
Чин дажя!
Йищин-йидин куанкуар мон сундо
Жыгэ дун-я тянтонни-
Жүнмый чин чуандо...
Жё шыту
Тянтян-вумый дон го жынтучи,
Бавэ ванзуэ жэ тӱмый
Чын мян вузычи,
Жё щүэбый
Йүнцэ куэзы дин жэ бивэчи,
Жин йүэйүэр хи еванни
Хуан юдынзанчи,
Жё жэно
Бый йү чинчир суйбян жуэфичи,
Быйлир вуэр шутин шын
Сыдуэхур кӱчи...
Йихуэй!
Ган нянкэлонзыни-
Фын чунтян долэ-
Суй хундапо
Мынмынди зэ жянжян цанкэ,
Чин дажя,
Яндин жихо: нэсы жын шыщин
Вэ ги нэчин дуанхали
Линйир щё лищин.

①勒合提：墓穴。

152. 请大家！我无常掉……

请大家！
我无常掉（端不要高抬），
叵下往勒合提①里
（全不要深埋！）……
请大家！
一心一定款款儿忙送到
这个顿亚天堂里——
俊美亲川道……
叫石头
天天寤寐当高枕头去，
八外软作热土脉
成绵褥子去，
叫雪白
云彩块子顶热被窝去，
金月月儿黑夜晚里
换油灯盏去，
叫热闹
白雨轻轻儿随便捉水去，
百灵儿入耳受听声
是多会儿哭去……
一回！
干眼壳宾子里——
粉春天到来——
碎红大袍
猛猛的在尖尖绽（can）开，
请大家，
言定记好：那是真实心
我给爱情端下的
临尾儿小礼行。

153. Вə дыйдо за зун бу дун...

Вə лыйдо за зун бу дун
Вəди чин жинтян.
Жын за жыму бу гундо
Хуəзэ жə димян.

Юйихуэй... щин жүвучи-
Ги ду щён ган хо...
Ду ба хо ман ланшонни,
Ба щин... дуан бу жо.

Тадо зон жүə дихани,
Чүанпин бу сыщён:
Щин ба зыжи шы щүги
Ги дажун вонщён.

Додуəлуə чүан зыжини:
Жымужя хуэйхуэй
Жыгə дун-яшон ган сыр,
Яндин, жындон дуй.

Дансы йихуэй кəлян щин,
Жыни жён хуан хо,
Кə ба зыжи жүчүчи-
Йүан ду щён лан хо.

Жинтян... шын санни цонди
Нэгə "хун лян со"
Ба тамуди мимо сор
Щян ду лёбудо.

153. 我得道咋总不懂……

我得道咋总不懂
我的亲今天。
人咋这么不公道
活在热地面。

有一回……心觉悟去——
给都想干好……
都把好满连上呢,
把心……端不饶。

踏到脏脚底下呢,
全凭不思想:
心把自己实许给
给大众望想。

倒多啰劝自己呢:
这么家回回
这个顿亚上干事儿,
言定,人当对。

但是一回可怜心,
这呢将缓好,
可把自己掬出去——
原都想揽好。

今天……深山里藏的
那个"红脸骚"
把他们的眉毛稍儿
先都撩不到。

154. Сохŭлŭ. Байгэ 20. Еван

Быйлё жингон жэтуди
Тŭ щёнжуон хушон
Дый щётин щехуандини
Зэ шызы лŭшон.

Йичγ сан фи тондини,
Жыйижыр хуанлуэ,
Хуалалрди щёндини,
Чин дажя чон хэ.

Йγанчŭр дэ сыйжяди гу
Жинчон ганди нё,
Щγсы, ба кэфи лозор
Куанкуар чγан фидё.

Мэфурди хи юмаза,
Йисыр ду бу хуан,
Туанйγар жын жехундини,
Дашын луан жёхуан.

Щян фынфыр монмон йисыр
Щихан нун быйён,
Лю еер суэлаларди
Зэ хинан кэ щён.

155. Йγнчи фонзы

Югэ чигуэ фонзыни
Тян фынми шышон,

154. 骚葫芦　八月二十　夜晚

白料金光热头的
土乡庄后晌
得消停歇缓的呢
在十字路上。

一渠山水淌的呢，
这一阵儿欢乐，
哗啦啦儿的响的呢，
请大家尝喝。

远处儿带谁家的狗
经常干的咬（niao），
许是，把瞌睡老早儿
款款儿全睡掉。

没数儿的黑油蚂蚱，
一时儿都不缓，
团圆儿正结婚的呢，
大声乱叫唤。

闲风风儿忙忙一时儿
喜欢嫩白杨，
绿叶叶儿梭啦啦儿的
在黑暗可响。

155. 运气房子

有个奇怪房子呢
甜蜂蜜世上，

Гуонсы та зэ натарни,　　　　　　光是他在哪塌儿呢，
Сыйду фəбушон.　　　　　　　　　谁都说不上。

Ду жёди йүнчи фонзы,　　　　　　都叫的运气房子，
Йигэ чүан димян,　　　　　　　　一个全地面，
Мый йигэр дый щихуанни,　　　　每一个儿得喜欢呢，
Зыёсы тинжян.　　　　　　　　　只要是听见。

Нэгэ фонзыди чянмяр　　　　　　那个房子的前面儿
Жинхун жə тэён　　　　　　　　金红热太阳
Тянтян ганзо чүдини,　　　　　　天天赶早出的呢，
Жё жуви гуонлён.　　　　　　　叫周围光亮。

Хошо жын ба та зогуə,　　　　　好少人把他找过，
Зун зэ натар чён,　　　　　　　总在哪塌儿藏，
Гуонсы сыйду мə зожуə,　　　　光是谁都没找着，
Та щян мə йинщён.　　　　　　他先没影像。

Вужин мəю жын нянгуə　　　　　如今没有人念过
Зэ жə щин донтин,　　　　　　　在热心当庭[1]，
Додуəлуə жуанчын гүжир,　　　倒多啰转成古今儿，
Жё жуви шутин.　　　　　　　　叫周围受听。

Нэгэ фонзыди жунжян　　　　　那个房子的中间
Жинхун жə тэён　　　　　　　金红热太阳
Чын йитянжа щёдини,　　　　　成一天家笑的呢，
Са жинсый гуонлён.　　　　　洒金色光亮。

Гуонсы вə щён зочини　　　　光是我想找去呢
Зэ гəдо сычүр,　　　　　　　在各道四处儿，

---

①当庭：正中间。

Ба бими йӱнчи фонзы,　　　　　把秘密运气房子，
Ю йидяр сыхур.　　　　　　　　有一点儿时候。

Йинви вонщёнди йихуэй　　　　因为望想的一回
Дуан до мын чянту,　　　　　　端到门前头，
Лян щё гӱнён жинчини,　　　　连小姑娘进去呢，
Яндин, шу ла шу.　　　　　　　言定，手拉手。

Нэгэ фонзыди хумяр　　　　　那个房子的后面儿
Жинхун жэ тэён　　　　　　　金红热太阳
Манщин-манйи луэдин,　　　　满心满意落的呢，
Йидо вын хушон.　　　　　　一到绒后响。

Югэ чигуэ фонзыни　　　　　有个奇怪房子呢
Тян фынми шышон,　　　　　甜蜂蜜世上，
Гуонсы та зэ натарни,　　　　光是他在哪塌儿呢，
Сыйду фэбушон.　　　　　　谁都说不上。

156. Вэту сын йӱ щядини...　## 156. 外头森雨下的呢……

Вэту сын йӱ щядини,　　　　外头森雨下的呢，
Жыхур фонни жэ,　　　　　这会儿房里热，
Луни хуэщир бедини,　　　　炉里火星儿弯的呢，
Цэхуэ хуанлуэ жуэ.　　　　柴火欢乐着。

Жытар сыйду е мэди,　　　　这塌儿谁都也没的，
Щинни кунтонтон,　　　　　心里空堂堂，
Гуон ни йигэрди муёр　　　　光你一个儿的模样儿
Зэ вэ мянчян вон.　　　　　在我面前望。

Ниди пэфан нян литу,
Хан ющер хуэян,
Гуонсы йигэр ли йигэр
Заму жер тэ йүан.

Вужин ни зэнатарни?
Мэ сый ги хуэйда...
Вэту йү жин щядини,
Ги быйён фэ хуа.

你的颇烦眼里头，
还有些儿火焰，
光是一个离一个儿
咱们今儿太远。

如今你在哪塌儿呢？
没谁给回答……
外头雨净下的呢，
给白杨说话。

157. Фичүан нын зўха сани...

Фичүан нын зўха сани,
Дансы хэ гандё;
Гэда нын дочў сани,
Дансы сан пиндё;

Фуфур нын динчў сани,
Дансы лин жуэдё;
Йи жын нын ганха сани,
Дансы мин медё...

157. 水船能做下啥呢……

水船能做下啥呢，
但是海干掉；
疙瘩能倒出啥呢，
但是山平掉；

树树儿能顶住啥呢，
但是林着掉；
一人能干下啥呢，
但是命灭掉……

158. Сыхур зысы фидини...

Сыхур зысы фидини
Да мянчян вонгуэ,
Жычян сыжян зудини,
Заму жүэбужуэ.

158. 时候只是飞的呢……

时候只是飞的呢
打面前往过，
值钱时间走的呢，
咱们觉不着。

Йинцы дазо гуанванлё,
Ба жер туйдо мер,
Мергэ йүан лян жер йиён,
Шу йи фэ: "Ю мер!"...

因此打早惯万了，
把今儿推到明儿，
明儿个原连今儿一样，
手一甩: "有明儿!"……

Зу чо жыму медини
Замуди сыдэ,
Щён фи вон йүан тондини,
Йүанхуэй зэ бу лэ.

就朝这么灭的呢
咱们的时代，
像水往远淌的呢，
原回再不来。

159. Еван жянжян шындини...

159. 夜晚渐渐深的呢……

Еван жяжян шындини,
Щёнжуон фи лон жё,
Щё ву йүэр вынвын-жунжун
Зэ тяншон жын пё.

夜晚渐渐深的呢，
乡庄睡朗觉，
小雾月儿稳稳重重
在天上正漂。

Дыйдо натар жян зыйку
Щён до ма гынчян.
Занха! Щин куэзу задё...
Гу ба та сожян.

得道哪塌儿奸贼寇
想到马跟前。
站下! 心快就炸掉……
狗把他眊(sáo)见。

Йигўр фынфыр мынмынди
Да фудиршон гуэ,
Лю ер донвэр щихуанди
Суэлалар жуан хуэ.

一股儿风凤儿猛猛的
打树顶儿上过，
绿叶儿当窝儿喜欢的
梭啦啦儿转活。

Йикуэр йүн ба йүэр жэчў,

一块儿云把月儿遮住，

Чёчёр жан гощин,
Йинцы диха чүан хижин,
Та цэ ю да жин.

Йисыр йүэр кэ шычүлэ,
Ба димяи жуонщю.
Щёнжуон фи лон жёдини,
Йикуэр йүн кэ лю.

160. Ни ба дозы сыдонди...

Ни ба дозы сыдонди,
Вон бэзыни да,
Ниди щин хуанхуан тёни,
Йинцы хын хэпа.

Ни бу нын фэ: "Мэщин хуэ...",
Йинви хан мэ жян
Жыншы ё жынжын минди
Жынжын да тянщян.

Лохан зэ дон савэни зуэ,
Чүан мэ жин чў шын,
Гуонсы мэщин ву сазы,
Нянжин нинин зын.

161. Вэту хан мэ лён хони...

Вэту хан мэ лён хони,
Хуон дын са гуон жо,

悄悄沾高兴，
因此地下全黑尽，
他才有大劲。

一时儿月儿才又势出来，
把地面装修。
乡庄睡朗觉的呢，
一块儿云可溜。

160. 你把刀子试当的……

你把刀子试当的，
往脖子里搭，
你的心欢欢跳呢，
因此很害怕。

你不能说："没心活……"，
因此还没见
真实要人人命的
真正大天仙。

老汉在当沙窝里坐，
全没劲出声，
光是没心人沙子，
眼睛硬硬睁。

161. 外头还没亮好呢……

外头还没亮好呢，
黄灯洒光照，

Дандў чичэ жонжорди
Мэ фищин фа по.

单独汽车障障儿①的
没睡醒乏跑。

Тян, зущён мэщин же лён,
Хиса-вудо дё,
Ба жигэ минлён щинщю
Дуан дазо шудё.

天，就像没心揭亮
黑纱雾道弯，
把几个明亮星宿
端打早收掉。

Мама-хўхў йинлўшон
Жи ви жын зо гуон.
Дыйдо зу натарчини
Хын хуонхурн-монмон.

麻麻糊糊阴路上
几位人早光。
得道走哪塌儿去呢
很慌慌忙忙。

Вэди линжу, солўди,
Ба сыйду бу гуан,
"Цылон" "цылон" содини,
Ба кэфи фиван.

我的邻居，扫路的，
把谁都不管，
"呲浪""呲浪"扫的呢，
把瞌睡睡完。

162. Дансы мергэ ни бинха...

162. 但是明儿个你病下……

Дансы мергэ ни бинха,
Мынгэр чўан тондо,
Нянчин щин жянжян бинтуэ,
Чўэдуан хун хуэ ко...

但是明儿个你病下，
猛个儿全躺倒，
年轻心渐渐冰脱，
缺短红火烤……

Вэ ба жин гуонди зазар
Дуан фондо щинни,
Жё жончын щёщё тэён,
Ги ни жуан чинни.

我把金光的渣渣儿
端放到心里，
叫长成小小太阳，
给你转去呢。

①障障的：此处指反应慢，呆呆的。

Дансы мергэ ни нан шу
Хуон чютян пэфан,
Чиншү танни чибучын,
Жизо жё щин суан...

但是明儿个你难受
黄秋天颇烦，
清秀滩里去不成，
急躁搅心酸……

Вэ ба йикуэр фын чунтян
Гдо шужоншон,
Жё та са гуй жүнмыйни
Вон ниди шыншон.

我把一块儿粉春天
搁到手掌上，
叫他洒贵俊美呢
往你的身上。

Дансы мергэ щян жын фэ,
Ни шын бу хокан,
Чин нянлуй чончон тонтуэ,
Ба нун щин полан...

但是明儿个闲人说，
你甚不好看，
清眼泪常常淌脱，
把嫩心泡烂……

Вэ ба нун цымый жюшон,
Жон ни суйбян дэ,
Нэхур чин йиче канчи-
Сый нын фынщёкэ.

我把嫩刺玫揪上，
让你随便戴，
那会儿请一切看去——
谁能分晓开。

163. Вэ щин вэди йүнчини...

163. 我寻我的运气呢……

Вэ щин вэди йүнчини,
Та бу нын манхун,
Жыншы щинэ хан лэни,
Цызо кэ ко жун.

我寻我的运气呢，
他不能瞒哄，
真实喜爱还来呢，
迟早可靠准。

Зущён чунтян долэни
Мынмынди йибян,
Зэ хын дын фадёди

就像春天到来呢
猛猛的一变，
在很等乏掉的

Чин зохуа жунжян. 清造化中间。

Нэхур йидин кэкэни 那会儿一定开开呢
Фынхур нун цымый 粉红嫩刺玫
Зэ фахуонди кун щинни... 在发慌的空心里……
Жыгэ жын жүнмый. 这个真俊美。

Фан чин нэ щин кэ сани 返青爱心可洒呢
Ба щихуан гуй щин, 把喜欢贵心，
Жё мый йигэр эрланни 叫每一个尔兰里
Дуан гыншон гощин. 端跟上高兴。

164. Ба ни вэ жыншы тынгуэ...

164. 把你我真实疼过……

Ба ни ьэ жыншы тынгуэ, 把你我真实疼过，
Ман жуондо щинни, 满装到心呢，
Дуан щён фондо буларни, 端像放到筐篮儿呢，
Жё гуон гощинни. 叫光高兴呢。

Зыдый ба мин дуангини, 只得把命端给呢，
Куанкуар точүлэ, 款款儿掏出来，
Гуонсы ни зун мэ пын жин, 光是你总没捧紧，
Ба шу мын жонкэ... 把手猛张开……

Мэсы, ни чи, щин фон куан, 没事，你去，心放宽，
Саду бэ хэпа, 啥都没害怕，
Ба ни вэ бу нын манйуан 把你我不能埋怨
Лян дэдү чын хуа. 连歹毒嗔话。

Данпа, ни ган дуйдини,
Вə бу хуэй куй щин,
Чугуэ хочи бу щён ха
Вəди нэфущин.

耽怕，你干对的呢，
我不会亏心，
除过好去不想瞎
我的耐夫性①。

165. Дансы ни чγəдуан йγнчи...

165. 但是你缺短运气……

Дансы ни чγəдуан йγнчи,
Хынхын бə ножян,
Туанйγар фучи жуандини,
Сыйду нын зожян.

但是你缺短运气，
狠狠厄熬煎，
团圆儿福气转的呢，
谁都能找见。

Гуонсы йγн щинди щинни
Дэ жында щинфу,
Нэхур йидин пынжянни,
Мə жиншын дончγ.

光是用心的寻呢
带真大信服，
那会儿一定碰见呢，
没精神挡住。

Йγнчи зыжи бу зо сый
Жин гын чян-гын ху,
Йинви щян шоншыдихын,
Дын жынжын цыху.

运气自己不找谁
紧跟前跟后，
因为先赏识的很，
等人人伺候。

Хощён нэгə щё гγнён,
Сыжи бу тэ ту,
Зунсы нянлин щёдихын,
Данзы шын бу гу.

好像那个小姑娘，
四季不抬头，
总是年龄小的很，
胆子甚不够。

---

①耐夫性：渴望，欲望。

166. Сыхур

Сыхур жо жи гуэдини
Дуан да нянмянчян,
Вон йўнзунни жуандини
Ба жынжын сыжян.

Лета хи хэ тондини,
Йижынжыр бу жў,
Вон лойўан зы чундини
Ба гуйжун шуфу.

Дюха жын... щян ба зыжи
За щи кан еба,
Сыжи зусы нэмугэ,
Зэ дуэ бу бянгуа.

Кэсы ба сый мын пынжян,
Цэ нын жы минбый,
Зэси гунфу да мэ жян,
Зыдый дуэ хухуэй.

"Лозали, чиннэ пын-ю..."-
Ни йижү сў хуа,
Нэгэ: "Ни е лозали..."-
Зу хуэйжуан хуэйда.

167. Хўда-я, вэ чито ни...

Хўда-я, вэ чито ни,
Ги вэ куэ цун жин,

166. 时候儿

时候儿着急过的呢
端打眼面前，
往永总里转的呢
把真正时间。

列达黑河淌的呢，
一阵阵儿不住，
往老远子冲的呢
把贵重寿数。

丢下人……先把自己
咋细看也罢，
四季就是那么个，
在多不变卦。

可是把谁猛碰见，
才能知明白，
再是功夫大没见，
只得多后悔。

"老咂（za）哩，亲爱朋友……"——
你一句俗话，
那个："你也老咂哩……"——
就回转回答。

167. 胡达呀，我祈祷你……

胡达呀，我祈祷你，
给我快存劲，

Жё вә ба ни дуанхади　　　　叫我把你端下的
Шуфу хуэ ганжин.　　　　　寿数活干净。

Бә жё йихуэй мынмынди　　匝叫一回猛猛的
Ту литу фи ху,　　　　　　头里头睡后，
Шон шэтаниди дондон,　　上闪塔尼①的当当，
Ги зыжи щя шу.　　　　　给自己下手。

Хӱда-я, вә чито ни,　　　　胡达呀，我祈祷你，
Ги вә дуә цун жин,　　　　给我多存劲，
Жё вә ба жынди щянхуа　　叫我把人的闲话
Ман бигуә эрфын.　　　　满避过耳缝。

Бә жё йихуэй чыли жә,　　匝叫一回吃力着，
Натар фонбучӱ,　　　　　哪塌儿防不住，
Ви бу щёнганди со хуа　　为不相干的骚话
Ги сый бо дӱ чу.　　　　给谁报毒仇。

Хӱда-я, вә чито ни,　　　　胡达呀，我祈祷你，
Ги вә жин цун жин,　　　　给我尽存劲，
Жё вә ба шынхади ли　　　叫我把剩下的力
Ду сунги чин мин.　　　　都送给清明。

Бә жё до банлонзыни　　　匝叫到半浪子里
Гуон хӱ да пансуан,　　　光胡打盘算，
Ба зыжиди зрнян бан　　　把自己的二年半
Щӱги хо йинган.　　　　许给好营干。

---

① 闪塔尼：阿拉伯语借词，撒旦，魔鬼。

168. Заму жин южуандини...

Заму жин южуандини
Мый тянтян-вумый,
Зо чигуэ йүнчидини
Да чин зо до хи.

Фәсы, нэгә жүр гуйчи,
Щингәр хын нан гуан,
Го жүэ нэ да ду бу та
Пинчүнди мынкан.

Бу! Заму дуан мә ву дуй
Ба шында личи,
Щян мә зэ нэтар зоди
Жин шыщин-шыйи.

Йүнчи нянмянчянни,
Жы дуан зусы та-
Жын кэфанди жүн шыже
Зэ лан тян диха.

169. Жын кэди тойүанзыни...

Жын кэди тойүанзыни
Заму лён эрви
Ви же фынхур чин зочи
Кә йүжян йүанхуэй.

Жинхур йүәр щёмущирди

168. 咱们净悠转的呢……

咱们净悠转的呢
每天天寤寐，
找奇怪运气的呢
打清早到黑。

说是，那个主儿贵气，
性格儿很难管，
高脚挨打都不踏
贫穷的门槛。

不！咱们端没悟对
把甚大力气，
先没在那塌儿找的
尽实心实意。

运气在眼面前呢，
这端就是他——
正开繁的俊世界
在蓝天底下。

169. 正开的桃园子里……

正开的桃园子里
咱们两二位
为接粉红清早起
可遇见原回。

金黄儿月儿笑模嘻儿的

Фын хуар жыжыршон	粉花儿枝枝上
Вон сы мян жын садини	往四面正洒的呢
Ба нун гуон ваншон.	把嫩光晚上。
Ни футанди вондини	你舒坦的望的呢
Дуйчў шын тяншон,	对住深天上,
Же деди щинщюдини	接跌的星宿的呢
Вон мян шужоншон.	往绵手掌上。
Вə лян фынфыр жындини,	我连风风儿争的呢,
Чўанпин фəбухə:	全凭说不合：
Сый щян ба вын мобянзы	谁先把绒毛辫子
Чончон нын лүмə.	长长能捋摸。
Мын! Дыйдо сый жыжы хан,	猛！得道谁直直喊,
Ни мон тёчелэ,	你忙跳起来,
Жочў жяни жинган по...	照（zhao）住家里紧赶跑……
Вə цэ жинщинлэ.	我才惊醒来。
Шы! Вəди фимындини	实！我的睡梦地呢
Ниди дэ нанжын	你的歹男人
Ги заму ду сынфынди	给咱们都生分的
Бу ги чин нанвын.	不给亲安稳。

170. Вəди щинни мандини...

170. 我的心里满的呢……

Вəди щинни мандини	我的心里满的呢
Нунвə кў чютян,	嫩窝苦秋天,
Хийүн жуви жəдини	黑云周围遮的呢
Ба кəлян димян.	把可怜地面。

Тян зэ кунжун дёдини,	天在空中吊的呢,
Лян шу нын гыншон,	连手能够（geng）上,
Куэ зу дедо дихани,	快就跌到地下呢,
Дуан кудо шыншон.	端扣到身上。
Щи фын занжин гуадини,	西风攒劲刮的呢,
Ванчуан хын ножян,	完全很熬煎,
Гуон фу туанйγар зандини,	光树团圆儿站的呢,
Хуон ер чγан бу жян.	黄叶儿全不见。
Цымый дунзы кэлянди	刺玫墩子可怜的
Хощён гγ луэхэр,	好像孤落罕儿,
Нэ ди гуйха кγдини,	爱的跪下哭的呢,
Жищён жγнмый хуар.	记想俊美花。
Йγ кужунни дындини,	雨空中里等的呢,
Зыгэму да до,	直个谋大倒,
Хийγн лян пын пындини,	黑云连篷篷的呢,
Личи жянжян шо.	力气渐渐少。
Юди вэршон тонгуэчи,	有的窝儿上淌过去,
Йγдяр зыян жин,	雨点儿只咽进,
Дедо вэди гγ щиншон,	跌到我的孤心上,
За нэму щян бин...	咋那么嫌冰……

171. Да йγан щёнтян шонянди...

171. 打远香甜少年的……

Да йγан щёнтян шонянди	打远香甜少年的
Фынхур шу чинзор	粉红手清早

Ни сыжи долэдини,	你四季到来的呢,
Хын гуйжун муёр.	很贵重模样儿。

Чин луфи дур бодёди	清露水豆儿包掉的
Лю жан ван цошон	绿綝软草上
Гого-щинщин подини	高高兴兴跑的呢
Жочў вэ щёшон.	照（zhào）住我笑上。

Щян бу гуан дажун тунйи	先不管大众同意
Вонче дашын хан	往起大声喊
Ба фын зочи зонянди	把粉早起罩严的
Жүнмый чюличуа.	俊美秋里川。

Шутин йин линдор шынчи	受听银铃铛声气
Йисыр ду бу тын	一时儿都不停
Вон маншонха фидини	往满上下飞的呢
Гыншон щясан фын.	跟上下山风。

Линйир, зущён мын тинжян,	临尾儿，就像猛听见,
Жин тэён жуэмон	金太阳着忙
Вончў жинган чўдини	往出紧赶出的呢
Зэ хун жэ дунфон.	在红热东方。

172. Жергэ ганзо ба чуонзы...

172. 今儿个赶早把窗子……

Жергэ ганзо ба чуонзы	今儿个赶早把窗子
Вэ жыни дакэ,	我这呢打开,
Йигүр цуанпынпырди ви	一股儿爨喷喷儿的味
Донвэр фижинлэ.	当窝儿飞进来。

Дуан зусы жён кэкэди	端就像将开开的
Зэ чуонзы гынчяр-	在窗子跟前——
Нэчин зудё, лёхади-	爱情走掉，撂下的——
Йи дун цымыйхуар.	一墩刺玫花儿。
Йигӯр жин гуон фангуэлэ	一股金光翻过来
Да го сандиршон,	打高山顶儿上，
Щихуан жищён хуардини	喜欢记想花儿的呢
Зэ цы жыжыршон.	在刺枝枝儿上。
Жунянняди банбаршон	肉黏黏的瓣瓣儿上
Луфи дур бу чён,	露水豆儿不藏，
Зысы вонха тондини,	只是往下淌的呢，
Чин нянлуй йиён.	清眼泪一样。

173. Зэ хи мин чуонзы гынчян...

173. 在黑明窗子跟前……

Зэ хи мин чуонзы гынчян	在黑明窗子跟前
Быйкәр шу юцу,	白可儿受忧愁，
Жындон хуанди фижёчн,	正当缓的睡觉去，
Еван бу бонцу.	夜晚不帮凑。
Вэту бый щұэ щядини,	外头白雪下的呢，
Щұэхуар гощин щұан,	雪花儿高兴旋，
Ди йицы жыншыдини	第一次认识的呢
Дэ жанжан хинан.	带縿縿黑暗。
Мергэ чинзор фанчелэ	明儿个清早翻起来
До хуайұанни жуан,	到花园里转，

Туанйүар бый щүэ пухани,
Мин жыржыр ду шан.

Жюсы! Хубарди йидяр
Фупир чин нанщин
Йисы-санки щёдёни,
Ду бу шын зунйин.

团圆儿白雪铺下呢，
明叽叽儿都闪。

就是！后半儿的一点儿
凫皮儿亲安心
一时三刻消掉呢，
都不剩踪影。

174. Жызы вонгуэ фидини...

174. 日子往过飞的……

Жызы вонгуэ фидини,
Мэ нынгу дончў,
Нянчин жянжян зудини,
Вон йүншы жин ву.

Кэсы вонщён бу фа ер,
Дуан мэщин зуэжўр,
Зэ щиндини шындини
Хан да чин суйсур.

日子往过飞的呢……
没能够挡住，
年轻渐渐走的呢，
往永世进入。

可是望想不发意儿，
端没心做主儿，
在心底里神的呢，
还打亲碎碎儿。

175. Хуэдо сыжи вацоцоди...

175. 活到四季瓦苍苍的……

Хуэдо сыжи вацоцоди
Ланхуон гуонйиншон,
Шэхуэйди шын фулинни,
Бавэ фа щинхуон.

Йижёгуэ е фибужуэ,
Дын дунфон чў шын,

活到四季瓦苍苍的
连黄光阴上，
社会的深树林里，
八外发心慌。

一觉过也睡不着，
等东方出声，

Мэю фурди луан сыщён
Чуан бу ги нанвын.

Гуон ниди гуйжун щинщён
Жыйижыр бу хуон
Ги вэ гэ щинхуондини,
Вон тян лён щуанхуон.

Зэ бусы дазо гуадё,
Йичыр вон да лён
Лян жанжан сыщён жынжан,
Нандый гу лилён.

Кэсы жянжян вудини
Чиннэ жун щинщён,
Сыхур бу жу жэдини
Ба куан щин жищён.

Жинтян вэ хэпадисы
Та чуанпин медё,
Нэхур вэ чын йигэрни,
Хансы жын шодё.

没有数儿的乱思想
全不给安稳。

光你的贵重形象
这一阵儿不慌
给我改心慌的呢，
往天亮喧慌。

再不是打早刮掉，
一直儿往大亮
连燃燃思想争战，
难得够力量。

可是渐渐雾的呢
亲爱俊形象，
时候不住遮的呢
把宽心记想。

今天我害怕的是
他全凭灭掉，
那会儿我成一个呢，
还是真勺掉。

176. Жергэ ни хан гуадини...

176. 今儿个你还瓜的呢······

Жергэ ни
Хан гуадини,
Жын дый шын эрлин.
Жюсы! Ни дэгэ шыщё...
Са ду жыбумин!

今儿个你
还瓜的呢，
真得深尔林。
就是！你带改失笑······
啥都知不明！

Куэ зынкэ!

Ба мо нянжин,

Кан гӯжир зыжан:

Туанйӷар чинщю садини

Ба вынцун футан...

Куэ тин!

Ю дуэшо йиндё:

Фын, нёр, фи, йӯ, лин...

Сыжи вуэр щёндини,

Жыншы тэ шутин.

Куэ занчэ!

Хан жин тэён

Чин ганзо тянтян,

Хуанлуэ жыижӯ гуон литу

Дуан щи шу дэ лян.

Куэ зу!

Чянмян жыйижыр хошо дуан
   лӯ дын:

Далӯ, щёлӯ, йинлӯзы...

Ю щин вончян шын!

Гуонсы...

Тэ мэщин жё ни

До бан лӯ зуцуэ:

Вэ зыжи ба йӯнчи лӯ

Дэ за щинбужуэ...

快睁开!

把毛眼睛,

看孤寂儿自然:

团圆儿清秀洒的呢

把绒存舒坦……

快听!

有多少音调：

风、鸟、水、雨、林……

四季入耳响的呢,

真实太受听。

快站起!

喊金太阳

清赶早天天,

欢乐珍珠光里头

端洗手带脸。

快走!

前面这一阵儿好少段路等：

大路、小路、阴路子……

有心往前伸!

光是……

太没心叫你

到半路走错：

我自己把运气路

带咋寻不着……

177. Зэ дынйихур

177. 再等一会儿

Да вэ фэли: "Хозэди..."

Нэгэ бин хушон

打我说哩："好在的……"

那个冰后晌

Хуон фуезы дедини
Вон кунтон лӱшон.

毛树叶子跌的呢
往空堂路上。

Моморйӱ жунжянниди
Ниди чин муёр,
Дуан зэ вэди мянчянни
Чӱанпин е йигэр.

毛毛雨中间里的
你的亲模样儿，
端在我的面前呢
全凭也一个儿。

Гуэйди жянжян медини
Зуй чиннэ щинщён,
Сыхур бу жӱ тудини
Ба гуйжун жищён...

怪的渐渐灭的呢
最亲爱形象，
时候儿不住偷的呢
把贵重记想……

Занха! Щӱэви занйизар,
Зэ шо дынйихур,
Вэ тэ щён фэни: "Хома..."
Кэ ги ни жыхур.

站下！稍微站一站儿，
在稍等一会儿，
我太想说呢："好吗……"
可给你这会儿。

178. Зэ гуонйиншон зудини...

178. 在光阴上走的呢……

Зэ гуонйиншон
Зудини: бу шыщян чя бу,
Дансы фадё-
Хуандини,
Йиху кэ та лӱ...
Вон на йидэ зудинини?!
Вон жын йифын жун,
Вон йичи, йийӱэ, йинян,
Вон йӱандё йӱнзун...
Минйӱн! (Ги йигэр ляншу)

在光阴上走的呢
走的呢："不识闲掐步，
旦是乏掉——
缓的呢，
以后可踏路……
往哪一带走的呢你?!
往整一分钟，
往一期，一月，一年，
往远掉永总……
命运！（给一个连手）

Гӱсыр тэгэ да | 故思儿①太该打
(Ги ди эргэр дӱ дуйту), | (给第二个毒对头),
Зузан гуон чия. | 走站光欺压。
Йисыр йижыр фын тохуар | 一时儿一阵儿粉桃花儿
Дуан нэдо ляншон, | 端挨到脸上,
Йисыр мыйтузы вади, | 一时儿眉头子挖的,
Зущён куэ чышон... | 就像快吃上……
Щинфу (Даже) линдини, | 幸福(大姐)领的呢,
Жынжын дэди жин. | 真真带的紧。
Ё зуни! | 要走呢!
Вонщён (Эрже) жин цуйди бу | 望想(二姐)紧催的不停。
    тын.
Щинэ (Санже) зэ туни | 喜爱(三姐)在头里
Ба шу жинган жо, | 把手紧赶招,
Йүэ кан- | 越看——
Щинщён йүэ жүн-ён, | 形象越俊样,
Тэ щён куэкуэ по. | 太想快快跑。
Нун кэлонни жуэдини | 嫩壳宾里着的呢
Шоншы лён хун хуэ, | 赏识亮红火,
Ту литу йижян щяндини: | 头里头意见显的呢:
Ё занчын сынхуэ. | 要赞成生活。

179. Вэ хан зо лӱфудини...   179. 我还找路数的呢……

Вэ хан зо лӱфудини | 我还找路数的呢
Зэ бый дипаншон | 在白地畔上
Вон жынжынди щин гынчяр- | 往人人的心跟前儿——
Линйир зандошон. | 临尾儿站道上。

Вэди тэён е зу жер | 我的太阳也就今儿

①故思儿: 此处指借口、托词。

Пян до шонвугуэ,	偏到晌午过,
Дуан па зобужуэ ахыр,	端怕找不着阿黑儿①,
Жынжын хын назуэ.	正真很拿作②。
Туанйүар ду щян шоншыди	团圆儿都先赏识的
Мэ щинжин дашын,	没心劲大声,
Ба эрмынзы бу щён кэ,	把二门子③不想开,
Зу бэ фэ дамын.	就叵说大门。
Доди юди сынчиди	到底有的生气的
Ман шыщин-шыйи	满实心实意
Ба вэ дашын мадини:	把我大声骂的呢:
-Ни дэгэ янчи...	——你带改咽气……

180. Ложэ

180. 老者

Мын туни	门头里
Щян зуэдини мэ фынлён ложэ.	闲坐的呢没分量老者。
Жиннян ди йибый кэчүр	今年第一百开春儿
Ги та сун чинжэ.	给他送亲热。
Мэфурди	没数儿的
Жэжэр, чүчүр ба ган лян шандё:	褶褶，皱皱（chu）儿把干脸苦掉:
Йисыр йигэ чигуэди	一个儿奇怪的
Щүэви мын йитё.	些微猛一跳。
Хумяр йижыр	后面儿一阵儿
Кэфанди нунмян зыжинхуа	开繁的嫩面紫金花
Байир пыйлё тадини,	巴尾儿陪料他的呢,
Цуан видо хын да.	爨味道很大。

①阿黑儿: "阿黑热来提"的省略语，阿拉伯语音译，意为"来世"。

②拿作: 出洋相，献丑。

③二门子: 指侧门或小门。

Чун фын	春风
Шызэ щихуанди ба щүэбый хўзы	实在喜欢的把雪白胡子
Чинжэди фумэдини	亲热的抚摩的呢
Лян мяншан фузы.	连绵闪梳子。
Гуонсы	光是
Ложэ жүэбужуэ, лян шы жын йиён:	老者觉不着，连世人一样：
Жыхур зэ хын йүанчўрни	这会儿在很远处儿呢
Хуанлуэ жэ сыщён.	欢乐热思想。
Наму сыщён садини?	那么思想啥的呢？
Бу жяннан цэжуэ:	不艰难猜着：
Гўжер туннянди сыхур	估计童年的时候儿
Жын да мянчян	正打面前
гуэ...	过……

181. Сыхур-чэ   ## 181.时候儿车

Заму	咱们
Зэ гуонйиншонди	在光阴上的
Гуэ сыхур-чэшон	怪时候儿车上
Бу ю зыжи зуэдини,	不由自己坐的呢，
Саду фэбушон...	啥都说不上……
Нэгэ бу зан	那个不站
Йисысыр,	一时时儿，
Чуан	全
Бу жын хи-лён,	不认黑亮，
Зэ кунжянни фидини,	在空间呢飞的呢，
Лян куэ жян йиён.	连快箭一样。
Зу нэйихур лёнхани	就那一会儿两下里
Тян, чи, йуэ дэ нян	天、期、月带年
Бу жў вонгуэ	不住往过

Гуэдини,
Жуанчын йигўр щян...
Сыхур-чэ йүэ зуди куэ-
Гуй шуфу йүэ дуан:
Та дянди жынди шуфу
Дуан вончян
Шыкан

过的呢，
转成一股儿线……
时候儿车越走的快——
贵寿数越短：
他颠的人的寿数
端往前
试看。

182. Вэ щинфуни

182. 我信服呢

Вэ щинфуни,
Нун кэчур жызы жён йигу,
Яндин, кэ лэни
Йихуэй...
Бу йүн сый цыху!
Нэхур жүн хуайүан кэни
Салуэ фу чинзор,
Заёр чёр
Дашын чонни,
Лин шын хын вуэр.
Бими щюлюхуа сани
Йүан ба щён цуанви,
Щян фын дэ фади гуани
Суйбян вон жуви...
Тохуар, хынхуар кунжунни-
Йикуэркуэр фын йүн-
Вончян
Чигуэди фуни...
Канжуэ ту файүн!
Жэту, хуанлуэ щё хэзы,

我信服呢，
嫩开春儿日子将一够，
言定，可来呢
一回……
不用谁伺候！
那会儿俊花原开呢
洒落树清早儿，
杂样儿雀儿
大声唱呢，
灵声很入耳。
秘密秀溜花洒呢
远把香釀味，
闲风带耍的刮的呢
随便往周围……
桃花儿，杏花儿空中里——
一块块儿风云——
往前
奇怪的凫呢……
看着头发晕！
热头，欢乐小孩子，

Жыни щянчӱлэ,
Лян чин луфи дяр фани,
Ба мин гуон сакэ.
Жижӱн бый Хӱтёр
Бу жӱ жин "тин-тон, тин-тон"
Да бый ганчин мазыни,
Лэ-чи ёбэшон.
Суй Тохуа
Щёмущирди лян чиннэ гӱнёр
Фын тофу диха фани,
Жё куэ зан нынгэр.

这呢先出来，
连亲露水点儿耍呢，
把明光洒开。
急俊白蝴蝶（tiao）儿
不住净"叮当——叮当"
打白杆琴码子里，
来去摇摆上。
碎桃花
笑模嘻儿的连亲爱姑娘
粉桃树底下耍呢，
叫快站嫩根儿。

183. Фэсы, гуэбый тандони...

("Сыжя либян жищён" цикл
     литуди)

Фэсы, гуэбый тандони
Дуан мый йичян нян
Кэ йидуэ щюлюхуани,
Йихуэй до чунтян.

Жуви жянжян чинщюни
Чечӱ чигуэ хуар,
Тади жӱнмый жолённи
Ба вакӱ гэлор.

Хуэйзӱ минжын жунжянни
Жы йигэ сыдэ
Цанкэди бими жин хуар
Вужин е кэбэ.

183. 说是，戈壁滩道里……

（"诗家里边记想"这一组诗里头的）

说是，戈壁滩道里
端每一千年
开一朵秀溜花呢，
一回到春天。

周围渐渐清秀呢
借住奇怪花儿，
他的俊美照亮呢
把挖苦圪坶儿。

回族民人中间里
这一个时代
才开的秘密金花儿
如今也开败。

Кәсы та сахади гуон

Хан нын вон йүан чян

Жё хуэйзў гуәбый тандо

Жын кэ йичян нян.

可是它洒下的光

还能往远前

叫回族戈壁滩道

真开一千年

184. Ба мәфурди нанди дў...

184. 把没数儿的难的毒……

("Сыжя либян жищён" цикл
    литуди)

（"诗家里边记想"这一组诗里头的）

Ба мәфурди нанди дў

Чүан шудо йи ван,

Ни гўчзы ду хәшон,

Мә хэпа данщуан.

把没数儿的难的毒

全收到一碗，

你孤妻子都喝上，

没害怕担悬。

Йинви чинчир вонщёнгуә,

Жё чин хуэй минзў

Йихуэй ванчүан вондёни

Ба тади ла-кў.

因为轻轻儿望想过，

叫亲回民族

一回完全忘掉呢

把他的辣——苦。

Зэ мяншан жә щиндини

Мый йи ви хуэйхуэй

Ба жыгә хо жилони,

Чечў ю щемый.

在绵闪热心底里

每一位回回

把这个好记牢呢，

借住有血脉。

Вә щинфуни! Зэсы йүн,

Йи ви ду бу цон,

Ги ни дон гўвачини

Зэ нэгә шышон.

我信服呢！再是运，

一位都不藏，

给你当估娃①去呢

在那个世上。

————————

①估娃：见证人、证明人。

185. Лёнщющюрди гў щинщю...

("Сыжя либян жищён" цикл литуди)

Лёнщющюрди гў щинщю
Йигэр са мин гуон
Зэ йикуэр мэ йүнцэди
Шын хи-лан тяншон.

Вон гынчяр щи вэдини
Дуан зущён шыте,
Жё ба щён кэфи жуй йүан,
Зуэ сывын щя е.

Щүсы, зу та нэйихуэй
До чигуэ лю гуон,
Жё да сыжя мэ фижё,
Зуэ сывын жимон.

Вэ вонщёнди зэ жё гуэ
Йибанбый дуэ нян
Кэ йигэ хуэйзў сыжя
Ба та йүан канжян.

Чечў тади бу данди
Быймый лю гуонлён
Е зуэ чёмё сывынни
Манфу вон да лён.

185. 亮羞羞儿的孤星宿……

（"诗家里边记想"这一组诗里头的）

亮羞羞儿的孤星宿
一个儿洒明光
在一块儿没云彩的
深黑蓝天上。

往跟前吸我的呢
端就像石铁，
叫把香瞌睡追远，
作诗文下夜。

许是，就他那一会
倒奇怪绿光，
叫大诗家没睡觉，
作诗文急忙。

我望想的再叫过
一半百多年
可一个回族诗家
把他远看见。

借住他的不断的
白美绿光亮
也作诗文呢
满数往大亮。

186. Вə зə чуонзы гынчян зан...

Вə зə чуонзы гынчян зан,
Шу тоян жизо;
Моморйү мə гынди щя
Жызу йиганзо.

Вэчян бэдёди цымый
Жыйижыр шыту;
Вəди щинниди хийүн
Ган тяншонди ху.

187. Чюличуан щющидини...

Чюличуан щющидини
Вудо мян хинан,
Да санщя лэди фынфыр
Жё йиче футан.

Щин-я! ни е хуанйихар,
Бу нын жыму тё,
Ба жувиди гуй нанвын
Годи бə дадё.

188. Вə ба щин йинчӳлэди...

Вə ба щин йинчӳди
Йида бын сывын

186. 我在窗子跟前站……

我在窗子跟前站，
受讨厌急躁；
毛毛儿雨没根的下
这就一赶早。

外前败掉的刺玫
这一阵儿湿透；
我的心里的黑云
赶天上的厚。

187. 秋里川休息的呢……

秋里川休息的呢
入到绵黑暗，
打山下来的风风儿
叫一切舒坦。

心呀！你也缓一下儿，
不能这么跳，
把周围的贵安稳
高低叵打掉。

188. 我把新印出来的……

我把新印出的
一大本诗文

Сунги гэмыншон зуэди
Йиви лобан жын.

送给街（gɑi）门上坐的
一位老板人。

Та гощинди фонбошу
Жюшыр зу жеха:
-Цэсы бо жэ гуазырди...-
Йиху ги хуэйда.

他高兴的双抱手
就势儿就接下：
——才是剥热瓜子儿的……，——
以后给回答。

189. Щинни жизо-лалади...

189. 心里急躁啦啦的……

Щинни жизо-лалади,
Зэ фонмыншон зан,
Бу ган чӯчи хындини
Жызу сан тян бан.

心里急躁啦啦的，
在房门上站，
不敢出去狠的呢
这就三天半。

Момор йӱ жин щядини,
Чынпу жючын дан.
Вэ щён кан дянйинчини,
Гуонсы мэ йӱсан.

毛毛雨儿净下的呢，
城铺纠成蛋。
我想看电影去呢，
光是没雨伞。

190. Заму ю йигэ са сы...

190. 咱们有一个啥事……

Замуъ
Ю йигэ са сы,
Щӱэви ванжёнщер,
Гуон хуэй жэ шыгэ жыту
Зуэдо йивэвэр.
"Минйӱн зусы жымугэ..."-
Зуй жён йикӯчӯ,
Дэ йигэ чӯзо ёншур,

咱们
有一个啥事，
些微软将儿些，
光会折十个指头
坐到一窝窝儿。
"命运就是这么个……"——
最像一苦楚，
带一个皱糙（chuzao）阳寿儿，

Дуан бу зо лӱфу...	端不找路数……
Жыншы! ...	真实！……
Сый сысыр жёнгуэ	谁事事儿犟过
Лян дэдӱ кӱ мин,	连歹毒苦命,
Ги ди туди вифыншон	给的头的位份上
Нин зангуэ яжин?	硬攒过牙劲?
Сый	谁
Жинчон бянуэ щюзы	经常褊过袖子
Йӱжян дэ цаннан,	遇见歹惨难,
Вон банжё чонни жёгуэ,	往绊跤场里叫过,
Са та йи да бан?	杀他一大半?
Сый лян нан магуэ сы жон,	谁连难骂过死仗,
Пян дагуэ сы чуй?..	偏打过死捶? ……
Мэ хуэйда!	没回答!
Вэ сыщёнди	我思想的
Жергэ мэю сый...	今儿个没有谁……

191. Йӱ, йӱ...ни за бу щяса?...

191. 雨, 雨……你咋不下啥?……

Йӱ, йӱ...ни за бу щяса?	雨, 雨……你咋不下啥?
Ги бонцу ганкуэ,	给帮凑赶快,
Жин дудур, дедо диха,	金豆豆儿, 跌到地下,
Жё жуонжя чӱлэ...	叫庄稼出来……
Ту йи чон быййӱ щягуэ,	头一场白雨下过,
Ди чончон щичи,	地长长吸气,
Ба кэлонниди шочи	把壳寰里的勺气
Манфу няхачи.	满数儿压下去。
Ди эр чон быййӱ щягуэ,	第二场白雨下过,

Ди пян сысы зын
Хэ мый йи дяр йүдини,
Нин жон ба гэжын.

地片儿时时挣
喝每一点儿雨的呢，
硬胀把个人。

Ди сан чон быййү щягуэ,
Ди чынчын фи лун,
Хуонфи жунжян фудини,
Чүанпин по нуннун...

第三场白雨下过，
地成成水龙，
黄水中间束的呢，
全凭泡浓浓……

Йү.йү...ни за бу жўса?
Ги бонцу ганкуэ,
Жин тэён, жодо диха,
Жё жуонжя чўлэ...

雨、雨……你咋不住啥？
给帮凑赶快，
金太阳，耀到地下，
叫庄稼出来……

192. Тянмин

192. 天明

Щинщю бу жў медини,
Линйир йижи нян,
Тянкун шыншон лэдини,
Янсый йүэщин ян.

星宿不住灭的呢，
临尾儿一挤眼，
天空升上来的呢，
颜色越性①艳。

Быйёи ер хуалаларди,
Чүан бу щён шыщян,
Лян щян фынфыр фадини
Зэ бый йүн жунжян.

白杨叶儿哗啦啦的，
全不想识闲，
连闲风风儿耍的呢
在白云中间。

Янжир дашын чондини
Дундо фонлёншон,
Зущён чин тэёндини:

燕唧儿大声唱的呢
蹲到房梁上，
就请太阳的呢：

①越性：越来越。

-Жинкуэ до тяншон...

尽快到天上……

Йўанчур жянжян хундини
Фабый мин дунфон:
Куэзу тэён чўлэни,
Кэ щён са жин гуон.

远处儿渐渐红的呢
发白明东方:
快就太阳出来呢,
可想洒金光。

193. Пэфан

193. 颇烦

Жергэ зущён ломофын
Дэдў гў пэфан
Хуанхуан зуандо жэ щинни:
Чўан дадуан пиннан.

今儿个就像老毛风
歹毒孤颇烦
欢欢钻到热心呢:
全打断平安。

Жыхур...щинни тындини,
Наншу тэ тоян,
Хуачын ян фи жэдини,
Мэщин ги шыщян.

这会儿……心里疼的呢,
难受太讨厌,
化成盐水蛰的呢,
没心给识闲。

194. Жын нын хуэ санбый суйни...

194. 人能活三百岁呢……

“Жын нын хуэ санбый суйни,-
Тин дэфу фэхуа,-
Дансы ба хэшы гуонйин
Ги та зуэзоха...”.

“人能活三百岁呢,——
听大夫说下,——
但是把合适光阴
给他作造下……”。

Гуонсы жын до чи-башы
Ба шы зу эрха.

光是人到七八十
把世就佴下。

Та монмон вучондини,						他忙忙无常掉，
Чүанпин жонбуда...						全凭长不大⋯⋯

## 195. Гӱщён						## 195. 故乡

Чичә бу зан подини,						汽车不站跑的呢，
Куэ до чин щёнжуон,						快到亲乡庄，
Вә кэ жуанхуэй ло жяни,						我可转回老家里，
Эртун щён дифон.						儿童香地方。

Щин хуонланди тёдини,						心慌乱的跳的呢，
Зыгәму чӱлэ,						直个谋出来，
Чичә зуди да щёншын						汽车走的大响声
Жыхур тинбулэ.						这会儿听不来。

Бу ю зыжи занчелэ,						不由自己站起来，
Вон мын гынчян зу,						往门跟前走，
Вынцун ганжүә жуйдини,						绒存感觉追的呢，
Зэ мә жиншын шу.						再没劲伸手。

Жыншы... да жытар чӱчи,						真实！打这塌儿出去，
Жызу жигә йүә,						这就几个月，
Дуан мә жян гуй гӱщёнди						端没见贵故乡的
Мучинди чинжә.						母亲的亲热。

## 196. Цэсы, вә ман мә жуан ло...						## 196. 才是，我满没转老⋯⋯

Цэсы, вә ман мә жуан ло,						才是，我满没转老，

Шонян чи хан ю;　　　　　　少年气还有；
Дынзан йитян жо, мə гуон,　　灯盏一天照，没光，
Ваншон-ю чин-ю.　　　　　　晚上一有清油。

Цэсы, хо щинчон нэчин　　　才是，好心肠爱情
Ги вə хан са лён:　　　　　　给我还洒亮：
Жинтян манщин каншонлё　　今天满心看上了
Ба жунмый гўнён.　　　　　　把俊美姑娘。

197. Сыйүə

197. 四月

Жён тянчи хуанлуəдини,　　　将天气欢乐的呢，
Жён чин нянлуй дё,　　　　　将清眼泪掉，
Жён тэён са гуондини,　　　　将太阳洒光的呢，
Жён хи йўнцэ пё.　　　　　　将黑云彩飘。

Жён финёр жёхуандини,　　　将飞鸟儿叫唤的呢，
Жён ямир-дунжин,　　　　　　将哑鸣儿动静，
Жён щинни щё мандини,　　　将心里笑满的呢，
Жён ю дуəму бин...　　　　　将有多么冰。

198. Вə жин жожи дындини...

198. 我净着急等的呢……

Вə жин жожи дындини　　　我净着急等的呢
Зэ чуонзы гынчян,　　　　　在窗子跟前，
Жисы чин жынди муёр　　　几时亲人的模样儿
Кə щяндо мянчян.　　　　　可显到面前。

Шы зуйчуршонди щёляр　　湿嘴唇上的笑脸儿

Йидин нын щёжин
Ба щинниди гў пэфан,
Кә жё ман гощин.

Са гуонди нянжинниди
Чигуэ жә мяншан
Жы йибантян ба дантў
Чұанпин кә жуй йұан.

Вә ванчұан кә вондёни
Ба йигә димян,
Йинцы ни йигәр жыхур
Дон зэ нянмянчян.

一定能笑尽
把心里的孤颇烦，
可叫满高兴。

洒光的眼睛里的
奇怪热绵闪
这一半天把胆突
全凭可追远。

我完全可忘掉呢
把一个地面，
因此你一个这会儿
挡在眼面前。

199. Вә щинни

199. 我心里

Вә щинни, ю йұнчни-
Йикуэкуэр гощин,
Вә щинни, ю пэфанни-
Йзуэзуэр нанщин.

Гощин щұэди бу щён гуан-
Туанйүэр ю нанщин,
Нанщин жүэди бу щён щин-
Туанйүэр ю гощин.

Жысы! Зыжан зохади:
Йүнчи дэ пэфан;
Сыйду дубуэтуэ минйүн
Зэ жыгә дипан.

我心里，有运气呢——
一块块儿高兴，
我心里，有颇烦呢——
一撮撮安心。

高兴觉的不想管——
团圆儿有安心，
安心觉得不想寻——
团圆儿有高兴。

就是！自然造下的：
运气带颇烦；
谁都躲不脱命运
在这个地盘。

Вə чито, сый ю йүнчи,　　　　我祈祷，谁有运气，

Чүан бə шон лан тян,　　　　全囸上蓝天，

Вə чито, сый кын пəфан,　　　我祈祷，谁肯颇烦，

Годи бə дижян.　　　　　　　高低囸低贱。

Шышон са ду бу жючон,　　　世上啥都不久长，

Ду йү цызо ван,　　　　　　都遇迟早完，

Гощин йүншы бу нын кэ,　　　高兴永世不能开，

Нанщин чон бу зан.　　　　　安心长不站。

200. Ло жя　　　　　　　　# 200. 老家

Вəди щинни чибучир　　　　我的心里去不去儿

Гуйжун чин ло жя　　　　　贵重亲老家

Вон хуэй елуэ вəдини　　　　往回曳（ye）落我的呢

Жызу жын йищя.　　　　　　这就整一夏。

Гуонсы йидо йүанзыни　　　　光是一到院子里

Йизуəр кў пəфан　　　　　　一撮儿苦颇烦

Зущён йүүнцэ жəдини　　　　就像云彩遮的呢

Ба жыншы щихуан.　　　　　把真实喜欢。

Йинцы жынжынди ло жя　　　因此真正的老家

Дазо зу медё:　　　　　　　打早就灭掉：

Гыншон фучин бəщинди　　　跟上父亲拨（be）心的

Та йихуэй зудё.　　　　　　他一回走掉。

Щянзэ ба эртун йинщён　　　现在把儿童影像

Зэ жəр нан щинжуэ,　　　　在这儿难寻着，

Дуан зэ данлинди жяни　　　端在单另的家里

Та йичян хуанлуэ.　　　　　　他以前欢乐。

Жюсы! Вə дэгэ дюдё　　　　　就是！我带改丢掉
Ба гуйжун зуэтян-　　　　　　把贵重昨天——
Щёнтян эртунди йиняр　　　　香甜儿童的忆念儿
Зэ сыжян жунжян.　　　　　　在时间中间。

Дынзанвəр хан жуэдини　　　　灯盏窝儿还着的呢
Зэ жүнмый димян,　　　　　　在俊美地面，
Гуонсы цызо дуандёни　　　　光是迟早断掉呢
Тади мянхуа щян...　　　　　　他的棉花线……

201. Юйихуэй вə жүəмуди...

201. 有一回我觉谋的……

Юйихуэй вə жүəмуди...　　　　有一回我觉谋的……
Щүанжин жын гуонйин-　　　　瑄净真光阴——
Жысы дянсышон янди　　　　　这是电视上演的
Йи пян чон дяийин.　　　　　　一片长电影。

Дуан да мянчян гуэдини　　　　端打面前过的呢
Чүанпин бу жы йин,　　　　　　全凭不知应，
Жə щин хынхын бу дунди　　　　热心狠狠不懂的
Хуахун луан гуонйин.　　　　　花红乱光阴。

Жуви вухуа-люлуанди　　　　　周围五花六乱的
Заён жынжын хуэй　　　　　　杂样人人汇
Дыйдо монхуон садини,　　　　得道忙慌啥的呢，
Хын дуан жын янсый.　　　　　很短真颜色。

Жынжын ду фəхуадини,　　　　人人都说话的呢，

Ванчын йигӯ щян,
Йи ви щян бу тин йи ви,
Зыжи шын жычян.

挽成一股线，
一位先不听一位，
自己声值钱。

Бу ю зыжи шу чынди
Дуан щён гуан дянсы,
Гуонсы жыди мирбырди
Жы дусы жыншы.

不由自己手撑着
端想关电视，
光是知的明儿白儿的
这都是真实。

Зыдый кан вон линйирни,
Нин гӯ ножын щин,
Ба гуонйин зуэзохади
Тэ шыщё дянйин.

只得看往临尾儿里，
硬箍熬人心，
把光阴作造下的
太失笑电影。

202. Данлин жын ду нӯли кан

202. 单另人都努力看

Данлин жын ду нӯли кан
Вон нанцон йүан чян;
Замуди жын нӯли кан
Вон дон жүэ мянчян.

单另人都努力看
往暗藏远前；
咱们的人努力看
往当脚面前。

Данлин жын ду гуан эрнү,
Жё нянфу щя кӯ;
Замуди жын гуан эрнү,
Жё ха ди фан тӯ.

单另人都管儿女，
叫念书下苦；
咱们的人管儿女，
叫下地翻土。

Данлин жын ду зо йүнчи
Зэ го вынминшон;
Замуди жын зо йүнчи

单另人都找运气
在高文明上；
咱们的人都找运气

Зэ йинзы чяншон.

在银子钱上。

Данлин жын ду ви чин зў
Ба мин нын сунги;
Замуди жын ви чин зў
Ба чын щүэ бу ги.

单另人都为亲族
把命能送给；
咱们的人为亲族
把陈雪不给。

203. Бэзуй

203. 搏嘴

-Заму эрви мэ бэзуй
Гуэди жы йищён,
Бонжер ю йи-лён-сан чи,
Щинни нын ца щён.

——咱们二位没搏嘴
怪的这一向①，
傍肩儿有一两三期，
心里能擦响。

-йинви жы йи-лён-сан чи
Заму мэ жянмян,
Дянхуашон ма са жонни,
Сыйду тинбужян.

——因为这一两三期
咱们没见面，
电话上骂啥仗呢，
谁都听不见。

Зусыжер чечў жыГэ
Лан тян ду да щё,
Вынжун бый йүн фу чёчёр,
Ю дуэму чинчё...

——就是……今儿借（qie）住这个
蓝天都大笑，
稳重白云㲴悄悄儿，
有多么轻巧……

-Нэйикуэр щён Алиса!
Зэ чигуэ гуйни
Лян хи нүвон щуандуни,
Жё шо чы куйни...

——那一块儿像阿丽莎！
在奇怪国里
连黑女王旋斗呢，
叫少吃亏呢……

-Жыйикуэр щён понювар,

—这一块儿像脬牛娃儿，

---

①这一向：这一段时间。

Жынжын ле шызы,

Зу щён ди кэлян лонни,

Гэ щён жян цызы...

正真列式子，

就像的可怜狼呢，

Ge像尖齿（ci）子……（ge：角，如
 牛角、鹿角）

-Хур...хур хан сыщёндини

Дуан зущён сӯчон

Цымыйхуарди бонгэрни

Йигэр вын хушон...

——猴儿……猴儿还思想的

端就像素常

刺玫花的傍个儿里

一个儿绒后响……

-Лӯвар...лувар дуэ щинтын,

Ёзы жын гунха

Зущён жын гэ шудини,

Сы тизы цынха...

——驴娃儿……驴娃儿多心疼，

腰子正弓下

就像正解手的呢，

四蹄子撑下……

-Хын...ни зота вэдини

Дуан зуэдо жытар!

-Ни кэ хэ са чидини,

Вэди чин гуатар?

——哼……你糟蹋我的呢

端坐到这塌儿！

——你可害啥气的呢，

我的亲瓜蛋儿？

-Ни гэжын хан гуадини!

-Ни кэ вонщён кӯ...

-Ни гэжын щёнщер лӯвар!

-Зуй жинган жячӯ!

——你个人还瓜的呢！

——你可望想哭……

——你个人像些儿驴娃儿！

——嘴紧赶夹住。

204. Юди, фэсы, мэчени...

204. 有的，说是，买起呢……

Юди, фэсы, мэчени

Дуан лян йинзы чян

Ба жын жунжянди гуанщи,

有的，说是，买起呢

端连银子钱

把人中间的关系，

Дюха фэ жячян.

丢下说价钱。

Гуонсы жынди жын лэвон
Пян мэю жячян,
Лян да щинэ нын хуаншон,
Лян хын хо лянмян.

光是人的真来往
偏没有价钱，
连大喜爱能换上，
连很好脸面。

205. Чютян, бан-е, сын йүдяр...

205. 秋天，半夜，森雨点儿……

Чютян, бан-е, сын йүдяр...
Жуви бу жян жын;
Вэ йигэр юдондини,
Мэ йисы хү пын.

秋天，半夜，森雨点儿……
周围不见人；
我一个游荡的呢，
没意思胡碰。

Да ни жунжян зучүлэ,
Вон фи литу ха;
Щинэ, хухуэй дэ кунан
Хуэйни чынбуха.

打泥中间走出来，
往水里头下；
喜爱、后悔带苦难
怀里盛不下。

Зуэр лян йи ви сыщёнди
Щихуанди жехун,
Жер ди эр ви гынщинди
Бу жё щин вынцун.

昨儿连一位思想的
喜欢的结婚，
今儿第二位跟寻的
不叫心绒存。

Гуонйин-сыгуйди щитэ
Зэ мянчян тоян;
Жын-гу фын гуажинчиди
Мэ жингу ту мян.

光阴——是鬼的戏台
在面前讨厌；
人——孤风刮进去的
没筋骨土面。

Чютян, бан-е, сын йүдяр...
Нан зожуэ шыщян,
Вэ ганкуэ зу шодёни,
Зэ мэю тёжян.

秋天，半夜，森雨点儿……
难找着识闲，
我赶快就勺掉呢，
再没有挑拣。

206. Тянчи хан мэ чин кэни...

206. 天气还没晴开呢……

Тянчи хан мэ чин кэни,
Тяншон хи йүнцэ,
Быйён ю нун сосорли...
Шы! Чунтян долэ.

天气还没晴开呢，
天上黑云彩，
白杨有嫩梢梢儿哩……
实！春天到来。

Тэён хан мэ челэни,
Мэ жинжон дуэ сэ,
Хичёр шутин йин лэли...
Шы! Чунтян долэ.

太阳还没起来呢，
没劲张多晒，
黑雀儿受听声来哩……
实！春天到来。

Жын хан далынжандини,
Щинни бу фонкуэ,
Ляншон дэкэ щёлярли...
Шы! Чунтян долэ.

人还打冷颤的呢，
心里不爽快，
脸上带开笑脸儿哩……
实！春天到来。

Вэ хан шын мэ фищинни,
Жэ чи манчуан дэ,
Щинни ю хуанлуэ чирли...
Шы! Чунтян долэ.

我还甚没睡醒呢，
热气满全带，
心里有欢乐气儿哩……
实！春天到来。

207. Ни ба вонщён жяндини...

Ни ба вонщён жяндини
Зэ фимын жунжян;
Вə зэ фимын жунжянни
Ба вонщён гуон жян.

Ни дэ вəди вонщёнсы
Бими жə нэчин:
Заму эрви лёнханни
Та зо за шын гын.

Зыжан шухади нэчин,
Фын чунтян сын-ён;
Йихуэй зэ замуди хуэйни
Та ман фа нун ён.

Зущён жүнмый щё гұнён
Та бу фа винон,
Зэ зошын зочи литу
Бу жыдо щинхуон.

Гуонсы та бу нын лянчұ
Ба заму жынжын,
Йинцы вə ю чижынни,
Ни куэ зу чұмын.

208. Куэ зу щятян фигуəни...

Куэ зу щятян фигуəни,

---

207. 你把望想见的呢……

你把望想见的呢
在睡梦中间；
我在睡梦中间呢
把望想光见。

你带我的望想是
秘密热爱情：
咱们二位两下呢
它早扎生根。

自然收下的爱情，
粉春天生养；
一回在咱们的怀里
它满耍嫩样。

就像俊美小姑娘
它不耍维囊，
在噪声噪气里头
不知道心慌。

光是它不能连住
把咱们人人，
因此我有妻人呢，
你快走出门。

208. 快就夏天飞过呢……

快就夏天飞过呢，

Хын жәхуә сыжян,
Та зэ мә фуйү личи
Са гуйжуи щёнтян.

很热火时间，
他再没富裕力气
洒贵重香甜。

Жинган чютян долэни
Лян бин чин нянлуй,
Вуне, кәфи, гуэ ножын
Зэ туанйүар луәлуй.

紧赶秋天到来呢
连冰清眼泪，
如茶、瞌睡，怪熬人
在团圆儿落泪。

Дюха вә...кә шохани
Йигә хун щятян.
Дюха вә...Жин чютянни,
Хуон нунвә сыжян.

丢下我……可少下呢
一个红夏天。
丢下我……金秋天，
黄嫩窝时间。

Зэ нэтар хуон фуезы
Бужүдяр луәни,
Чын йитянжя сын йүдяр
Ба тын щин жәни.

在那塌儿黄树叶子
不住点儿落呢，
成一天家森雨点儿
把疼心蛰呢。

Нэхур вә зуэсывынни
Тянтян лян жизо,
Йиху ги нанвын нянни
Йичыр вон ганзо.

那会儿我作诗文的呢
天天连急躁，
以后给安稳念呢
一直儿往赶早。

209. Мянчян фынйүан шындини...

209. 面前坟园神的呢……

Мянчян фынйүан шындини,
Бавэ мә жын-ян.
Йитё дюдёди лүлүр,
До фындуй гынчян.

面前坟园神的呢，
八外没人烟。
一条丢掉的路路儿，
到坟堆跟前。

Жыгэ фындуйшон ган цо　　　　这个坟堆跟前干草
Ду жуэдё лозо:　　　　　　　都着掉老早：
Жиннян тэён дэгэ дў,　　　　今年太阳带改毒，
Ба саду бу жо.　　　　　　　把啥都不饶。

Сыйду жытар мэ лэди,　　　　谁都这塌儿没来的，
Жынжын мэ жищён,　　　　　 人人没记想，
Йинцы хуон фын гуадини　　　因此黄风刮的呢
Вон йүан ба сыщён.　　　　　往远把思想。

Жинян
шы готу минзы,　　　　纪念石高头名字，
Шуфу дэ йинтў...　　　　　　寿数带影图①……
Готу ни...Цэ эршы эр!　　　 高头你……才二十二！
Мынгэр вули тў...　　　　　　猛个儿入哩土……

Лёнгэ нянжин щёдини,　　　　两个眼睛笑的呢，
Чүан зущён зочян,　　　　　 全就像早前，
Литу дуэшо хуэ чичир　　　　里头多少活气气儿
Дэ йи жён щихуан.　　　　　 带一江喜欢。

Жыншы хуанлуэ мандини,　　　真实欢乐满的呢，
Дуан щён вончў йи,　　　　　端想往出溢，
Мин мэ бян-ян тондини　　　 命没边沿淌的呢
Бу жў вон сы жи.　　　　　　不住往四季。

Ни зущёнсы фэдини:　　　　　你就像是说的呢：
Вэ хын щинэ мин,　　　　　　我很喜爱命，
Хуэдо жүнмый дун-яншон　　　活到俊美顿亚上
Сый нын бу гощин...　　　　 谁能不高兴……

<hr>

①影图：照片。

Вэди щинни пэфанди
Зущён дозы жё:
Вэ зэ шышон хуэдини,
Гуонсы бу хуэй щё.

我的心里颇烦的
就像刀子搅：
我在世上活的呢，
光是不会笑。

210. Вэди щинни вонщён дуэ...

210. 我的心里望想多……

Вэди щинни вонщён дуэ,
Гуонсы ганбулё,
Минйүн мэщин ги кухуан,
Додуэлуэ чижё...

我的心里望想多，
光是干不了，
命运没心给口唤，
倒多啰欺搅……

Вэ щён чя йидуэ цымый,
Жё ни суй дэшон;
Жё та ги ни са щён ви
Зэ вын туфашон;

我想掐一朵刺玫，
叫你随带上；
叫她给你撒香味
在绒头发上；

Вэ щён жё ни щихуан щё,
Чинзор фанчелэ,
Йинцы ниди чин щёляр
Лян цымый нын сэ;

我想叫你喜欢笑，
清早儿翻起来，
因此你的亲笑脸儿
连刺玫能赛；

Вэ щён ба чон нянзамо
Лян зытур чуоншон,
Жё та ба шын хэ шанчў,
Зыху мын жефон;

我想把长眼眨毛
连指头儿撞上，
叫他把深海苦住，
之后猛解放；

Вэ щён ба ни чин хуэйчи
Йитян ван хушон,

我想把你请回去
一天晚后晌，

Жё ни чын гуйжун кини,
Гуонсы нан дыйшон...

Жянжян вонщён медини,
Минйүн вон ху дын,
Йинцы вэ ю нүжынни,
Ни е ю нанжын.

叫你成贵重客呢,
光是难得上……

渐渐望想灭的呢,
命运往后拖,
因此我有女人呢,
你也有男人。

211. Еван

211. 夜晚

Щясан фынфыр гуадини,
Щёнжуон жын фижё;
Туанйүар мэю са щиндун
Ба щётин дажё.

下山风风儿刮的呢,
乡庄正睡觉;
团圆儿没有啥行动
把消停打搅。

Хи тяншон дюдундини
Йизазар йүэлён,
Щинщю жуонщю тадини,
Са чёчи гуонлён.

黑天上丢盹的呢
一拃拃(za)儿月亮,
星宿装修他的呢,
洒巧奇光亮。

Гу бу чў шын чёдини,
Маза бу жёхуан,
Сый ган жыйижыр дунзуэ,
Дадун вын пиннан.

狗不出声悄的呢,
蚂蚱不叫唤,
谁敢这一阵儿动作,
打动稳平安。

Хуон йүэлён мэйисыди
До бан кун дю лў,
Жё йикуэр чинчё йүицэ,
Нан кунмыр жэчў.

黄月亮没意思的
到半空丢路,
叫一块儿轻巧云彩,
按空门儿①遮住。

————————
①空门儿:时机,时刻。

Йигӯр щясян чин фынфыр   一股下山亲风风儿
Ба фусор чуоншон: 把树梢撞上：
Фуер туту-мэмэди   树叶儿偷偷摸摸的
Лян хинан щӯанхуон.   连黑暗喧慌。

Йихур йизазар йӯэлён   一会儿一拃拃（za）月亮
Мынгэр жинщинлэ,   猛个儿惊醒来，
Да щянжян йӯнцэ литу   打先前云彩里头
Жинган почӯлэ.   紧赶跑出来。

212. Зэ вэди чынпуни   212. 在我的城铺里

Хунлонлонди жодини   红郎朗的照的呢
Хын вынцун жэту,   很绒存热头，
Люцынцынди фуезы   绿噜噜的树叶子
Ба гуанйӯар жэчӯ.   把观园儿遮住。

Жуви сакэди жин гуон   周围洒开的金光
Да фуер жунжян   打树叶中间
Зуангуэчи, чын йийинзы,   钻过去，成影影子，
Зэ йитуэр бу зан.   在一坨儿不站。

Бу ю зы вэ щихуанди   不由自我喜欢的
Гын йинйинзы тё,   跟影影子跳，
Ги гуэлӯди щё гӯнён   给过路的小姑娘
Мын пилигэ щё.   猛陪了个笑。

Щё гӯнён жыни зугуэ,   小姑娘这呢走过，
До хэзыр гынчян,   到孩子儿跟前，
Дыйдо гн фэлигэ са,   得道给说哩个啥，

Щёляр жын мяншан.   笑脸儿真绵闪。

Щё хэзыр до дў бонни   小孩子儿到路傍里
Ба хуон гувар го,   把黄狗娃儿搞，
Чо тутуршон лўмэди   朝头头儿上捋摸的
Фә щёни жэно.   说笑呢热闹。

Гувар йибар ёбэди   狗娃儿尾巴儿摇摆的
До лопэр гынчяр,   到老婆儿跟前儿，
Ба лопэрди чўчўр шу   把老婆儿的皱皱（chu）手
Щүэви тянлихар.   此微舔哩下儿。

Лопэр ба жуви чончор   老婆把周围长长儿
Кэ гуанли йинян: 可观哩一眼：
Мэди! Вэ хан мэ лодё,   没的！我还没老掉，
футан дуэ чянмян.   舒坦多前面。

213. Вончян   ## 213. 往前

Нанцон мергэ лэдини,   暗藏明儿个来的呢，
Йитян гын йитян,   一天跟一天，
Жинту заму поминбый,   顶头咱们跑明白，
Вончян до мянчян.   往前到面前。

Вончян хын щён чин мучин,   往前很像亲母亲，
Ло дын мын чянту,   老等门前头，
Жыни заму до гынчян,   这呢咱们到跟前，
Чинжэди зу лу.   亲热的就搂。

Вончян лойүан хын чинщю,   往前老远很清秀，

Ю дуэму салуэ,
Жынжын щёнщер да хуайуан
Ба заму лалуэ.

Вончян жунжян гуон Хо жў,
Зу ви нэгэ тян,
Жинхун тэён щёдини,
Бу жыдо шыщян.

Хосы йуншыди йисы,
Гынйуан бавэ шын,
Тасы Жўжын чуонхади
Ги чуан шыже жын.

Хасы заму дэлэди,
Да йуандё зуэтян;
Тасы жынжын сынхади
Зэ гуонйин жунжян.

Зу ви нэгэ вэ чито
Йиче гуйжун жын,
Ду жин вончянди зычян
Щё кан ба гэжын.

Годи ба Ха жыйихуэй
Бэ дэдо минтян,
Жё вончян Ха бэ жан ви,
Зущён йуан зочян.

有多么洒落，
真正像些儿大花园
把咱们拉络。

往前中间光好住，
就为那个甜，
金红太阳笑的呢，
不知道识闲。

好是永世的意思，
根源八外深，
它是主人创下的
给全世界人。

瞎是咱们带来的，
打远鸾昨天；
他是人人生下的
在光阴中间。

就为那个我祈祷
一切贵重人，
都尽往前的之前
小看把个人。

高低把瞎这一会
叵带到明天，
叫往前瞎叵站位，
就像远早前。

214. Жинтян йитян кә да тур...

Жинтян йитян кә да тур,
Куэ лэ жан щихуан,
Шыщин-шыйи хуанлуэди
Жейин гуй быйтян.

Тэёнди дуэшо жин гуон
Да фуер жунжян
Ду хуэтоди зуангуэлэ,
Зэ жуви щю нян.

Чин чисый дуэму ганжин
Туанйүар жыйижыр,
Жысы быййү дуанхади
Чин зошын йисыр.

Щян щищин сылёнйихар,
Туни дуэшо хо,
Таму ду лодындини,
Зыёсы щин до.

Ющиндярди дуэ вонщён,
Са сычин ду чын,
Ющиндярди дуэ панвон,
Са сычин ду нын.

Йинцы чянмян дындини
Жынжынди йитян,
Хӱда Торля дуанхади
Дин гуйжун сыжян.

214. 今天一天可打头儿……

今天一天可打头儿，
快来沾喜欢，
实心实意欢乐的
接迎贵白天。

太阳的多少金光
打树叶儿中间
都活套的钻过来，
在周围羞眼。

清气色多么干净
团圆儿这一阵儿，
这是白雨端下的
清早晨意思儿。

先细心思量一下儿，
头里多少好，
他们都老等的呢，
只要是心到。

有心点儿的大（duo）望想，
啥事情都成，
有心点儿的大（duo）盼望，
啥事情都能。

因此前面等的呢
整整的一天，
胡达套尔俩端下的
顶贵重时间。

215. Вэ йихуэй мон сын-ёнха...

Вэ йихуэй мон сын-ёнха,
Вудо хуа гуонйин-
Жынжынди шын хэзыни-
Жуандо дон жун щин.

Яндин, саду бу дунлэ,
Чин нянлуй чун щин;
Зу да нэйитян пынтуэ
Мэ туди цонйин...

Зо йүнчи зунйиндини,
Бими минлён лў;
Хощён янзы щүандини,
Зэ мангэчүр фу.

Йичыр до жер бу минбый,
Та зэ натар дуэ;
Вон жисыни хан щинни,
Жисы нын зожуэ.

Жянжян щинфу щодёлё,
Зывон хан мэю,
Гуонсы тэ щён зожуэни,
Жэ щин чүэ зыю.

216. До лён бан-ени

Нян бичў-йикуэр чунтян
Бэдо дон мянчян,
Фынхур цымыйхуар цанкэ,

215. 我一回忙生养下……

我一回忙生养下，
入到花光阴——
人人的深海子里——
转到当中心。

言定，啥都不懂来，
清眼泪冲心；
就打那一天碰脱
没头的苍蝇……

找运气踪影的呢，
秘密明亮路；
好像燕子旋的呢，
在满各处凫。

一直儿到今儿不明白，
他在哪塌儿躲；
往几时里还寻哩，
几时能找着。

渐渐幸福勺掉了，
指望还没有，
光是太想找着呢，
热心缺自由。

216. 到两半夜里

眼闭住——一块儿春天
摆到当面前，
粉红刺玫花绽（can）看，

Са цуан ви лалян.　　　　　　　　洒爨味拉联①。

Нян зынкэ-хи йүнцэ дё,　　　　　眼睁开——黑云彩吊，
Йүэ кан йүэ хэпа,　　　　　　　越看越害怕，
Зыгэму щён дехалэ,　　　　　　直个谋想跌下来，
Ба димян куха.　　　　　　　　把地面扣下。

Нян бичў-хун жэту жо,　　　　　眼闭住——红热头耀，
Жуви жин гуон фа,　　　　　　周围金光发，
Йигэ луэдо конзышон,　　　　　一个落到腔（kang）子上，
Ба вэ жин зота.　　　　　　　把我尽糟蹋。

Нян зынкэ-щүэ гын ту до,　　　眼睁开——雪跟头到，
Ба дипир мон шан,　　　　　　把地皮忙苦，
Туанйүар бингуэр-лынзоди　　团圆儿冰锅冷灶的
Ги щин гуан пэфан.　　　　　给心灌颇烦。

Нян бнчў-быйлир чон чүр　　　眼闭住——百灵儿唱曲儿
Лин шын хын шутин,　　　　　灵声很受听，
Да йүн жунжян фидилэ,　　　　打云中间飞的来，
Дуан зуандо эрфын.　　　　　端钻到耳缝。

Нян зынкэ-шо фын жин гуа,　　眼睁开——勺风尽刮，
Жё щүэ бу нанвын,　　　　　　叫雪不安稳，
Жуйди маншонха хў фи,　　　追的满上下胡飞，
Кўшын хын ножын.　　　　　哭声很熬人。

217. Хома, йитян　　　　　　217. 好吗，一天

Тяншон щинщю медини,　　　　天上星宿灭的呢，

①拉联：吸引。

Гуон шын лёнминщин;
Дунфон лёнчи чедини,
Бый йүн вонче щин.

Вугынцыр кə чондини,
Шын вон щиншон луə;
Мяншан фынфыр гуадини,
Туанйүар хын салуə.

Модан вонкə цандини-
Жүнмый щинщифур;
Луфи бу жў тондини,
Зущён нянлуй дур.

Шы! Куэ тэн чўлэни,
Щён ба гуон сакэ,
Чянмян йитян дындини...
Ганкуэ фанчелэ!

光剩亮明星；
东方亮气起的呢，
白云往起兴。

五更鸥儿可唱的呢，
声往心上落；
绵闪风风儿刮的呢，
团圆儿很洒落。

牡丹往开绽（can）的呢——
俊美新媳妇儿；
露水不住淌的呢，
就像眼泪豆儿。

实！快太阳出来呢，
像把光洒开，
前面一天等的呢……
赶快翻起来！

218. Зыёсы щён хуə

Шынлан тян дон тудини
Манчүан жечуанкэ,
Йүанчўр вынцун фудини
Йикуэр бый йүнцэ.

Йиче ду занжиндини,
Фи личи дунзуэ,
Йинцы жё ни щихуанни,
Зыёсы щён хуə.

218. 只要是想活

深蓝天当头的呢
满全揭穿开，
远处儿绒存凫的呢
一块儿白云彩。

一切都攒劲的呢，
费力气动作，
因此叫你喜欢呢，
只要是想活。

Жуви хуон щүэ щёдини,　　　　周围黄雪消的呢,
Чүни чынбуха,　　　　　　　渠里盛不下,
Дипир жуан хи сыйдини,　　　地皮儿转黑色的呢,
Вонщён фу жуонжя.　　　　　望想富庄稼。

Йиче ду занжиндини,　　　　一切都攒劲的呢,
Фи личи дунзуэ,　　　　　　费力气动作,
Йинцы жё ни щихуанни,　　　因此叫你喜欢呢,
Зыёсы щён хуэ.　　　　　　只要是想活。

Жэ фын монхуон гуадини,　　热风忙慌刮的呢,
Са жүнмый чунтян;　　　　　洒俊美春天;
Хичёр гощин чондини,　　　黑雀儿高兴唱的呢,
Лин шын бу жё щян.　　　　灵声不叫闲。

Йиче ду занжиндини,　　　　一切都攒劲的呢,
Фи личи дунзуэ,　　　　　　费力气动作,
Йинцы жё ни щихуанни,　　　因此叫你喜欢呢,
Зыёсы щён хуэ.　　　　　　只要是想活。

Хыхуар жинди дындини,　　　杏花儿急的等的呢,
Жинган щён цанкэ,　　　　　紧赶想绽开,
Чин быйёнди нун еер　　　　青白杨的嫩叶叶儿
Ги жуви жин бэ.　　　　　　给周围尽摆。

Йичэ ду занжиндини,　　　　一切都攒劲的呢,
Фи личи дунзуэ,　　　　　　费力气动作,
Йинцы жё ни щихуанни,　　　因此叫你喜欢呢,
Зыёсы щён хуэ.　　　　　　只要是想活。

219. Заму эрвиди лӱфу...

Заму эрвиди лӱфу
Куэ чынха лён пян:
Ни вон йи мян зудини,
Вэ вон ди эр мян.

Жинтян йигэр ли йигэр
Жы зу жянжян йӱан,
Йихуэй чӱанпин дуандёни
Жи лэвон ванчӱан.

Зэ минйӱнди тандони
Эрви цун хуэ жын:
Гэ ю гэди вонщённи,
Гэ ю гэди вын.

Заму чонжю щюхади
Нэгэ нэчин лӱ
Жыхур жынжын бекэлё,
Мэю жин хэчӱ.

Щӱсы, йӱнчи бу хуанщи
Замуди туанйӱан,
Зу ви нэгэ фынкэлё,
Бу жё вончян жян.

220. Тэён, тэён куэ чӱлэ...

Тэён, тэён куэ чӱлэ,
Са жӱнмый жэ гуон,

219. 咱们二位的路数……

咱们二位的路数
快成下两片：
你往一面走的呢，
我往第二面。

今天一个离一个
这就渐渐远，
一回全凭断掉呢
嫡（ji）来往完全。

在命运的滩道里
二位重（cong）活人：
各有各的望想呢，
各有各的文。

咱们长久修下的
那个爱情路
这会儿正真劈开了，
没有劲合住。

许是，运气不欢喜
咱们的团圆，
就为那个分开了，
不叫往前见。

220. 太阳，太阳快出来……

太阳，太阳快出来，
洒俊美热光，

Ба вэмуди га димяр
Ни йүанхуэй жошон.

Жюсы! Хи йүн худихын
Гого кун тяншон,
Дазо сычи щүэдини,
Бу фонгуэ жин гуон.

Щён жё зыжан дунчўни,
Пичи хын хажон,
Жё сынхуэр ду дуандёни
Зэ чүан дун-яшон.

Туанйүар ду щён етиму,
Дэгэ хын нежон,
Тэ дуан сўчонди хуэто,
Щигуанди монхуон.

Тэён, тэён да шынчи,
Ганкуэ мочўлэ,
Ба вэмуди га бин щин,
Вон жэ жинган сэ.

把我们的尕地面儿
你原回照上。

就是！黑云厚的很
高高空天上，
打旱使气蔫的呢，
不放过金光。

想叫自然冻住呢，
脾气很瞎胀，
叫生活儿都断掉呢
在全顿亚上。

团圆儿都像耶提目①，
带改很茶障，
太短素常的活套，
习惯的忙慌。

太阳、太阳大升起，
赶快冒出来，
把我们的尕冰心，
往热紧赶晒。

221. Вонщён

221. 望想

Заму ду тянтян-вумый
Зэ хуа гуонйиншон
Бу гуан щян-мон щихуанди
Ба вонщён фубон.

咱们都天天寱寐
在花光阴上
不管闲忙喜欢的
把望想扶帮。

①耶提目：孤儿。

Вонщён бу хуэй ги жибый,　　　　望想不会给脊背，
Зыё ю щинжин,　　　　　　　　　只要有心劲，
Та донвәр до мянчянни,　　　　　他当窝儿到面前呢，
Дуан щёнтян гощин.　　　　　　　端香甜高兴。

Зэ кунжунни сӯчон дё,　　　　　　在空中里素常掉，
Чуанпин мэ бян-ян,　　　　　　　全凭没边沿，
Ги мый йи ви жый гуни,　　　　　给每一位人够哩，
Бу йӯн чӯ йинчян.　　　　　　　　不用出银钱。

Вонщён ги заму сыки　　　　　　望想给咱们四季
Гэ наншу щинхуон,　　　　　　　改难受心慌，
Жё щин ганкуэ жэхуэни,　　　　叫心赶快热火呢，
Зэ ба лын чышон.　　　　　　　　再把冷吃上。

Гуонсы вонщён бу жючон,　　　　光是望想不久长，
Хынхын бу чон зан,　　　　　　　狠狠不长站，
Зущён тяншонди йӯнцэ,　　　　　就像天上的云彩，
Фын йигуа-зу сан.　　　　　　　　风一刮就散。

222. Жижүн нүжын лэдини...

222. 急俊女人来的呢……

Жижүн нүжын лэдини　　　　　　急俊女人来的呢
Зы вон вэ гынчян,　　　　　　　只往我跟前，
Лёнгэ нянжин вондини,　　　　　两个眼睛望的呢，
Ги вэ дуан щёнтян.　　　　　　　给我端香甜。

Эрдуэ люшын тиндини,　　　　　耳朵留神听的呢，
Дын вэди тёжян,　　　　　　　　等我的挑拣，

Хун зуйчур кўчўдини,　　　红嘴唇儿堌触的呢，
Ги вә фә тян ян.　　　给我说甜言。

Хуэни хун щин тёдини,　　　怀里红心跳的呢，
Жыйижыр тэ хуон,　　　这一阵儿太慌，
Ляншон жүнмый фын щёляр,　　　脸上俊美粉笑脸儿，
Щён жё вә жүшон.　　　想叫我掬上。

Гуонсы...жыни до гынчян-　　　光是…这呢到跟前——
Хын жижүн нүжын　　　很急俊女人
Ба жүнмый щёляр сунги　　　把俊美笑脸儿送给
Вә хутуди жын.　　　我后头的人。

223. Мин　　　## 223. 命

Щё хэр гощин вон фалар,　　　小孩儿高兴望耍拉儿①，
Шушур чынкэ щё,　　　手手撑开笑，
Хи дудур нянжин фа гуон,　　　黑豆豆儿眼睛发光，
Мин литу йидё.　　　命里头一掉。

Щё щүэсын щүэди ще зы,　　　小学生学的写字，
Занжинди шу жан,　　　攒劲的手颤，
Зыму вэвэ-ниннинди...　　　字母歪歪拧拧的……
"Мин"хуа шы хокан.　　　"命"话实好看。

Дажын чинзор фищинлэ,　　　大人清早儿睡起来，
Зэ коншон фанче,　　　在炕上翻起，
Бу ю зыжи щихуанди　　　不由自己喜欢的
Ги мин щян доще.　　　给命先道谢。

―――――――――
①耍拉儿：玩具。

Ложын бинйүанни дуан чи,	老人病院里断气,
Лён ба шу щян бин,	两把手先冰,
Нянни лён гур нянлуй тон,	眼里两股儿眼泪淌,
Тэ мэщин дю мин.	太没心丢命。

224. Жынйи жинянбый
224. 正义纪念碑

Лэ...заму до бан-ени	来……咱们到半夜里
Щюгэ жинянбый	修个纪念碑
Ги гощин (щё), пэфан (ку),	给高兴(笑), 颇烦(哭),
Дажя, жыйихуэй.	大家, 这一回。

Жысы линйирди кэнын,	这是临尾儿的可能,
Зэ мэ щян сыжян,	再没闲时间,
Йинцы щи линйир чини	因此吸临尾儿气呢
Жунмый жэ щятян.	俊美热夏天。

Хуон чктян ко мындини	黄秋天敲门的呢
Лян жизо сын йу,	连急躁森雨,
Куэ зу ба ви жаншонни,	快就把位占上呢,
Чу тижи фалу.	出体己法律。

Ба та щюдо жун чынни,	把他修到中城里,
Шызы лудошон,	石子路道上,
Жё йиче гуэлу гуан нян	叫一切过路官念
Да зо до ваншон.	打早到晚上。

Жинянбыйди бонгэрни	纪念碑的傍个儿呢
Зэгэ хуатян йуан,	栽个花田园,
Жё за хуар са цуан видо	叫杂花儿洒纛味道
Вон щи, бый, дун, нан.	往西、北、东、南。

Ганзо...жунбё цучелэ,　　　　　赶早……钟表搁起来，
Ду до лўдошон,　　　　　　　　都到路道上，
Мын канжян жинянбыйни,　　　猛看到纪念碑呢，
Бу сўщинди вон.　　　　　　　不舒心的望。

Йигэ -кў, ди эргэ -щё,　　　　一个——哭，第二个——笑，
Ди сангэ -чёчи,　　　　　　　第三个——跷蹊，
Ди сыгэ -жонжорди вон:　　　第四个——障障儿的望：
Бу дун жун-ё йи.　　　　　　不懂重要意。

Дэ...заму щюгэ жинянбый,　　来……咱们修个纪念碑，
Чечў хо жихуэй,　　　　　　　借住好机会，
Ви гоно, хунхуэ,йижян-　　　为高傲，红火，意见——
Жынйи жинянбый.　　　　　　正义纪念碑。

225. Вава

225. 娃娃

Чю йү бу жў щядини,　　　　秋雨不住下的呢，
Йўдяр вэчян ко,　　　　　　雨点儿外前敲（kao），
Щинни лон мо жёдини,　　　心里狼毛叫的呢，
Щё нүр коншон хо.　　　　　小女儿炕上嚎。

Ё сани-фэбучўлэ,　　　　　要啥呢——说不出来，
Жинчон дадэдэр,　　　　　经常打呆呆儿，
Чин няппуй чон тондини,　　清眼泪长淌的呢，
Куэ чун фын ляндяр.　　　快春风脸蛋儿。

Фалазы-ю йида дуй,　　　　耍拉子①——有一大堆，
Жё фа-бу дайин,　　　　　叫耍——不答应，

───────────
①耍拉子：玩具。

Мәмә бу чы, ца бу хә,
Тян хуа мәщин тин.

馍馍不吃，茶不喝，
甜话没心听。

Кўшын фонни дёдини,
Вон мангәчўр зуан,
Жизо хуонхуон-монмонди
Вон нэщинни гуан.

哭声房里弯的呢，
往满各处儿钻，
急躁慌慌忙忙的
往耐心里灌。

Мын! Мын гәзыр кэкэ...
"Ма!"-нүр дашын хан,
Йү йүәщин да щядини,
Ги щин дуан щихуан.

猛！门咯吱儿开开……
"妈！"——女儿大声喊，
雨越性①大下的，
给心端喜欢。

226. Кэчур чуанни жуандини...

226. 开春儿川呢转的呢……

Кэчур чуанни жуандини,
Данчин асмар дё;
Бый йүнцэ кә куэзыди
Вон дунбонгә пё.

开春儿川呢转的呢，
淡青阿斯玛尔弯；
白云彩可块子的
往东傍个飘。

Фушон чер кә хуэйдини,
Фәбухә-луан хан;
Жәту кунжун фудини,
Зущён да хун дан.

树上雀儿开会的呢，
说不合——乱喊；
热头空中凫的呢，
就像大红蛋。

Фонни хун хуә жыдини,
Чисый жынтынтын;
Жуви хын луандундунди,

房里红火炽的呢，
气色蒸腾腾；
周围很乱敦敦的，

_____
①越性：越来越。

Вə жын зуə сывын.

Йүə зуə, йүə жи щиндини,
Чўанпин мə щинжин,
Сывын хонхор бу дуанжы,
Зы вэвэ-нинин.

Щинни щён до вэтуни,
Зə тандонни лон,
Гуонсы сыжян чүəдихын...
Тунму до вучон.

我正作诗文。

越作，越急心底呢，
全凭没心劲，
诗文行行儿不端直，
字歪歪拧拧。

心里想到外头呢，
在滩道里浪，
光是时间缺的很……
统么到无常。

227. Гўдан

Жын йитян пəфандини,
Хили хан бу жю.
Вəди хуанлуə фын шонян,
Ни за бу дажю.

Вə лян вəди йинйинзы
Гуəлə-гуəчи пын,
Гуонсы щин бу щён луə ви,
Манчўан бу нанвын.

Хили фибужуə, пан лён,
Йитян пан-хи е,
Зу чо жыму гуəдини
Жын сыхур жеже.

Хуон фын(сыжян)гуадини
Ба шуфу вон йүан,

227. 孤单

整一天颇烦的呢，
黑哩还不蹵（jiu）。
我的欢乐粉少年，
你咋不搭救。

我连我的影影子
过来过去碰，
光是心不想挪（luo）位，
满全不安稳。

黑了睡不着，盼亮，
一天盼——黑夜，
就朝这么过的呢
整时候节节。

黄风（时间）刮的呢
把舒服往远，

Вәди вумур дуандини,
Быйкәр куэ жуэдуан.

我的乌木儿①断的呢,
白可儿快着断。

Вәди кәнын дю личи
Зэ мянчян жянжян,
Йихуэй чүанпин медёни,
Сысый канбужян.

我的可能丢力气
在面前渐渐,
一回全凭灭掉呢,
是谁看不见。

228. Дансы щён ган са сычин...

228. 但是想干啥事情……

Дансы щён ган са сычин,
Йидин гандо йир,
Ба лида щинжин заншон,
Жё сычин до дир.

旦是想干啥事情,
一定干到尾儿,
把力大心劲攒上,
叫事情到底儿。

Хуэма-ё жыншы хуэни,
Ги вучон жончи,
Йичыр до линйир сыжян
Вон бони щи чи.

活嘛——要真实活呢,
给无常胀气,
一直儿到临尾儿时间
往饱呢吸气。

Нэма-ё шыщин нэни,
Ба щин ман жүшон,
Напа нэчин, ду жыдо,
Жынхын бу жючон.

爱嘛——要实心爱呢,
把心满掬上,
哪怕爱情,都知道,
狠狠不久长。

Щинма-ё жын щинфуни,
Жё луан чуэсуэчи,

心嘛——要真信服呢,
叫乱踆梭气,

Ба щиндиниди щинфу
Бу нын ёнчўчи.

Щуче! ба сынхуэ цэхуэ,
Жё хуэян да жуэ,
Ба жуви жынжынди щин
Жинган куэ йинжуэ.

229. Чянмян жə чунтян хонзы...

Чянмян жə чунтян хонзы,
Чынпу жын фищин,
Чун фын вынцун гуадини,
Чисый хын ганжин.

Чунтян юидо луэдини
Вон жуви кə цын,
Вə йихур жынжыр щи зуй,
Гуəлə-гуəчи пын.

Хуэдо жынжын хуэзыни
Щин цə дый нанвын:
Дуэшо щихуан лён лянмян
Шыщин дуан щинвын.

Вон натар жүə зудини,
Чуанпин мə гуанщи,
Йинцы ту литу мэйи,

把心底里的信服
不能扬出去。

收起，把生活柴火，
叫火焰打着，
把周围人人的心
紧赶快引着。

229. 前面热春天巷子……

前面热春天巷子，
城铺正睡醒，
春风绒存刮的呢，
气色很干净。

春天味道落的呢
往周围可蹭，
我一会儿真真儿吸醉，
过来过去碰。

活在人人盒子里
心才得安稳：
多少喜欢亮脸面
实心短新闻。

往哪塌儿脚走的呢，
全凭没关系，
因此头里头没忆，

Кэсы щин хуанщи.

可是心欢喜。

230. Заму бый йитян долэ...

230. 咱们白一天到来……

Заму бый йитян долэ,
Ба хэпа дуан йүан,
Вончян кэ шыкандини,
Вон ху ду бу кан.

咱们白一天到来，
把害怕断远，
往前可试看的呢，
往后都不看。

Лян жишы жи хо щүэзы
Зэ димяншон та;
Ще, шынхуан, тындун, дижян
Жуви ба фэ гуа.

连几十几号靴子
在地面上踏；
血，呻唤，疼痛，低贱
周围把幡挂。

Хэпа сани? Тэён ман
Ба жин гуон чон са;
Лян що дэ но до хубар
Цанку щин цэ фа.

害怕啥呢？太阳满
把金光长洒；
连勺带恼到后半儿
馋（can）口心才乏。

Жыни хи еван долэ,
Чу хинан луэха,
Заму цэ сыщёнчени
Ба Хӱда Торля.

这呢（zhini）黑夜晚到来，
稠黑暗落下，
咱们才思想起呢
把胡达套尔俩。

Йинцы жыйижыр хэпа
Зуандо щин литу;
Данщүан фимын жинщинлэ,
Лын хандян ман ту.

因此这一阵害怕
钻到心里头；
担悬睡梦惊醒来，
冷汗点儿满头。

Го жо, щя гуйди сыхур

告饶，下跪的时候

Манмян до мянчян: 满面到面前：
"Хўда-я,фужо, каншу..."   "胡达呀，恕饶，看守……"
Шэту ду банлан.   舌头都绊烂。

Зу жыму жызы фанчон,   就这么日子泛常，
Йитян гын йитян,   一天跟一天，
Заму шышон хуэдини,   咱们世上活的呢，
Дангэ гуй сыжян.   耽搁贵时间。

Щин... ко тянтон мындини,   心……敲（kao）天堂门的呢，
Йиха лян йиха,   一下连一下，
Тэ щён жё тянщян тинжян...   太想叫天仙听见……
Зэ бу кэлина?   咋不开哩呢（na）?

231. Зўгуй, ни за жинжүэрса...

Зўгуй, ни за жинжүэрса,   祖国，你咋精脚儿啥，
Хэ бу чуаншонма,   鞋（hai）不穿上吗，
Вэту мо йү щядини,   外头毛雨下的呢，
Бу па ганмома?   不怕感冒吗？

Зўгўй, ни за жинтуса,   祖国，你咋精头啥，
Цымый е мэ дэ,   刺玫也没戴，
Туфа луан ду задини,   头发乱都鲭（za）的呢，
Зущён ло долэ?   就像老到来？

Зўгўй,ниди йишонна,   祖国，你的衣裳呢，
Жынжя щёхуани;   人家笑话你；
Ни зу нани чиниса?   你走哪里去哩啥？
-Ё нетечини!   ——要乜帖去呢!

232. Бәцэлён гуэ жидини...

Бәцэлён гуэ жидини,
Чёр шушон шон лў.
Дуан фынмыйди лобани
Йигә бый ян фу.

Цын йитянжя цудини,
Жёхуан шынчи гуэ.
Кунчи жянжян сындини,
Чюху кэ фагуэ.

Бый ян йигәр фудини,
Жё мо йү пыйшон,
Жуви гандёди визы,
Вилё ги бонмон.

Данлин ян хан канжянни,
Жуанчын йигыр щян,
Кў шын зущён тинжянни
Зэ йүан дипинщян.

Ги сый хәщүэ пәфанни
Туанйүар мәю сый:
Фи литуди йинйинзы
Зу щён ги жибый.

Мынмынди кәлян бый ян
Занжин фичелэ,
Гуонсы дахуэди бонзы
Мәдый чүан чынкэ.

232. 菠菜梁过集的呢……

菠菜梁过集的呢,
雀(qiao)收上上路。
短粉美的涝坝里
一个白燕凫。

成一天价愁的呢,
叫唤声气怪。
空气渐渐森的呢,
秋后可发怪。

白燕一个凫的呢,
叫毛雨披(pei)上,
周围干掉的围子,
为了给帮忙。

单另燕还看见呢,
转成一根线,
哭声就像听见呢
在远地平线。

给谁和絮(xüe)婆烦呢
团圆儿没有谁:
水里头的影影子
就像给脊背。

猛猛的可怜白燕
攒劲飞起来,
光是打坏的膀子
没得全撑开。

233. Чынжын

Зуэтян нэ щивон щифон,
Фын вон дунфон гуа...

Вэди тэён шанчўлэ,
Мон зугуэ бан лў,
Зуэтян хан зэ дунбонгэ,
Дон зэ нэтар чў.

Жинтян жуангуэ банлўлё,
Фынчын лён дуан тин;
Дэ за мэю нэму жэ,
Бу щё щин ли бин.

Щўдон, йўнцэ худихын,
Мэщин шэсан жэ;
Куэ зу до щибонгэни,
Зу зэ нэтар луэ.

Жинтян нэ щивон дунфон,
Фын вон щифон гуа...

234. Фущин

Ни ё фэ вэ вондёлё
Ба чиннэ гўщён,
Ба хунхуэ жэ бый хонзы,
Ба эртун жищён.

---

233. 成人

昨天爱希望西方，
风往东方刮……

我的太阳闪出来，
忙走过半路，
昨天还在东半（bang）个，
当在那（nai）塌儿出.

今天转过半路了（liao），
分成两段庭①；
带咋没（me）有那（nai）么热，
不消心里冰。

许当，云彩红的很，
没心舍散热；
快就（zou）到西半个呢，
就（zou）在那塌儿落。

今天爱希望东方，
风往西方刮……

234. 书信

你要说我忘掉了
把亲爱故乡，
把红火热白巷子，
把儿童记想。

---

①庭：此处为平均、均匀。

зуэтян мынгэр кэ мынжян
ба замуди жя.
Сазар жын кэ хуардини,
Цуан ви фу санщя.

Биёнфу сан модини,
Да чинзор хуонлан,
Зущён быый щүэ щядини
Вон фынхун туанйүан.

Жинщинлэ... бый щүэхуазы
Зущён быйён мо
Да чинзор зу луэдини,
Бу жыдо фужо.

昨天猛个儿可梦见
把咱们（zamu）的家。
山楂正开花的呢，
爨味树散下。

白杨树散毛的呢，
打清早慌乱（lan），
就像白雪下的呢
往粉红团圆儿。

惊醒来……白雪花子
就像白杨毛
打清早就落的呢，
不知道恕饶。

235. Эртун

235. 儿童

Ни зудё... йитян ганзо,
Ги вэ лю пэфан,
Зущён бый йү мын щягуэ,
Мэ жё винон ван.

Ни зудё... хуонхуон-монмон,
Вэ мэ жин дончў,
Нэтян вэ туфын-тусы
Бу ю гэжын кў.

Ни зудё... зущён бый чёр,
Зэ йүанни жуангу,
Жочў нанцон жүнмый йүэн,
Зэ мэ кан вонху.

你走掉……一天赶早，
给我留婆烦，
就像白雨猛下过，
没叫围囊完。

你走掉……慌慌忙忙，
我没劲挡住（chu），
那天我头逢头时（si）
不由个人哭。

你走掉，就像白雀儿，
在院里转够，
朝住（zhaochu）暗（nan）藏俊美远，
再没看往后。

236. Савə

Да биндёди сазышон,
Хун тэён луəба,
Луəтуə лянзы зугуəчи,
Ба жə сазы та.

Кəсы до мерди ганзо,
Ган тэён щян мин,
Луəтуə йинзы медёни,
Жё самум чуй пин.

Нэхур савə кə кунни,
Тэён чон луəни,
Самум бужуди гуани,
Ба сазы мəни.

Нэхур савə кə дынни,
Чя жытурди суан,
Жисы линдор щёнлини,
Ба жижин дадуан.

237. Хуэй жя

Минтян чинзор вə челə,
Зу чуанни чини,
Йинцы чун фын цуйдини,
Жё сан щинчини.

Тади гӳжир жинхун гуон

---

236. 沙窝（sawo）

打冰掉的沙子上，
红太阳落罢，
骆驼链子走过去（qi），
把热沙子踏。

可是到明儿的赶早，
赶太阳显明，
骆驼印子灭掉呢，
叫沙末（mu）末吹平。

那（nai）会儿沙窝可空呢，
太阳长落呢，
沙末末不住的刮呢，
把沙子摸呢。

那会儿沙窝可等呢，
掐指头的算，
几时铃铛儿响呢，
把寂静打断。

237. 回家

明天清早我起来，
走川里（ni）去呢，
因此春风催的呢，
叫散心去呢。

他的孤寂儿金红光

Ба лын щин хуэй ко;　　　　　　把冷心怀烤；

Да жекэди дичиди　　　　　　　打揭开的地气里

Щён чисый хын бо.　　　　　　　香气色很饱。

Чин цо нян вон челэни,　　　　　清早眼望起（qie）来呢，

Жуви фа гэбян;　　　　　　　　周围发改变；

Щүэхуар щющю-дадади　　　　　雪花儿羞羞——答答的

Кə ги сый бэ нян.　　　　　　　可给谁拜年。

Вə щён кан чин тӯмини,　　　　　我想看亲土脉呢，

Хын чүə ди видо.　　　　　　　　很缺的味道。

Дуəшо жызы мə футан　　　　　　多少日子没舒（fu）坦

Зэ зыю тандо.　　　　　　　　在自由滩道。

238. Фын-я, йү са сылима...　　238. 风呀，遇啥事（si）哩吗……

Фын-я, йү са сылима,　　　　　风呀，遇啥事哩吗，

За жымужя шо,　　　　　　　　咋这么家勺，

Ги сый сы чидиниса,　　　　　给谁使气的呢啥（dinisa），

Сый ба ни жэзо.　　　　　　　谁把你惹躁。

Ба чуонзы ду мə фужо,　　　　　把窗子都没恕饶，

Дэ гуəди дадё,　　　　　　　　带割的打掉，

Ба йижыр нян юдынзан　　　　　把一支儿蔫油灯盏（zan）

Гуэжонди чуйдё.　　　　　　　乖张的吹掉。

Ба ган фушонди чёр вə　　　　　把干树上的雀儿窝

Сысыди жюдё,　　　　　　　　死死的揪掉，

Ба фондинзы янчиди　　　　　　把房顶子咽气的

Шүандихур жедё.　　　　　　　旋地猴儿揭掉。

Хан бу жў зотадини,
Сын гўсыр хў жын,
Туанйүар фалын-фашоди,
Бу жыдо нанвын.

还不住糟蹋的呢，
生（seng）故思儿①胡整，
团圆儿发冷发勺的，
不知道安（nan）稳。

Зу жыйижыр гуәлўди
Мәфорди чы куй,
Жин базынди зудини,
Щин вон жяни жуй.

就这一阵儿过路的
没方儿的吃亏，
尽巴挣（bazeng）的走的呢，
心往家里回。

Жяни чинжын дындини,
Зуэтян цэ жехун,
Ба бо хуа ца гэварни
Дазо по нуннун.

家里亲人等的呢，
昨天才结婚，
八宝花茶盖碗儿里
打早泡浓浓。

Фын-я, жўличи, жин гу,
Жё тянчи куэ чин,
Шышон дуәшо жын ганди,
Ю дифон вў жин.

风呀，住力气，筋骨，
叫天气快晴，
世上多少人赶的，
游地方如今。

239. Савә, сазы, дў тэён...

239. 沙窝、沙子、毒太阳……

Савә, сазы, дў тэён
Мә фынлён ложын...
Луәтуә лянзы эрхади
Кәлян мэмэжын.

沙窝、沙子、毒太阳，
没分量老人……
骆驼链子俫下的
可怜买卖人。

Зущён сыщён садини,
Ган зучўр кўчў,
Зущён фә хўхуадини

就像思想啥的呢，
干嘴唇儿堀触，
就像说话的呢

①故思儿：借口，说辞。

Щиндини тун кў.

Данпа, манйүан миндини,
Нянгэ куэ жуанхуэй,
Хуэйсы панвон цидини,
Хуэйжэсы дын хи...

Мэди! Лохан гуанщёнди
Лн йи жун жиншын,
Чито Хўда торлядини,
Жё жиншу пешын.

心底里痛苦。

耽怕，埋怨命的呢，
念个快转回，
或是盼望谁（fei）的呢，
或者是等黑……

没的！老汉观想的
另一种精神，
祈祷胡达套尔俩的呢，
叫经守撒申。

240. Кэ дян мыйзы дидини...

240. 可点麦子地的呢……

Кэ дян мыйзы дидини,
Зохуа бу шыщян.
Тандо зэ нянмянчянни
Жё хи ян зонян.

可点麦子地的呢，
造化不失闲。
滩道在眼（nian）面前呢
叫黑烟罩严（zaonian）。

Кунчи хуэ ян видини,
Чисый тэ бу хо.
Хи хуэйчянзы фидини,
дуэму кун тандо.

空气火炎围的呢，
气色太不好。
黑灰签子飞的呢，
多谋空滩道。

Минтян лихуа ха дини,
Цантун ян санкэ,
Ба тандо чўан цодёни
Ви щин мё чўлэ.

明天犁铧下（ha）地呢，
铲捅（cantong）烟散开，
把滩道全抄（cao）掉呢
为新苗出来。

Нэхур йиче вондёни

那会儿一切忘掉呢

Ба чүнян жуонжя,　　　　　　把去年庄稼，

Чинмё чон гэжядини　　　　　青苗长个家的呢

Жынжын йитянжя.　　　　　　整整一天家。

241. Сынпин　　　　　　## 241. 生平

Дунтян жыни йидолэ,　　　　冬天这呢一到来，

Зу панвон чунтян,　　　　　就（zou）盼望春天，

Чунтян жыни йидолэ,　　　　春天这呢一到来，

Зу панвон щятян,　　　　　就盼望夏天，

Щятян жыни йидолэ,　　　　夏天这呢一到来，

Зу панвон чютян,　　　　　就盼望秋天，

Чютян жыни йидолэ,　　　　秋天这呢一到来，

Зу панвон дунтян...　　　　就盼望冬天……

242. Жыйижыр бый хонзыни...　　## 242. 这一阵背巷（hang）子里……

Жыйижыр бый хонзыни　　　这一阵儿背巷子里

Ванчуан бу жян сый,　　　　完全不见谁，

Лў лёнханди фонзыни　　　　路两下的房子里

Хуон дын мон ву хи.　　　　黄灯忙入黑。

Йижуви хын чигуэди,　　　　一周围很奇怪的，

Тинбужян луан шын;　　　　听不见乱声；

Хинан туди щёдини,　　　　黑暗（nan）偷的笑的呢，

Жё йиман гуан мын.　　　　叫一满关门。

Гуонсы фуер жүәдини   光是树叶儿着（zhuo）的呢
"Цылонлон"дунтан,   "呲嘟嘟"动弹,
Зущён манйүан миндини,   就像满院明的呢,
Тэ дуанчүə йинган.   太短缺营干。

Йикын хуон фи жунжянни   一坑黄水中间里
Хуон йүәйүзәр дуәцон,   黄月月儿躲藏,
Йинцы ба суй мин щинщу   因此把碎明星宿
Мәфончу тушон.   没（me）防住头上。

Хуон фуер ги зый хуон йүəр   黄树叶儿给贼黄月儿
Мынгәр дуан пиннан,   猛个儿端平安（pingnan）,
Ба йи кын хуон сын йү фи   把一坑黄森雨水
Жинган шан нянзан.   紧赶苦严展（nianzan）。

243. Быйён   ## 243. 白杨

Йүн бу меди быйён-я,   永不灭的白杨芽,
Дуан зущён зочян,   端就像早前,
Ни кə зан зэ мянчянни,   你可站在面前哩,
Бу жё щин шыщян.   不叫心失闲。

Сыхур тянтян гуəдини,   时候天天过的呢,
Ни жянжян бян гуа,   你渐渐变瓜,
Нун жыжыр чуан гандини,   嫩枝枝儿（zizier）全干的呢,
Лян фын бу щён фа.   连风不想要。

Жё зошын щяди бый щуə,   叫早晨（zaosheng）下的白雪,
Бый данзы йиён,   白单子一样,
Ба ни мə чу шын шанчу,   把你没出声苦住,

Чүанпин мэ шонлён.　　　　全凭没商量。

Ни зущён мынгэр чинчў,　　你就像猛个儿沁住，
Дуан жиншынди зан,　　　短精神的站，
Зущён чон сыщёндини,　　就像长思想的呢，
Ду мэшин дунтан.　　　　都没心动弹。

Вэди жүнмый быйён-я,　　我的俊美白杨芽，
Зэ гуэшон жи тян,　　　再过上几天，
Ни кэ ба чунтян жянни,　　你可把春天见呢，
Лян шынлан мин тян.　　连深蓝明天。

Нэхур лю ер кэ жэнни　　那会儿绿（liu）叶儿可展呢
Чечў жэ чун фын,　　　　借（qie）住热春风，
Дынлё жинхун тэённи　　等了金黄太阳呢
До чинщю зошын.　　　　到清秀早晨（zaosheng）。

244. Ама, миргэ зозорди...　　244. 阿妈，明儿个早早儿的……

Ама, миргэ зозорди　　　阿妈，明个儿早早儿的
Ба вэ ханщинлэ,　　　　把我喊醒来，
Дуэшо жызы фигуэлё,　　多少日子睡过了（liao），
Мэ кухуан хуэйлэ...　　　没口唤回来……

Вэ йүанхуэй зущён цунчян　我原回就像从前
Бу йүн хэ, жинжүэ,　　　不用鞋（hai），精脚，
Жочў тандо подёни,　　朝（zhao）住滩道跑掉呢，
Ба фын ду лёгуэ.　　　　把风都撂过。

Ба тандо вонче жинни,　　把滩道往起（qie）惊呢，

Бу гуан луфи чон,
Жыни пофа хуанхани,
Бу цощин йишон.

Ба щётин...Танди щётин
Вон бонни щини.
Ама, ханщинлэ, дуйма,
Тэ бу хощинни...

不管露水长，
这呢（zhini）跑乏缓下呢，
不操心衣裳。

把消停……滩的消停
往旁（bang）里吸呢。
阿妈，喊醒来，对吗，
太不好醒呢……

245. Хӱлор

Вәсы хӱлор...чин ганзо
Гэдо-сычур жуан.
Вәди хуә дуә,за,бу гуй,
Куэ ду чӱлэ кан.

Вә мэ хуарди видини,
Зочи шухади,
Мэ чинлён йӱдярдини,
Луфи тухади.

Мэ шутин йиндёдини,
Чун фын жуйлэди,
Хан мэ тэён гуондини,
Йӱнцэ туйлэди.

Жинган чӱлэ, чиннэди,
Тёжян суй щин хуә,
Саду юни куонзыни,
Годи бә тё цуэ.

245. 货郎儿

我是货郎儿……清赶早
各道四处转。
我的货多、杂、不贵，
快都出来看。

我卖花的味的呢，
早起收下的，
卖清凉雨点儿的呢，
露水吐下的。

卖受听音调的呢，
春风追来的，
还卖太阳光的呢，
云彩推来的。

紧赶出来，亲爱（nai）的，
挑拣随心货，
啥都有呢筐子呢，
高低叵挑错。

Нина, тёчӳжин-гунён,
Лакэ ба чуонляр,
Куэ кан гуйжун щицарлэ,
Жячян-пый щёляр.

你那，挑出金姑娘，
拉开把窗帘儿，
快看贵重稀产儿来，
价钱—配笑脸儿。

246. Лӳ, лӳ...Шышон дуэшо лӳ...

246.路、路……世上多少路……

Лӳ,лӳ...Шышон душо лӳ,
Зущён жӳжӳвон;
Йи тё до шын фулинни,
Йи тё до санчон...

路，路……世上多少路，
就像蛛蛛网；
一条到深树林里，
一条到山（san）上……

Сыщёнчи, фонщин зуди,
Бу нын зу ножуан,
Хан вонщён са йӳнчини,
Гуон дюха щехуан.

思想去，放心走的，
不能走熬软（naoruan），
还望想啥运气的呢，
光丢下歇换。

Кэсы щин зун бу дайин,
Сыжи да луэлуэ:
Жын, заму вон ни гынчян,
Ба лӳ нын зожуэ?

可是心总不答应，
四季打锣锣；
人，咋么往你跟前，
把路能找着（zaozhuo）？

247. Жуонжяхан

247. 庄稼汉

Жир вэ ба ди лидёни,
Мир ба тӳкэ кан,
Хур ба донзы дашонни,
Дахур ба зыр зан...

今儿我把地犁掉呢，
明儿把土块砍，
后儿把档子打上呢，
大后儿把籽儿鏊……

Йи донзы жун тэённи,　　　　一档子种太阳呢，

Ди эргэ-чун фын,　　　　　　第二个——种风，

Ди сангэ жун гощинни,　　　　第三个种高兴呢，

Ди сыгэ-щё шын.　　　　　　第四个——笑声。

Зыху лян лю тё чуанни,　　　　之后（zihou）连柳条圈呢，

Хэпа тугў гон,　　　　　　　害怕头牯杠，

Мыйтян лян чуан фи жёни,　　每天连泉水浇的呢，

Жё жуонжя куэ жон.　　　　　叫庄稼快长。

Жүэбужуэ до чюбарни,　　　　觉不着到秋罢儿里，

Зохуа кэ хуан жи,　　　　　　造化可换季，

Дынбудуэ шу жуонжяни,　　　等不多收庄稼呢，

Монхуонди дый ли.　　　　　忙慌的得哩。

Йидонзы шу жин гуонни,　　　一档子收金光呢，

Ди эргэ-чунтян,　　　　　　　第二个春天，

Ди сангэ шу щёлярни,　　　　第三个收笑脸儿呢，

Ди сыгэ-щёнтян.　　　　　　第四个——香甜。

248. Щүэпяр пёдини　　　## 248. 雪片儿飘的呢

Дунтян. Еван. Гў нанвын.　　冬天、夜晚、孤安稳（nanweng）。

Жунбё йүанчўр ган.　　　　　钟表远处儿赶。

Щүэхуар мэ шын пёдини,　　　雪花儿没声飘的呢，

Ба дипир мон шан.　　　　　把地皮儿忙苦。

Вэту бу жян жынди мяр,　　　外头不见人的面儿，

Дазо ду хуэйжя,　　　　　　打早都回家，

Жыйижыр хэ цадини　　　　　这一阵儿喝茶（ca）的呢

Дэ чиннэ жящя.

Гуонсы вэ йигэр бу хуон
Зэ лӯшон нэ дун,
Чүан бу жыдо ган сани,
Щинни ландундун.

Да мянчян чуан фафарди
Линйир чичэ гуэ,
Чуонзышон жигэ гуэлӯди
Мэ шынчиди зуэ.

Зыху кэ мэ са щиндун,
Нанвын ба ви жан,
Гуонсы щуэпар пёдини,
Ба дипир мон шан.

249. Чюни

Зуэргэ хили фидилэ,
Йикуэр фын чунтян,
Луэдо вэди жынтушон,
Дун зэ нянмянчян...

Мяншан тэён дэ щёди
Зэ чуонзышон мон,
Ба шу ги вэ чындини-
Жын жинзы жэ гуан.

Фынхур гуэхуар кэдини,

带亲爱家下。

光是我一个儿不慌
在路上爱蹲，
全不知道干啥呢，
心里乱（lan）敦敦。

打面前全乏乏儿的
临尾儿汽车过，
窗子上几个过路的
没声气的坐。

之后（zihou）可没啥行动，
安稳把位占，
光是雪片儿飘的呢，
把地皮儿忙苦。

249. 秋里

昨儿个黑哩飞的来，
一块儿粉春天，
落到我的枕头上，
蹲在眼（nian）面前……

绵闪太阳带笑的
在窗子上忙，
把手给我撑（ceng）的呢——
真金子热光。

粉红果花儿开的呢，

Зущён бый йүнцэ,	就像白云彩，
Вончян жянжян фудини,	往前渐渐凫的呢，
Мифыр долэцэ.	蜜蜂儿到来采。
Хуар банбар гыншон чун фын	花儿瓣瓣儿跟上春风
Зэ кунжунни щуан,	在空中里旋，
Хӯтёр канжян-мын кишон,	蝴蝶儿看见——猛看（ki）上，
Зэ хуту мон дуан.	在后头忙断。
Жандудурди чин цоцор	展（zan）嘟嘟儿的青草草儿
Хи дипиршон жон,	黑地皮儿上长，
Бу жӯ вонче чындини,	不住往起抻的呢，
Гын жин тэён гуон...	跟金太阳光……
Мынынди куэ жинщинлэ,	猛猛的快惊醒来，
Цэсы сын йү шын,	才是森雨声，
Зэ чуонзышон кодини,	在窗子上敲（kao）的呢，
Щинни хын ножын...	心里很熬（nao）人……

250. Жы зу кэжя сан-сы тян...

250. 这就可价三四天……

Жы зу кэжя сан-сы тян	这就可价三四天
Йү занбучӯ до;	雨站不住倒；
Щинни жиди зӯ сани,	心里急的做啥呢，
Чүанпин бу жыдо.	全凭不知道。
Вэту бавэ дуан фынмый,	外头八外短粉美，
Дазо кунтонтон,	打早空堂堂，
Жуви зущён чүан фижуэ,	周围就像全睡着，

Мə шучў щинхуон.   没收住心慌。

Линжүжяди сыфи гу,   邻居家的是非狗，
Чо вэ ду бу цу,   朝外都不瞅，
Зэ пёчеди фонфорни,   在飘起的房房里，
Чын йитянжя шу.   成一天价守。

Дуйлё! Вə е фихани,   对了！我也睡下呢，
Дуан фи сыгə йүə,   端睡四个月，
До кэчунзы щинлэни,   到开春子醒来呢，
Нэхур зэ жён хуə.   那会儿再将活。

251. Хэзы. Тэён. Нүжын   ## 251. 海子、太阳、女人

Жинхун тэён луəдини   金黄太阳落的呢
Зэ йүан фипинщян;   在远水平线；
Дазо бонгəзы шынзы   打早半个子身子
Зэдо хэ жунжян.   栽到海中间。

Филон монмон фандини   水浪忙忙翻的呢
Жочў куан хэян: 朝住宽海沿：
Йигə дуан йигəдини,   一个断一个的呢，
Зэ хуту чын жян.   在后头成箭。

Хэяншон жиэзн нүжын   海沿上急俊女人
Зэ шы сазышон   在湿沙子上
Дадэдэрди кўдини   打呆呆儿的哭的呢
Жызу йихушон.   这就一后晌。

Филон чўлэ, години,   水浪出来，搞的呢，
Чон чинжə щихан,   长亲热稀罕，

Жюшыр вон жун хэзыни
Ба хан нянлуй жуан.

就势儿往着海子里
把咸眼泪转。

252. Вә бу жыдо, жисы лэ...

252. 我不知道，几时来……

Вә бу жыдо, жисы лэ
жыгэ фын чунтян,
зэ замуди хонзыни,
ги щин жуон ножян.

我不知道，几时来
这个粉春天，
在咱们的巷子里，
给心装熬煎。

Вә бу жыдо до жисы
Да мин лён йүэлён
Дуан лян вә йитун чи е,
Дуйчү чуонзы лён.

我不知道到几时
大明亮月亮
端连我一同起夜，
对住窗子亮。

Вә бу жыдо вон жисы
Хан нын кун мущён,
Зэ чуонлянзыди нэмян
Гуан ниди щинщён.

我不知道往几时
还能空谋想，
在窗帘子的那面
观你的形象。

Вә бу жыдо хан жисы
Ниди чи щёкэ,
Фужо вэди йивэ цуэ,
Ба чуонзы дакэ.

我不知道还几时
你的气消开，
恕饶我的意外错，
把窗子打开。

253. Зуэтян жёгуэ е дэ сый...

253. 昨天叫过也带谁……

Зуэтян жёгуэ е дэ сый
Ба вә дашын жё.

昨天叫过也带谁
把我大声叫。

Хӯли-хӯдӯ жинщинлэ,　　糊里糊涂惊醒来，
Хуэни жэ щин тё.　　怀里热心跳。

Вэту бый щүэ щядини　　外头白雪下的呢
Гуйдин бый хунхуэ,　　规定白红火，
Ба санзафу шандини,　　把山楂树苫的呢，
Цон жүнмый хун гуэ.　　藏俊美红果。

Жызу йи нян дуэ тянчи　　这就一年多天气
Вэ зэ йибан жӯ,　　我在移搬住，
Мэ туйиди луан сычин　　没头尾的乱事情
Ба щин чүан начӯ.　　把心全拿住（chu）。

Йингэ... зо сыйүн сыжян,　　应该……找使用时间，
Хуэй чин чюличуан:　　回亲秋里川：
Жысы мучин жёдини,　　这是母亲叫的呢，
Жё до Хырхызстан.　　叫到吉尔吉斯斯坦。

254. Ни зэди...　　254. 你在的……

Ни зэди, жүнмый тандо,　　你在的，俊美滩道，
Жинтян вэ чӯ вэ,　　今天我出外，
Йинцы зу россияни,　　因此走拉瑟亚①呢，
Донмон бу хуэйлэ.　　当忙不回来。

Вэ жыдо, ни пэфанни,　　我知道，你颇烦呢，
Мэ жын хуэй вын цо,　　没人会闻草，
Сый щихан хун дизорни　　谁稀罕红地枣儿的
Фын луфи чинзо.　　粉露水清早。

---

①拉瑟亚：俄罗斯。

Зэ мә жын тин шу быйлир 再没人听受百灵儿
Чын йи чон тянжя, 成一长天价，
Дашын щёшон же бый йу 大声笑上叫白雨
Бу жыдо хуэй жя. 不知道回家。

Ни ги кухуан, бә щён са, 你给口唤，叵想啥，
Сыхур ба вә гў, 时候儿把我鼓①，
Ви вончян йуанхуэй йумян 为往前原回遇面
Вә шон жыгә лў. 我上这个路。

255. Ама, зэ бу кўлиса... 255. 阿妈，再不哭哩啥……

Ама, зэ бу кўлиса, 阿妈，再不哭哩啥，
Вә хуэйчини, 我回去呢，
Минтян зу да пёчини, 明天就打票去呢，
Щён зуэ фижини. 想坐飞机呢。

Гуонсы щин дантўдини, 光是心胆突的呢，
Тэ хэпа да лян, 太害怕打脸，
Йинцы зыжи луэ луйин, 因此自己落泪呢，
Ба ни мын канжян. 把你猛看见。

Жинтян вә бу щён зочян, 今天我不像早前，
Ю бу шо гэбян, 有不少改变，
Жә щин щўди лёбудый, 热心虚的了不得，
Зущён цы чютян. 就像迟秋天。

Дуэ сыжян бян йитан ни, 多时间变一滩泥，
Тэ чўэдуан жиншын, 太缺短精神，
Зэ гуонйинди лон литу 在光阴的浪里头

①鼓：强迫。

Суйбян пё-кан фын.

Хуэдо жыгэ дун-яшон
Мэ йисы ган хо,
Жынжын шянзэ чигуэди
Бу хуэй жён гундо.

Гуонсы ни йигэр нан щин,
Жын жинзы гуонлён,
Сыдуэхур зэ вэ мянчян,
Дин гуйжун щинщён.

随便漂——看风。

活到这个顿亚上
没意思干好，
人人现在奇怪的
不会讲公道。

光是你一个安心，
认金子光亮，
是多会儿在我面前，
顶贵重形象。

256. Вэ фон бо шу нахалэ...

Вэ фон бо шу нахалэ
Ба жин йүэр танман,
Щёщин фондо тун пынни
Дон жин хуа йүр кан.

Мынмынди ба фи додё,
Ба тун пын кафан,
Йүэр хуэйдо гого тяншон,
Чон сыжер дажан.

256. 我双抱手拿下来……

我双抱手拿下来
把金月儿坦慢，
小心放到铜盆里
当金花鱼儿看。

猛猛的把水倒掉，
把铜盆卡翻，
月儿回到高高天上，
长时间打颤。

257. Шын тяншон хан зодини...

Шын тяншон хан зодини
Мин лён хуон йүэлён

257. 深天上还找的呢……

深天上还找的呢
明亮黄月亮

Ба зо фангуэ сан жянди
Жүнмый хун тэён.

把早翻过山尖的
俊美红太阳。

Тянхэ чи лон тондини,
Бу жон сыйду гуэ,
Нюлон, Жынү лёнхани
Фа юцу кун зуэ.

天河起浪淌的呢,
不让谁都过,
牛郎, 织女两下里
发忧愁空坐。

258. Зуэтян вэ ае зудё...

258. 昨天我阿爷走掉……

Зуэтян вэ ае зудё,
Дажя лэ либе,
Го тэ, шын мэ мон сундё,
Щин ли жуон вэбе.

昨天我阿爷走掉,
大家来离别,
高抬, 深埋忙送掉,
心里装窝憋。

Щянзэ фучин зэ коншон
Чон сыжян кун зуэ,
Щинэ ца дазо биндё,
Гуонсы бу щён хэ.

现在父亲在炕上
长时间空坐,
喜爱茶打早冰掉,
光是不想喝。

Дыйдо сыщён садини,
Йишын ду бу чў,
Лёнгэ нянжин гангарди,
Гуонсы щин чон кў.

得道思想啥的呢,
一声都不出,
两个眼睛干干儿的,
光是心长哭。

Нянпир лян бый нянзамо
Чинчў бу кэ хуа,
Жыйижыр сыхур занха...
-Зэ бу кў, ада...

眼皮儿连白眼眨毛
噙住不开花,
这一阵儿时候站下……
——再不哭, 阿大……

259. Ги сый ни кә щёдини...

Гый сый ни кә щёдини,
Жүнмый жин йүэлён,
Цондо молихуа жунжян,
Са люсый гуонлён.

Вәди щинни бу хо шу
Жы зу сан-сы тян,
Йинцы ба гуйжун пын-ю
Мә фончү дижян.

259. 给谁你可笑的呢……

给谁你可笑的呢，
俊美金月亮，
藏到茉莉花中间，
洒绿色光亮。

我的心里不好受
这就三四天，
因此把贵重朋友
没防住（chu）低贱。

260. Зуәргә хушон ни хуэйлэ...

Зуәргә хушон ни хуэйлэ,
Чу йү мәщин тин:
"Дуәму хокан жыгэ йү..."-
Нянни дэ гощин.

Зу нэгэ йү щядини,
Жинтян ни жин мын:
"Вон жисыни хан щяни..."-
Нянжин дэ ножын.

260. 昨儿个后晌你回来……

昨儿个后晌你回来，
稠雨没心停：
"多么好看这个雨…"——
眼睛带高兴。

就那个雨下的呢，
今天你进门：
"往几时里还下呢…"——
眼睛带熬人。

261. Тянтян вә дын нидини...

Тянтян вә дын нидини,
Жин йүэлёндини,
Жисы ба вәди цымый

261. 天天我等你的呢……

天天我等你的呢，
金月亮底里，
几时把我的刺致

Ни нын жешонни.

你能接上呢。

Дуэшо цымый ду няндё,
Гуонсы ни бу дэ,
Дансы мэщин фужо вэ,
Ба щян хуар тэнэ.

多少刺玫都蔫掉,
光是你不戴,
旦是没心恕饶我,
把鲜花抬爱。

262. Ту йибян ще фущинни...

262. 头一遍写书信呢……

Ту йибян ще фущинни
Ги ни ван хушон,
Вэ ба щүэхуар суй жящон,
Жё ни щян дэшон.

头一遍写书信呢
给你晚后晌,
我把雪花儿随捡上,
叫你先戴上。

Жинтян кэ ще фущинни
Вэ хуонхуон-монмон,
Ба йигэ жинхуон фуер
Дэ зуди жуоншон.

今天可写书信呢
我慌慌忙忙,
把一个金黄树叶儿
带走的装上。

263. Ба ни вэ нын вондёни...

263. 把你我能忘掉呢……

Ба ни вэ нын вондёни,
Хуон фу ер луэтуэ,
Кун щин йүанхуэй лёнлини
Ги нэчин, сантуэ.

把你我能忘掉呢,
黄树叶儿落脱,
空心原回亮哩呢
给爱情, 散脱。

Гуонсы зэ фимындини,
Хи еван жёгуэ,
Зэ щёнче ниди минзы,
Вэ мэю са туэ.

光是在睡梦底里,
黑夜晚叫过,
再想起你的名字,
我没有洒脱。

264. Вәди кәлян бин щинни...

Вәди кәлян бин щинни
Ю йизуәр пәфан,
Жё вә сыжи кўдини,
Дуә бу дуан футан.

Йинцы вә зэ эрланни
Гыншон чин лозы
Йи бә ду мә жёхуангуә
Гуйжун нэмазы.

265. Жё жингуон жәту сэчи...

Жё жингуон жәту сэчи,
Жё дипи чян фи,
Жё дэдў хифон луәчи,
Нэчин хуар бу хи.

Жё сынза залуй щёнчи,
Жё сын йү чон по,
Жё жидан лынзы дачи,
Нэчин хуар бу шо.

Жё дэ ханлын винончи,
Жё щўәжыр дыйзуй,
Жё ломо-хуонфын гуачи,
Нэчин хуэ бу туй.

264. 我的可怜冰心里……

我的可怜冰心里
有一撮儿颇烦，
叫我四季哭的呢，
多不端舒坦。

因此我在尔兰里
跟上亲老子
一拜都没叫唤过
贵重乃玛子[①]。

265. 叫金光热头晒去……

叫金光热头晒去，
叫地皮浅睡，
叫歹毒黑蜂落去，
爱情花儿不黑。

叫森哑炸雷响去，
叫森雨长跑，
叫鸡蛋冷子打去，
爱情花儿不潲。

叫带寒冷维囊去，
叫雪珍儿得罪，
叫老毛黄风刮去，
爱情火不退。

---

①乃玛子：礼拜。

266. Фынди

Фынхур зочи фандини,
Фынхур гўнён тё,
Фынхур туфа сандини,
Фынхур нянжин щё.

Фынхур чунфын гуадини
Фынхур фуер жан...
Вэ мынмынди жинщинлэ,
Цў щин ган лёлуан.

267. Вэ сыйүн шу зў сани...

Вэ сыйүн шу зў сани,
Лён ба хуэто шу?
Зэ кудэрни вунима
Ба шыгэ зыту?

Лян тэёнди йинйинзы
Кун банжёнима?
Лян танниди гунгурдан
Бый но жёнима?

Мэди! Лён жы лён ба шу
Вэ до зо вугын
Жуй шынхади хинанни,
Ви зочи чўшын.

Шу шынхади йўдярни

266. 粉的

粉红儿早起翻的呢，
粉红儿姑娘跳，
粉红儿头发散的呢，
粉红儿眼睛笑。

粉红儿春风刮的呢
粉红儿树叶儿颤……
我猛猛的惊醒来，
醋心干缭乱。

267. 我使用手做啥呢……

我使用手做啥呢，
两把活套手？
在口袋儿里捂呢吗
把十个指头？

连太阳的影影子
空绊跤呢吗？
连滩里的滚滚儿蛋
白熬搅呢吗？

没的！良知两把手
我到早五更
追剩下的黑暗呢，
为早起出声。

收剩下的雨点儿呢

Зэ бый йүнцэшон,
Ги чүэ фиди ди дуанни,
Жё футан хушон.

Вон кэни ла дищүнни,
Дансы мын йитян
Лёнгэ минзў жончелэ,
Хан ви кў дэ тян.

Жё зуэтян дў щёлиди
Жы цы хуэйбыйни,
Жё зуэтян жин кўлиди
Дый фу цэбыйни.

在白云彩上，
在缺水的地段儿呢，
叫舒坦后晌。

往开里拉弟兄呢，
但是猛一天
两个民族仗起来，
还为苦带甜。

叫昨天都笑哩的
这次会背呢，
叫昨天尽哭哩的
得富财贝呢。

268. Ба вэ куэ сундо йитян...

268. 把我快送到一天……

Ба вэ куэ сундо йитян
Жинган хи еван,
Вэ бусы ниди хэзы,
Наншу ху хинан.

Вэсы йитянди зуэзо,
Тэён бавэ чин:
Быйтян вэ цэ хуэдини,
Быйтян дый гощин.

把我快送到一天
紧赶黑夜晚，
我不是你的海子，
难受厚黑暗。

我是一天的作造，
太阳八外亲：
白天我才活的呢，
白天得高兴。

269. Чю йү

269. 求雨

Да чүан яншон дуэшо жын
Чўлэ чю йүлэ,

大泉眼上多少人
出来求雨来，

Хошо жызы гуй йүдяр
Зэ жытар мэ лэ.

好少日子贵雨点儿
在这塌儿没来。

Ющён, борсок, югуэр бэ
Чон досторханшон,
Вуку жуафан дындини
Зэ да гуэтушон.

油香，包尔绍克①，油果儿摆
长达斯道尔汗②上，
入口抓饭等的呢
在大锅头上。

Йү... ахунму нян суэр,
Йү, йү... ди чито,
Йү, йү, йү... зохуа нэлян,
Йү, йү, йү, йү... до.

雨……阿訇们念索儿，
雨，雨……的祈祷，
雨，雨，雨……造化爱怜，
雨，雨，雨，雨……到。

Мынгэр... жэту щүдонсы,
Зэ мэхарли тин,
Да йикуэр йүнцэ жунжян
Жинган зуаншон жин.

猛个儿……热头许当是，
在没合儿力听，
打一块儿云彩中间
紧赶钻上进。

270. Хуэймин, хуэйзў, лохуэйхуэй...

270. 回民，回族，老回回……

Хуэймин, хуэйзў, лохуэйхуэй...
Вон жисы "хуэйни"?
Жыншы ниди пэфан щин
Жисы до хуэни?

回民，回族，老回回……
往几时"回呢"？
真是你的颇烦心
几时倒回呢？

Ба да сыжын люхади
Хуон жинзы сывын:

把大诗人留下的
黄金子诗文：

①包尔绍克：油炸面块。
②达斯道尔汗：桌布。

"Гунсы хуэйзў мэ йүнчи..."
Гуандо чин эрфын?

"光是回族没运气……"
灌到亲耳缝?

Сычон ни зо тадини,
Ман шыже южуан.
Натар хан мэ дочигуэ
Зэ жыгэ дипан.

时常你找他的呢,
满世界悠转。
哪塌儿还没到去过
在这个地盘。

Дуйлё! Санлё! Шугэлё!
Жё щин дый щехуан.
Дуэшо эрнү чян нанвын
Цызо ву йинхуан.

对了! 散了! 收割了!
叫心得喜欢。
多少儿女欠安稳
迟早无迎欢。

Вэчян мэмэ йибийзы
Хансы ганконзы,
Линжү чон зэ хуа жаншон
Бу ги шонконзы.

外前馍馍一算子
还是干闷子,
邻居常在花毡上
不给上岗子。

Щүдон, вэмуди йүнчи
Зэ данлин эрлан,
Хўда Торляди диндуэ
Жё жытар шу нан.

许当, 我们的运气
在单另尔兰,
胡达套尔俩的定夺
叫这塌受难。

271. Йидуй шыту жунжянни...

271. 一堆石头中间里……

Йидуй шыту жунжянни
Жи пан чончуи тё.
Вэ зэ сынза нянжинни
Ту йицы жян щё.

一堆石头中间里
几盘长虫跳。
我在森咂眼睛里
头一次见笑。

Йи тё чончун донжунни　　　一条长虫当中里
Ту тэче ёбэ,　　　　　　　头抬起摇摆，
Хан жигэ зэ туанйγарни　　　喊几个在团圆儿里
Суй та щихуан бэ.　　　　　随他喜欢摆。

Ту йибян вэ мэ хэпа,　　　　头一遍我没害怕，
Ги чончун пый шу.　　　　　给长虫拍手。
Таму ба жя шын тинжуэ,　　　他们把夹声听着，
Луан ду пашон зу.　　　　　乱都盘上走。

Гуонсы йитё да чончун　　　光是一条大长虫
Лян лын няжин дин,　　　　连冷眼睛盯，
Йиху да шыту фынни　　　　以后打石头缝里
Бу хуон люшон жин.　　　　不慌溜上进。

272. Щёнлё жя　　　　## 272. 想了家

Вэ мынмынди жинщинлэ,　　　我猛猛的惊醒来，
Е янзы шын жў,　　　　　　夜眼子神住，
Лын щин хан мэ хуангуэлэ,　　冷心还没缓过来，
Суй ножын шын кў.　　　　　碎熬人声哭。

Чуонзы вэту фын жё щγэ　　　窗子外头风搅雪
Тэ мэщин сунжин,　　　　　太没心松劲，
Гуонсы пёдо пинниди　　　　光是漂到瓶里的
Лю жюцэ нан щин.　　　　　绿韭菜安心。

273. Жуанхуэй　　　　## 273. 转回

Жиргэ вэ кэ до жяни,　　　　今儿个我可到家呢，

Нанфон тэён жо. 南方太阳照。
Мянчян щинэ Чюличуан, 面前喜爱秋里川，
Чинщю Ала-Тоо. 清秀阿拉—套。

Жысыма чин бый хонзы, 这是吗亲背巷子，
Лён хон быйён жон. 两行白杨长。
Гуйжун дамын фоншар кэ, 贵重大门双扇儿开，
Вон жин щянхуэй жон. 往进贤惠让。

Чин жяни хунян-ярди, 亲家里红艳艳儿的，
Бавэ сан щёнтян, 八外赛香甜，
Мучин цо жюцэдини, 母亲炒韭菜的呢，
Цуан ви йүан вынжян. 爨味远闻见。

Бу ю зыжи цэ минбый, 不由自己才明白，
Жытар нын щёжин 这塌儿能消尽
Ба йүан быйфон зуэшонди 把远北方坐下的
Щинниди лын бин. 心里的冷冰。

274. Сандин   ## 274. 山顶

Ни жин цу садини, 你尽瞅啥的呢，
Гуйжун го сандин, 贵重高山顶，
Ту дин мэ бян-янди тян, 头顶没边沿的天，
Жё хи йүн лу жин? 叫黑云搂紧？

Чин ганзо жён фанчелэ- 清赶早刚翻起来——
Ни зэ чуонзышон, 你在窗子上，
Дыйдо сыщён садини 得道思想啥的呢
Да шонвон няншон. 打上往年上。

Ни ба куанда чҐан шыже   你把宽大全世界
Йинян нын кандо.   一眼能看到。
Данпа, зу да жыгэшон   耽怕，就打这个上
Щин литу фа шо.   心里头发烧。

Нэгэ мин ходинима,   那个命好的呢吗，
Хан хуэ зэ шышон?   还活在世上？
Та хан мэ дый зыюма,   他还没得自由吗，
Ба йҐнчи зошон?   把运气找上？

Зыдый жё вэ сангэ щин   只得叫我散个心
Зэ ниди туанйҐан,   在你的团圆儿，
Да йҐан лёже фучинди   打远了解父亲的
Бими ло гҰ йҐан.   秘密老孤院。

275. Емозы   ## 275. 夜猫子

Вон сани цыдындынди   望啥呢迟登登的
Зэ сазар фушон?   在山楂树上？
Ниди да йҐан нянжинни   你的大圆眼睛里
Сышза фынкын вон.   森�哂风肯望。

Щёнда,ни мэ хунчима   Xiang da①，你没哄去吗
Ба вэди ае,   把我的阿爷，
Нэйицы дундо жытар,   那一次蹲到这塌儿，
Жён йидо хи е.   将一到黑夜。

Щёнда ни мэ елуэчима   Xiang da，你没曳络去吗
Ба вэди ада,   把我的阿大，

──────────
①Xiang da：难道。

Жё тон ба щинфу эрха,
Фуйү мэ фэ хуа?

Ниди чони вэ бу чи,
Чин ни бэ гынвын,
Вэ хан мэ щечүлэни
Ба дин жүн сывын.

叫忙把幸福俱下，
富馀没说话？

你的巢里我不去，
请你叵跟问，
我还没写出来呢
把顶俊诗文。

276. Жынди щин дуан щён зыжан...

Жынди щин дуан щён зыжан,
Ю сыжи сыжян.
Жы зусы чунтян, щятян,
Чютян дэ дунтян.

Вужин вэди щиндини
Хуон чютян фашо:
Сын йүдяр дедани,
Зыгэму да до.

276. 人的心端像自然……

人的心端像自然，
有四季时间。
这就是春天，夏天，
秋天带冬天。

如今我的心底里
黄秋天发烧：
森雨点儿跌嗒呢，
直个谋（zigemu）大倒。

277. Йи фу хэбор

Вынчин хэзы шу хуанйүн,
Да шонву сын-ён,
Жыйижыр жыннэ тындун,
Тэ наншу шы ён.

Тади хуащи жи пын-ю,
Жищинзы бофын,

277. 一付海宝儿

绒清海子受怀孕，
大晌午生养，
这一阵儿忍耐疼痛，
太难受失样。

他的欢心嫡（ji）朋友，
急性子暴风，

Ба хэзы бодо хуэни,
Зэ туанйүан сынфын.

Хэзы шубучў шынхуан,
Жызу йүнгуэчи;
Филон да го бян-яншон
Нян кан тёгуэчи.

Вэ чито ни, хэзы-я,
Хойи фужо дуэр,
Жисы гуй хахвын долэ,
Сун йифу хэбор.

278. Чютян

Йичыр до жиргэ ганзо
Жэту чинзор жё,
Лян мэфур жинзы мян шу
Жин фонни чижё.

Вужин шонву вэ щинлэ,
Ба чуонзы дакэ,
Чюфыр ба хуон фуезы
Жинган гуажинлэ.

279. Вэ чүандо вэди фонни...

Вэ чүандо вэди фонни
Ба йикуэр чунтян:

把海子报到怀里,
在团圆儿生风。

海子受不住呻唤,
这就晕过去;
飞浪打高边沿上
眼看跳过去。

我祈祷你,海子呀,
好意恕饶多儿,
几时贵安稳到来,
送一付海宝儿。

278. 秋天

一直儿到今儿个赶早
热头清早叫,
连没数儿金子绵手
进房里欺搅。

如今晌午我醒来,
把窗子打开,
秋风把黄树叶子
紧赶刮进来。

279. 我圈到我的房里……

我圈到我的房里
把一块儿春天:

Лан тян, жэту, вугынцыр   蓝天、热头、五更鸥儿
Дэ цуан нун жинлян.   带爨嫩金莲。

Зэ хэпа жүнмый чунтян   再害怕俊美春天
Вон вэту ту по,   往外头偷跑，
Ба мын лян жешы суэзы   把门连结实锁子
Дуан щищин суэ хо.   端细心锁好。

Зыху зыжи до хуайүан   之后自己到花园
Зэ туанйүар санщин,   在团圆儿散心，
Йичыр вон цы вын хубар   一直往迟绒后半儿
Же фын чунтян чин.   接粉春天亲。

Жыни жанжан чу хинан   这呢緂緂稠黑暗
Бангуэ ба быйтян,   掰过把白天，
Вэ цэ до вэди фонни,   我才到我的房里，
Кэ жян хун чунтян.   可见红春天。

280. Хинан   280. 黑暗

Вэди туанйүан жыйижыр   我的团圆儿这一阵儿
Хинан фандандан: 黑暗翻蛋蛋：
Фонни, чуоншон, бивэни,   房里，床上，被窝里，
Кэлонни зуан ман.   壳寋里钻满。

Вэ ба ю шу начелэ,   我把右手拿起来，
Чон сыже щи кан,   长时间细看，
Гуонсы йидў хи чёнту   光是一堵黑墙头
Зэ тянчян дуан зан.   在面前端站。

Бу ю зыжи куэ чў шын,
Жинган хан зыжи-
Цэсы вэ зун хуэдини,
Ю нынгу щичи.

Зу нэгэ жекур гунжир
Дашын жё тян мин,
Йүан дуфон жекэди лён
Ба чу хинан жин.

不由自己快出声，
紧赶喊自己——
才是我总活的呢，
有能够吸气。

就那个接口儿光景
大声叫天明，
远东方揭开的亮
把稠黑暗惊。

281. Гобе

281. 告别

Вэ зэ вынцун хэ бянди
Быӣ щи сазышон
Ба йидуан чёмё сывын
Жэ хушон заншон.

Быӣ мэзы гощин филон
Ба сывын жешон,
Чынще ба хэбор люха
Зуэпин вифыншон.

我在绒存海边的
白细沙子上
把一段巧妙诗文
热后晌錾上。

白沫子高兴飞浪
把诗文接上，
诚谢把海宝儿留下
作品位份上。

282. Линйир зандо

282. 临尾儿站道

Куэзу до линйир зандо,
Да натар чичэ
Вон данлин дун-яшон зу,
Зэ бу нын хуэй жэ.

快走到临尾儿站道，
打那塌儿汽车
往单另顿亚上走，
再不能回折。

Вонху вә гуон нын лонлэ   往后我光能浪来

Зэ жыгэ шышон,   在这个世上，

Дуан чын мэ фынлён луэхэр,   端成没分量落罕儿，

Чиншү ван хушон.   清秀（xiu）晚后晌。

Зэ жүнмый чин Чюличуан,   在俊美亲秋里川，

Ала-тоо санця,   阿拉一套山下，

Зэ щинэди Бый хонзы,   在喜爱的背巷子，

Гуйжун чин ло жя.   贵重亲老家。

Сысый ду бу жейинлэ,   是谁都不接迎来，

Нэхур тэ сый дын,   那会儿没谁等，

Йинцы щёнтян дун-яшон   因此香甜顿亚上

Нандый шын чин жын.   难得剩亲人。

Вэди гуйжун ло дифон,   我的贵重老地方，

Зэ натар жын жў,   在那塌儿正住，

Нэгэ сыжян тадёни,   那个时间塌掉呢，

Чынха йидуй тў.   成下一堆土。

Зэ тади жын вифыншон   在他的正位份上

Йичў щин дифон   一处新地方

Лян лён куэ фынхур тозы   连两颗粉红桃子

Ба вэ жон жин фон.   把我让进房。

Вэди хубый чунсунзы   我的后辈重孙子

Бу жыдо пэфан,   不知道颇烦，

Щихуан танчон-зуэлуэни   喜欢滩场坐落呢

Дэ жящя щехуан.   待家下歇缓。

Тамуди хуанлуэ нянни   他们的欢乐眼里

Йӱнчи вончӱ йи,
Лин щёшын вон туанйүарни
Гыншон щян фын фи.

运气往出溢，
灵笑声往团员儿里
跟上闲风飞。

Нэхур вә йидин дунни,
Ту йихуэй жыдо,
Гуонйин цэ мэ нэму кӱ,
Дусы жын зуэзо.

那会儿我一定懂呢，
头一回知道，
光阴才没那么苦，
都是人作造。

283. Лопәр дэ цымый

283. 老婆儿带刺玫

"Нисы сыйди эрзы-а,
Ги йинён дуан хуар".
Вә жянлигэ фын цымый
Сунги хо лопәр.

"你是谁的儿子啊，
给姨娘端花儿"。
我捡了个粉刺玫
送给好老婆儿。

Та жюшур ба нунмян хуар
Суй чядуан хо дэ:
Щёмущирди чӱчӱр лян
Ги вә шыщин бэ.

他就手把嫩绵花儿
穗掐断好戴：
笑模嘻儿的皱皱（chu）脸
给我实心拜。

284. Еван-а, жин кӱ сани...

284. 夜晚啊，尽哭啥呢……

Еван-а, жин кӱ сани
Чуонзышон тянтян,
Вә жыдо, ба ни эрха
Данчин нянжин тян.

夜晚啊，尽哭啥呢
窗子上天天，
我知道，把你佴下
淡青眼睛天。

Ни кан вә за жин бу кӱ,

你看我咋尽不哭，

Щинни жын хухуэй,　　　　　心里真后悔，
Суйжан ба вэ е лёха　　　　　虽然把我也撂下
Данчин нянжин гуй.　　　　　淡青眼睛国。

285. Либе

Вэ до щё чё жунжянни,　　　　我到小桥中间呢，
Дуэму щян лёнкуэ,　　　　　多么先凉快，
Йижын лён фын же мозы,　　　一阵凉风揭帽子，
Тэ щён жё лёкэ.　　　　　　　太想叫撩开。

Чянмян йитё лў йүанчўр　　　前面一条路远处儿
Дуан вон тяншон зу,　　　　　端往天上走，
Хумян мучин мын туни　　　　后面母亲猛头里
Чон сыжян жо шу.　　　　　　长时间招手。

286. Кў жин

Йигэр хуэ зэ чён быйху,　　　一个儿活在墙背后，
Луан хозы жон нян,　　　　　乱蒿子长严，
Сыйду гынчян ду бу чи,　　　谁都跟前都不去，
Лўлўр зобужян.　　　　　　　路路儿找不见。

Ган лўлў чүнпин вандё,　　　干辘轳全凭弯掉，
Тешын щян бу жян;　　　　　铁绳先不见；
Лимян жинпан ду недё,　　　里面井盘都茶（nie）掉，
Жё лю вын бонян.　　　　　　叫绿（liu）绒包严。

Ги вава чынха чигуэ,　　　　给娃娃成下奇怪，

Ги дажын ги хэ;	给大人给害；
Дансы сый дюдё жясын,	但是谁丢掉家牲，
Яндин ги жин лэ.	言定给井赖。
Ваншон литу лю лэгуэр	晚上里头绿癞瓜儿
Кэ яншын жёхуан,	可咽声叫唤，
Еванни хан са шынчи,	夜晚里还洒声气，
Фэсы, гуй шынхуан.	说是，鬼呻唤。
Кэсы жыни до быйтян	可是这呢（zhini）到白天
Кў жинни фуйүи	枯井里凫云
Чигуэ ланйинйин асмар	奇怪蓝莹莹阿斯玛尔
Дэ быйсынсын йүн.	带白森森云。

287. Замуди пэфан нэчин... 　　287. 咱们的颇烦爱情……

Замуди пэфан нэчин	咱们的颇烦爱情
Щянзэ мын вучон,	现在猛无常，
Заму зыжи чўжыдё,	咱们自己处置掉，
Мэ гуанщян нежон.	没管闲茶障（可怜）。
Чинзо сундо фынйүаншон,	清早送到坟园上，
Щин ли дэ юцу,	心里带忧愁，
Ба нэчинди бин бынлу	把爱情的冰奔颜
Лин быйлё йику.	临白了一口。
Фыншон мэ ще беди зыр,	坟上没写别的字儿，
Чон хуа нан йүншон:	长话难用上：
"Жынйүэ чў йи-жынйүэ чў эр"	"正月初一——正月初二"
Зан зэ шытушон.	錾在石头上。

288. Ба ни шын дунни пынжян...

Ба ни шын дунни пынжян,
Эрйүэ гон долэ;
Ёнфын-жёщүэ тин жунжян
Мыйли нэчин кэ.

Со фын бин йү, лын бый щүэ
Чүан мэ жё шыщян.
Мэ хуанщёнди зэ хуэни
Жуандо жэ чунтян.

Гуонсы до чунтян мыншон
Вэ мынжан хуадо,
Ба гуйжун жучин нэчин
Мэ нынгу бо хо.

Нэчин дедо жүэдини,
Банчын ни дандан.
Щёмущир чүнтян нянни
Лёнгэ нянхуар жан.

289. Вэ лин вэди йинйинзы...

Вэ лин вэди йинйинзы
Зэ гуонйиншон жуан.
Лян та фын хунцэ йүнчи,

288. 把你深冬里碰见……

把你深冬里碰见，
儿女刚到来；
扬风搅雪庭中间
美丽爱情开。

骚风、冰雨、冷白雪
全没叫识闲。
我幻想的在怀里
转到热春天。

光是到春天门上
我猛然滑倒，
把贵重柔情爱情
没能够抱好。

爱情跌到脚底里，
绊成泥蛋蛋。
笑模嘻儿春天眼里
两个眼花儿沾（zhan）。

289. 我领我的影影子……

我领我的影影子
在光阴上转。
连他分鸿财运气，

Ги та хэщүэ дуан...

给他呵削①断②……

Сыхур хын зущён бофын
Ба сынхуэ хуэйхуэй
Дуан да мянчян бужўдяр
Вон шын вонху жуй.

时候很就像暴风
把生活回回
端打面前不住点儿
往深往后追。

Хумян, фын зочни жунжян,
Вэди нун эртун
Ходэдэрди вон хуэй жё,
Мэ ин жин йүнзун.

后面，粉早起中间，
我的嫩儿童
嚎歹歹儿的往回叫，
没心劲永总。

Кэлян фалуй йинйинзы
Дю хуанлуэ жянжян,
Чүанпин щян фататади
Нин шыкан вончян.

可怜乏累（lui）影影子
丢欢乐渐渐，
全凭先乏踏踏儿的
硬（ning）试看往前。

290. Йихуэй вудо жыгэ шы...

290. 一回人到这个世……

Йихуэй вудо жыгэ шы,
Бу ю зыжи хо:
"Жисы цэ нын чын жынни..."-
Мучин суйбян го.

一回人到这个世，
不由自己嚎：
"几时才能成人呢……"——
母亲随便告。

Дўзы жён жижи-вэвэ,
Бу ю зыжи хо:
"Жисы цэ нын чын жынни..."-
Мучин суйбян го.

肚子刚饥饥饿饿（wo），
不由自己嚎：
"几时才能成人呢……"——
母亲随便告。

①呵削：指摘，抱怨。
②断：攥。

Заза-зузу щүан дэдо,
Бу ю зыжи хо:
"Жисы цэ нын чын жынни..."-
Мучин суйбян го.

Ди йицы до щүэтон мын,
Бу ю зыжи хо:
"Жисы цэ нын чын жынни..."-
Мучин суйбян го.

Вужин вэ дазо чын жын,
Ни зу ло йинжян,
Гуонсы хуэйхуэй хан щён ха,
Дуан зущён зочян.

挖挖走走悬跌倒，
不由自己嚎：
"几时才能成人呢……"——
母亲随便告。

第一次到学堂门，
不由自己嚎：
"几时才能成人呢……"——
母亲随便告。

如今我打早成人，
你走老阴间，
光是回回还想嚎，
端就像早前。

291. Пери

Щихуан щён чунтян долэ,
Луэсуэ йү жунжян,
Цуан зыжинхуа жун йүанни
Ба та мын канжяян.

Лёнгэ данчин мо нянжин,
Хуон жинзы туфа,
Лён ба пёлён вын жэ шу,
Щёмущир щинфа...

Жүнмый хуанлуэ щё пери
Ба вэ мон начў;

291. 婪莉

喜欢笑春天到来，
啰嗦雨中间，
爨紫金花种园里
把她猛看见。

两个淡青毛眼睛，
黄金子头发，
两把漂亮绒热手，
笑模嘻儿性发①……

俊美欢乐笑婪莉
把我忙拿住；

──────────
①性发：性格，举止。

Зуандо кунщён жэ щинни,
Дуан щён щёнтян дў.

Вэ зу чито гуй гўнён
Лян вэ пый йи дуй.
Та шыщёди хуэйдали:
-Ни цыли банхуэй.

钻到空想①热心里，
端像香甜毒。

我就祈祷贵姑娘
连我配一对。
她失笑的回答哩：
——你迟了半会。

292. Зу йичян бян фонмын кэ...

292. 就一千遍房门开……

Зу йичян бян фонмын кэ,
Ни чёчёр жинлэ,
Зущён сучон до гынчян,
Ба жэ шу чынкэ.

就一千遍房门开，
你悄悄儿进来，
就像素常到跟前，
把热手撑开。

Зу йичян бян мэ жынчў
Вэ ба шу жедэ:
Зочян шухади вичў
Зэ щинни щёкэ.

就一千遍没忍住
我把手接待：
早前受下的委屈
在心里消开。

Зу йичян бян фын жё щүэ
Щихуанди зончуон,
Зэ чуонзышон дуэ зота,
Бу жё пин шүанхуон.

就一千遍风搅雪
喜欢的臧窗，
在窗子上多糟蹋，
不叫平喧慌。

Зу йичян бян мэ йүанйин
Ни сынчи фан лян.
Чинзор щинщуан бый щүэшон
Йилю жүэйин щян...

就一千遍没原因
你生气翻脸。
清早儿新鲜白雪上
一溜脚印显……

①空想：幻想。

293. Щихуан жә щятян чогуэ...

Щихуан жә щятян чогуэ,
Хуон чютян долэ,
Сынчон мойүйүр жунжян
Чин шинщён кэкэ.

Ниди данчин мо нянжин,
Хуон жинзы туфа
Зэ вәди цан нэщинни
Жё дю жя вонфа.

Вэ щён чито гуй минйүн
Щян жүнмый жихуэй,
Ба дюдёди гуй фынщи
Чэ йүнчи жуанхуэй.

Жә щинниди дуэшо хуа
Вэ мэ фэчўчи,
Хан ви заму жин чозуй,
Бу гуан чон фучи.

294. Йихуэй

Йихуэй кўди сын-ёнха,
Йихуэй йүян жын,
Йихуй жин кэхуа щүэтон,
Йихуэй чын дажын.

Йихуэй пынжян чин нэжын,
Йихуэй чынфондуй,

---

293. 喜欢热夏天朝过……

喜欢热夏天朝过，
黄秋天到来，
森长毛雨雨儿中间
亲形象开开。

你的淡青毛眼睛，
黄金子头发
在我的馋（can）爱心里
叫丢家忘法。

我想祈祷贵命运
显俊美机会，
把丢掉的贵风习
借（qie）运气转回。

热心里的多少话
我没说出去，
还为咱们尽朝嘴，
不管长输气。

294. 一回

一回哭的生养下，
一回语言真，
一回进开化学堂，
一回成大人。

一回碰见亲爱人，
一回成双（fang）对，

Йихуэй туфа дэ йинзы,
Йихуэй йүан жуанхуэй.

一回头发带银子，
一回原转回。

295. Йүмян

295. 遇面

Жинтян нүжын до мянчян,
Зущён мянфуфу,
Щён жё жонгэ янбонзы,
Ган зучур кўчў.

今天女人到面前，
就像绵树树，
想叫长个燕膀子，
干嘴唇儿堀触。

Ву нянжин цыдындынди,
Туфа дэ бый сый,
Лянмян чўэдуан щёнтян ю,
Йифу бу щисый.

雾眼睛瓷（ci）登登[①]的，
头发带白色，
脸面缺短香甜油，
衣服不喜色。

Гуонсы гуэ мяншан щёляр
Зэ нэму чинфу,
Дуан зущён йичян жянгуэ,
Жищён жуабучў.

光是乖绵闪小脸儿
在那么亲熟，
端就像以前见过，
记想抓不住。

Мынмынди туни фа хи,
Йижынжыр жы мин,
Жысы нэгэ щё гўнён,
Вэ ди зо нэчин.

猛猛的头里发黑，
一阵阵儿致命，
这是那个小姑娘，
我的早爱情。

296. Шонян

296. 少年

Гэмын туни йитё лў,
Йүанфон йичў чё,

街（gai）门头里一条路，
远方一处桥，

---

①瓷登登：指眼珠不动。

Вә жын дантў дуан чў мын,   我正胆突端出门，
Чунтян вон вә жё.   春天往外叫。

Зыжи зэхади хынфу   自己栽下的杏（heng）树
Сун вә зэ мынчян,   送我在门前，
Жын кэфанди фынхун хуар   正开繁的粉红花儿
Са гуй цуан щёнтян.   洒贵爨香甜。

Бу ю сўчон нэфущин   不由素常爱舒心①
Вә шон жыгэ лў,   我上这个路，
Йинцы лойүан щихуан дын   因此老远喜欢等
Чигуэ нанцон фу.   奇怪暗（nan）藏树。

Вә бу щён вын суануади   我不想问算卦的
Жё жечуан минтян: 叫揭穿明天：
Хўда Торля динхади   胡达套尔俩定下的
Сыйду жыбущян.   谁都知不先。

Гэмын кэ шындо хумян,   街（gai）门可伸到后面，
Вәди жүәйин щян,   我的脚印显，
Мянчян чўан данлин гуонйин   面前全单另光阴
Ба вә чин вончян.   把我请往前。

297. Хәни фи бу нын чон чин...   ## 297. 河里水不很长清……

Хәни фи бу нын чон чин,   河里水不很长清，
Йинцы ю йүрни,   因此有鱼儿呢，
Шышон хо бу нын йүн фан,   世上好不能永繁，
Йинцы ю жынни.   因此有人呢。

①爱舒心：欲望，渴望。

Жуви гундо дэ нанви
Дуан нин йигӯ шын.
Ама, виса ни щӯлё
Гуон жён ходи гын?

周围公道带难为^①
端拧一股绳。
阿妈，为啥你许了
光讲好的根？

298. Сын-ён

298. 生养

Хи тян, хи еван, хи йӯн,
Хинан щён чёнту,
Туанйӯар жыйижыр жючӯ,
Дуан дын гуэ шышу.

黑天，黑夜晚，黑云，
黑暗（nan）像墙头，
团圆儿这一阵儿揪住（chu），
端等怪失手。

Мэ йигӯр фын, чисый жун,
Емозы бу щё,
Тугӯ ду бу кын ён-ён,
Щянгу бу ган нё.

没一股儿风，气色中，
夜猫子不笑，
头牯都不啃痒痒，
闲狗不敢咬（yao）。

Мынмынди... нанвын задё,
Йӯэвазы шын хо,
Ху йӯнцэ жунжян щинщю
Шанчӯлэ момо.

猛猛的……安（nan）稳砸掉，
月娃子声嚎，
厚云彩中间星宿
闪出来觋觋。

Зусыди...ганзо вэ жян,
Цохуазы гӯнён,
Мэ жяшэ, мэ нанжынди,
Нанзын-нянвон ён.

就是的……赶早我见，
抄化子^②姑娘，
没家舍，没男人的，
难睁眼望样。

299. Нэчин

299. 爱情

Гынбын бу жён нянжиди

根本不讲年纪的

---

①难为：委屈。
②抄化子：乞丐。

Вучин дӯ нэчин
Жинтян кэ зыян жүэву
Хуа лида щинжин.

无情毒爱情
今天可自验觉悟
花了大心劲。

Тади фичон нун жүнмый
Ба вэ чүан жощян,
Йисы-санки мон ладо
Жэ хуэйвэ жунжян.

她的非常嫩俊美
把我全招嫌，
一时三刻忙拉到
热怀窝中间。

Дазо зу лон фи жёди
Кэлян щин дажан,
Жүэжун ба гуанван нанвын
Жинган куэ жуй йүан.

打早就朗睡觉的
可怜心打颤，
觉中把惯万安稳
紧赶快追远。

Тындун, нан, пэфан, гэлу
Жыйижыр хуонлан;
Гуонсы хын чигуэдисы
За нэму футан.

疼痛、难、颇烦，葛漏
这一阵儿慌乱；
光是很奇怪的是
咋那么舒坦。

300. Чинщин

300. 亲心

Мучин-гӯнён щёдини:
"Куэ жонда вава..."
Вэ зэ бу щинфу жын щин,
Та бу жён гундо,
Тинжун ю хэхын нэчун,
Дэгэ бу хэ со.

母亲姑娘笑的呢：
"快长大娃娃……"
我再不信服人心，
他不讲公道，
听众有害狠恶虫，
待改不害臊。

Вэ зэ мэ щинжин ган хо,
Чүанпин мэ йисы,
Жинту ги ду пэ минбый,

我再没心劲干好，
全凭没意思，
尽头给都破明白，

Ба зыжи чисы.

Вэ зэ бу щён дуэ фэхуа,

Бый дан яцагў,

Ганжин хуа кын бян щянхуа,

Литу ю дэ дў.

Вэ зэ бу нэ зуэ сывын

Чын йиванщижя,

Сысый ду мэ щинжин нян,

Додуэлуэ чия.

Мучин-лопэр кўдини:

"Гун гулё вава..."

把自己气死。

我再不想多说话，

白弹（dan）牙叉（ca）骨，

干净话肯变闲话，

里头有歹毒。

我再不爱作诗文

成一晚夕价，

是谁都没心劲念，

倒多啰欺压。

母亲老婆儿哭的呢：

"功够了娃娃……"

301. Нанвын

Туанйўар жюдо йидани

Жыйижыр фа хуон.

Быйён еер фуйўанни

Дуан бу ган цылон.

Хуон янжир щян па чў мын,

Зэ вэни хухуэй.

Сохўлў... жыйижыр дын

Хифын, дян, залуй.

301. 安（nan）稳

团圆儿纠到一搭呢

这一阵一发慌。

白杨叶叶儿树园里

端不敢呲浪。

慌燕唧儿先怕出门，

在窝里后悔。

骚葫芦……这一阵儿等

黑风、电、炸雷（zalui）。

302. Йўэ туниди щё хуон йүэр...

Йүэ туниди щё хуон йүэр

302. 月头里的小黄月儿……

月头里的小黄月儿

Жинчон щён чон кў,
Зэ вазар йүнцэди тяншон
Жажан-кэкэ фу.

經常像長哭，
在瓦渣儿云彩的天上
戰戰磕磕兒。

Дуан щёнщёр хуон лимуди
Йи суй хуон зазар,
Канжян са ду дантўди
Куэ зо нанцон вэр.

端像像儿慌離母的
一歲黃渣渣兒，
看見啥都膽突的
快找（zao）暗藏窩儿。

Ба хуон йүэр жё щё хэзыр
Да фонни канжян,
Га шушур мон дебанди
Жинган вон чян нян.

把黃月儿叫小孩子儿
打房里看見，
尕手手儿忙跌絆的
緊趕往前攢。

Вэ зу жёди госў та:
"Чўбушон, эрзы!"
Гуонсы хэзыр бу дайин,
Шу пян жо тян зы.

我就（zou）叫的告訴他：
"取不上，儿子！"
光是孩子儿不答應，
手偏照（zhao）天指（zi）。

Вэ зу йинчын: "Чўчини!"
Гуонсы бу йүн хо.
Йүэр тинжян йүэщин да жан,
Чо йүнцэ мон по.

我就應承："去起呢！"
光是不用嚎。
月儿聽見越性打顫，
照（zhao）云彩忙跑。

303. Щинщю

303. 星宿

Дуэшон щинщю жуэдини
Гуэ бими хи тян,
Са жүнмый лю гуондини
Жызу быйван нян.

多少星宿落的呢
怪秘密黑天，
灑俊美綠光的呢
這就百（bei）萬年。

Хокан щинщюди щинни

Жә нэчин хуэ ко,

Да жытар са гуондини,

Жё йиче жыдо.

Виса жын хуәзэ дун-я,

Ба сый зэ каншон,

Бу са жүнмый лю гуонни,

Йидо ван хушон.

Нэхур тый йигә гәлор

Дуәшо нэчин щин

Са жүнмый люсый гуонни,

Жё йиман жы мин.

好看星宿的心里

热爱情火烤，

打这塌儿洒光的呢，

叫一切知道。

为啥人活在顿亚，

把谁再看上，

播撒俊美绿（liu）光阴，

一到晚后响。

那会儿每一个圪塃儿

多少爱情心

洒俊美绿色光阴，

叫一满知明。

304. Шан йибян быйгуагуа дян...

304. 闪一遍白刮刮电……

Шан йибян быйгуагуа дян,

Щён йибян залуй.

Заму кын ган ха сычин,

Щүәви щин йизон,

Ганха дуә ду бу хухуэй,

Шу йифэ хуонмон.

Йинцы хуэйхуэй жүәмуди,

Ю бонбан жокан:

Сыхур, зущён ломофын,

Ба саду жуан йүан.

闪一遍白刮刮电，

响一遍炸雷。

咱们肯干瞎（ha）事情，

些（xue）微心一脏，

干下多都不后悔，

手一甩慌忙。

因此回回觉谋的，

有帮办照看：

时候儿，就像老毛风，

把啥都转远。

Сыхур-фын жыни гуагуэ,　　　时候风这呢刮过，
Заму зу вондё,　　　　　　咱们就忘掉，
Дуан щён мэ йү са сычин,　　端像没遇啥事情，
Зуй леди да щё.　　　　　　嘴咧的大笑。

Гуонсы... ба йизун бими　　光是……把一总秘密（bimi）
Заму бу жыдо:　　　　　　咱们不知道：
Жищён цызо чё мынни,　　记想迟早敲门呢，
Зэ щинни цохо.　　　　　　在心里吵嚷。

Зущён бый дян жощянни　　就像白电照显呢
Ба йикуэ хи тян,　　　　　把一块黑天，
Зущён залуй тищённи　　　就像炸雷提想呢
Ба зуэтян сыжян.　　　　　把昨天时间。

Щён йибян хэпа залуй,　　响一遍害怕炸雷，
Шан йибян бый дян.　　　闪一遍白电。

305. Ло фонзы　　　　　## 305. 老房子

Вэмуди гуй ло фонзы,　　我们的贵老房子，
Зущён чон сыжян,　　　　就像长时间，
Вон жин жон жынжындини　　往进让人人的呢
Зэ тү далү бян.　　　　　在土大路边。

Го хуа дамын жын хокан,　　高花大门真好看，
Чянмян хунян-ян,　　　　前面红艳艳，
Хибыйчү ду жон шодё,　　黑白绸①都长勺掉，
Ба чёнту шан нян.　　　　把墙头苦严（nian）。

---

①黑白绸：牵牛花。

Фичү бянни ло хуон гу,　　　　水渠边里老黄狗，
Йибар чинжэ ё,　　　　　　　尾巴儿亲热摇，
Йидин ба вэ кэ жындый,　　　一定把我可认得，
Ло шын бу жӱ нё.　　　　　　老声不住咬（niɑo）。

Мынмынди эрмынзы щён,　　猛猛的二门子响，
Мучин йинчӱлэ:　　　　　　母亲迎出来：
"Гуатар! Вэди лоншытэ,　　"瓜蛋（tɑn）儿！我的浪世胎，
Жер цэ жуанхуэйлэ."　　　今儿才转回来。"

Мэди! Йидяр мэ лёщён,　　没的！一点儿没料想，
Куан шы ю гэло,　　　　　宽世有圪垯，
Жытар жин дын вэдини,　　这塌儿净等我的呢，
Бу жыдо цызо.　　　　　　不知道迟早。

"Куэ чи, ни ада чӱлэ,　　"快去（qi），你阿达出来，
Дигэр жён халэ":　　　　地根儿将下来"：
Зэ тэянзышон фучин　　　在台沿子上父亲
Щихуан са пё хэ.　　　　喜欢靸漂鞋（hɑi）。

Бы ю зыжи чин пэфан　　不由自己亲颇烦
Ба шин чүан жуало,　　　把心全抓牢，
Эртун, йүн зэ бу лэди,　儿童，永再不来的，
Дуан зэ жытар по.　　　端在这塌儿跑。

306. Вэ зӱлигэ жын шихуан... 　 306. 我做哩个真喜欢……

Вэ зӱдигэ жын шихуан　　我做哩个真喜欢
Чигуэ щён фимын,　　　　奇怪香睡梦，
Быййү гын ту додини,　　白（bei）雨跟头倒的呢，

Бу сыщён ё тын. | 不思想要停。

Туанйүар йүфи тондини, | 团圆儿雨水淌的呢，
Шыщё фипор бе, | 失笑水泡弊，
Зохуа дый щинщуандини | 造化得新鲜的呢
Йичон гуй сыже. | 一场贵时节。

Лёнгə щё хэзы жинжүəр, | 两个小孩子精脚儿，
Шу лян шу лянчў, | 手连手连住，
Зэ хонзыни подини, | 在巷子里跑的呢，
Щёшын бу жын жў. | 笑声不忍住。

Лёнгə щян хуар! Ни дэ вə! | 两个鲜花儿！你带我！
дуəму хан нянчин! | 多么还年轻！
Дуəму куэ! Дуəму хуанлуэ! | 多么快！多么欢乐（luo）!
дуəму нэ гощин! | 多么爱高兴!

Жинщинлэ... Вə жүəмуди | 惊醒来……我觉谋的
Быййү щян фимын | 白雨嫌睡梦
Ба замуди нан лэвон | 把咱们的暗（nan）来往
Щи ганжин жынжын. | 洗干净正真。

307. Чуонзы вэту щё йүəйүəр...
307. 窗子外头小月月儿……

Чуонзы вэту щё йүəйүəр | 窗子外头小月月儿
Вончян туцон по, | 往前偷藏跑，
Да йикуэр йүн ли чўлэ, | 打一块儿云里出来，
Ба ди эргə зо. | 把第二个找。

Та жинжон жанжан-кəкə | 他紧张颤颤磕磕

Чо ху бу жӱ вон,	朝后不住望,
Йинцы да жяжун зудё,	因此打家中走掉,
Дуан па лозы дон.	端怕老子挡。
Санпи туфашон(тяншон)	散披头发上（天上）
Дэшу(щинщю) ман:	戴首（星宿）满：
Жынжӱ, мано дэ жинзы	珍珠，玛瑙带金子
Жуви фа гуон шан.	周围发光闪。
Вон найидэ чи йүәйүәр?	往哪一带起月月儿?
Сый чянмян жын дын?	谁前面正等?
Ги сый чё дабан шынзыр?	给谁巧打扮身姿儿?
Ви сый ба жя хун?	为谁把家哄?
Жүсы! Туни жин тэён	就是！头里金太阳
Ба йүәйүәр тэжун.	把月月儿太重。
Йүәр зэ бу цон фонкуэ по,	月儿再不藏放快跑,
Йихур до хуэйжун.	一会儿到怀中。

308. Лан тян чинзо фанчелэ...

308. 蓝天清早翻起来……

Ла тян чинзо фанчелэ,	蓝天清早翻起（qie）来,
Шу вичү нежон,	受委屈茶障,
Ту ду мә жиншын щёнфу,	头都没精神想梳（fu）,
Данчин баннор зон.	淡青半袄儿脏。
Лянмян хиса-вудоди,	脸面黑纱雾道的,
Вуще зуйчӱр пон,	无血嘴唇儿胖,
Зэ кунжунни щүанщүар дё,	在空中里悬悬儿吊,

Зу щён дӱ мажон.　　　　　就像毒骂仗。

Зуэтян жынжын йиванщи　昨天整整一晚夕
Шо ломохуонфын　　　　勺老毛黄风
Мэ жё фижё, мэ жё хуан,　没叫睡觉，没叫缓，
Мэ ги жын нанвын.　　　没给真安（nan）稳。

Тян сыщёнчелэ-пэфан,　天思想起来——颇烦，
Чин нянлуй хуахуар　　清眼泪花花儿
Зэ ман нянжинни жуангу,　在满眼睛里转够，
Зу чынха йӱдяр.　　　　就成下雨点儿。

309. Сыхур дэ жын　　309. 时（si）候带人

Сыхур чын жян шындини　时候成箭伸的呢
Вон йӱнзун манчуан;　　往永总满全；
Жын дун-яшон мэдини,　人顿亚上没的呢，
Жинчон жуан сы чуан.　　经常转四圈。

Сыхур чогуэ йитё лӱ,　时候朝过一条路，
Дуан до чян йинян;　　端到前一年；
Жын йитуэр жин тадини,　人一坨儿尽塌的呢，
Чуан бу жян тёжян.　　全不见挑拣。

Сыхур ву йӱнзундини　时候无永总的呢
Бу жыдо бянгуа;　　　不知道变卦；
Жын зэ гуонйин кувонни　人在光阴扣网里
Жянжян жё ло жуа.　　渐渐叫老抓。

Сыхур йӱнжю мэ вучон,　时候永久没无常，

Йинцы йүншы зэ; 因此永世在；
Жын жинчон мэ йүнзун, 人经常没永总，
Йинцы вучон хэ. 因此无常害。

310. Са мэюса чынпуни...

310. 啥(sa)没有啥城铺里……

Са мэюса чынпуни, 啥没有啥城铺里，
Зыёсы щин щён, 只要是心想，
Суйбяр зу до мянчян лэ, 随便儿就到面前来，
Щүэви йисыщён. 些微一思想。

Жүсы! Жэр саду юни, 就是！这儿啥都有呢，
Чуан мэю дуанбян. 全没有短边。
Гуон... мэю щёнжуонниди 光……没有乡庄里的
Щүэбый йүн лан тян. 雪白云蓝天。

311. Щинщю йижынжыр жуэдё...

311. 星宿一阵阵儿着掉……

Щинщю йижынжыр жуэдё 星宿一阵阵儿着掉
Зэ чу хинанни, 在稠黑暗里，
Жын йинян жюшыр фидё 睁一眼(nian)就势儿飞掉
Да гуэ йинанни. 打怪一岸(nan)里。

Дюха вэ... Хан жюсы вэ, 丢下我……还就是(si)我，
Чуан мэ чан щин сыр, 全没缠心事儿，
Зэ бу суан шобый туфа, 再不算溻白头发，
Хансы И. Шысыр. 还是十四儿·依斯哈尔。

312. Хуэчэ жинган зудини...

Хуэчэ жинган зудини,
Ни шон чэлян луэлуй.
Жытар ба са шынбуха?
Нэчин, пэфан, нянлуй.

Хуэчэ жинган зудини,
Вэ шын зантэ хухуэй.
Нэтар ба са па дюдё?
Нэчин, пэфан, нянлуй.

Хуэчэ жинган зудини,
Заму дюха шу зуй.
Са мэ жё щён гуэ чонйүан?
Нэчин, пэфан, нянлуй.

313. Йи лю бый ян щүандини...

Йи лю бый ян щүандини
Лёнхуэ Чюличуан,
Зэ Сохүлү жуандини,
Кү шын жё щин луан.

Жюсы! Диха шандини
Йи да куэ щүэпян,
Ло дун гуэди щүэдини,
Бу щихуан чунтян.

312. 火车紧赶走的呢……

火车紧赶走的呢,
你上车连落泪。
这塌儿把啥剩不下?
爱情, 颇烦, 眼泪。

火车紧赶走的呢,
我剩站台后悔。
哪塌儿把啥怕丢掉?
爱情, 颇烦, 眼泪。

火车紧赶走的呢,
咱们丢下受罪。
啥没叫想过长远?
爱情, 颇烦, 眼泪。

313. 一溜白燕旋的呢……

一溜白燕旋的呢
亮豁秋里川,
在骚葫芦转的呢,
哭声叫心乱。

就是! 地下苦的呢
一大块雪片,
老冬怪的趸的呢,
不喜欢春天。

314. Куэзу жәту чўлэни...

Куэзу жәту чўлэни
Бый нэзы дунфон,
Сыжу-баха жүэлэни,
Чинчў бу фа хуон.

Йикуэр фын йүн фудини
Чечў гуй Тянхэ,
Шоншы сы мян чўдини,
Жыншы щён Тяннэ.

314. 快就热头出来呢……

快就热头出来呢
白奶子东方，
四周八下觉来呢，
清住不发慌。

一块儿风云凫的呢
借（qie）助贵天河，
像是四面出的呢，
真实像天鹅（ne）。

315. Вэту фи щүэ пёдини...

Вэту фи щүэ пёдини,
Жызу йихушон,
Лу фи жянжян щёдини
Вон шы чуонзышон.

Вэди щинни жандини,
Вон вэту йивон,
Дуан вон вэшон зандини
Шы щүэ бу фахуон.

315. 外头飞雪飘的呢……

外头飞雪飘的呢，
这就一后晌，
露水渐渐消的呢
往湿窗子上。

我的心里颤的呢，
往外头一望，
端往我上溅（zan）的呢
湿雪不发慌。

316. Фимын

Вэ хощён фижуэдини,
Еван тэбе жын,
Шыншон хун хуэ жуэдини,

316. 睡梦

我好像睡着的呢，
夜晚特别真，
身上红火着的呢，

Ман ту гун хан сын.

满头滚汗渗。

Йижынжыр вэ жүэмуди,
Зэ гуэ диха ку,
Дон диршон йигэ кўлур,
Ту по мэ нынгу.

一阵阵儿我觉谋的，
在锅底下扣，
当底儿上一个窟窿儿，
偷跑没能够。

Хошо гуэжон йинйинзы
Зэ гуэ вэмян цо,
Бу тын жя цэхуэдини,
Хун хуэ ба гуэ шо.

好少怪张影影子
在锅外面吵，
不停架柴火的呢，
红火把锅烧。

Вэ дин кўлур вондини,
Панвон жын бонцу,
Щин жызу щён занхани,
Зэ мэ нынгу шу.

我盯窟窿儿望的呢，
盼望真帮凑，
心这就想站下呢，
再没能够受。

Мынмынди гого тяншон
Ба ни цэ канжян,
Ги вэ жо шу фэдини,
Куэ гыншон шон тян.

猛猛的高高天上
把你才看见，
给我招手说的呢，
快跟上上天。

Гуонсы вэ за шончини,
Ги ни фэ вэбе,
Щин зуан кўлур гуэчини,
Шынзы чўбуче.

光是我咋上去呢，
给你说窝憋，
心钻窟窿过去呢，
身子出不去。

317. Чичэ пинчон зудини...

317. 汽车平常走的呢……

Чичэ пинчон зудини,

汽车平常走的呢，

До зандо гуон зан,
Жынжын суйбян хадини,
До гэшон ду сан.

Ги вэ ха чичэ жынжын,
Жыни жён зу йүан,
Дуан зущён монмон вучон,
Сыйду щян бу гуан.

Йинцы нан фэ хан пынжян,
Чыншон быйван жын,
Чүан жян есы жынбудый,
Хансы мудындын.

Мынгэр щүанщүар фидилэ
Йизуэр чин пэфан,
Базосы чүэ гощинди
Тын щин пян далан.

Яндин, зэ гуэ йи зандо
Вэ зыдый ха чэ,
Нэхур е ги жи ви жын
Жюшур ву йүн жэ.

318. Вэ сыжи щён щинэни...

Вэ сыжи щён щинэни,
Сыйүн да щинфу,
Сый щён сы са гуэ хуэни,
Гуонсы донбучŭ.

到站道光站，
人人随便下的呢，
到街（gai）上都散。

给我下汽车人人，
这呢（zhini）将走远，
端就像忙忙无常，
谁都先不管。

因此难说还碰见，
城上百万人，
全见也是认不得，
还是木登登。

猛个旋旋飞的来
一撮儿亲颇烦，
把早时缺高兴的
疼心偏打烂。

言定，再过一站到
我只得下车，
那会儿也给几位人
就手乌云遮。

318. 我四季想喜爱呢……

我四季想喜爱呢，
使用大信服，
谁想使啥怪坏呢，
光是挡不住。

Ба лёнгэ хуэ туй жедё,	把两个活腿截掉,
Хан ю мян шуни,	还有绵手呢,
Зыёсы чин нэчин жё,	只要是亲爱情叫,
Нин пашон зуни.	硬盼望走呢。

Ба лёнгэ жэ шу жюдё,	把两个热手丢掉,
Хан ю нянжинни,	还有眼睛呢,
Зыёсы гуй нэчин жё,	只要是贵爱情叫,
Йидин канжянни.	一定看见呢。

Ба лёнгэ нянжин вандё,	把两个眼睛剜掉,
Хан ю эрдуэни,	还有耳朵呢,
Зыёсы нун нэчин жё,	只要是嫩爱情叫,
Яндин тинжуэни.	言定听着呢。

Ба лёнгэ эрдуэ сыдё,	把两个耳朵撕掉,
Хан ю сыщённи,	还有思想呢,
Зыёсы вын нэчин жё,	只要是温爱情叫,
Мый йихуэй щённи.	每一回想你。

Ба жын сыщён ду шудё,	把真思想都收掉,
Хан ю жэ щинни,	还有热心呢,
Зыёсы тян нэчин жё,	只要是甜爱情叫,
Жинган дайинни.	紧赶答应呢。

## 319. Дунтян	## 319. 冬天

Тэён, тэён фудини,	太阳, 太阳兔的呢,
Чигуэ хун данзы,	奇怪红蛋子,
Жуви мян щүэ пудини,	周围绵雪铺的呢,

Йикуэ бый дуанзы.	一块白缎子。
Чисый, чисый дуэ ганжин,	气色，气色多干净，
Дуан гуйжун футан,	端贵重舒坦，
Жыйижыр нан фэ занжин,	这一阵儿难说攒劲，
Щинни зуэ пэфан.	心里佐颇烦。
Вэту, вэту йинган за,	外头，外头营干杂，
Жуви жын жүнмый,	周围真俊美，
Пый эртун гун щүэвава,	陪儿童滚雪娃娃，
Чүанпин бу хунэй.	全凭不后悔。
Палир, палир куэ лашон,	爬犁儿，爬犁儿快拉上，
Жыншы ю щинжин,	真实有心劲，
Гуонсы ба бый ма тошон,	光是把白马套上，
Бавэ фа гощин.	八外要高兴。

320. Вэ щин вэди жэ щинни...

320. 我寻我的热心呢……

Вэ щин вэди жэ щинни,	我寻我的热心呢，
Шышон йүнчи ю,	世上运气有，
Сыжи йүн хо цощинни,	四季用好操心呢，
Цызо шэ чин-ю.	迟早舍情由①。
Зущён нянхуар луэхани,	就像眼（nian）花儿落下呢，
Хан ган луфи чин,	还赶露水清，
Нянзамошон туэхани,	眼眨毛上脱下呢，
Са жынжү гуй мин.	洒珍珠贵明。

①情由：意义。

Нэхур чүан жуви хуэни,　那会儿全周围活呢，

Жин йүэйүэр жони,　金月月儿照呢，

Щинщю эрланни жуэни,　星宿尔兰里着呢，

Хун тэён щёни.　红太阳笑呢。

Цымый гощин цанкэни,　刺玫高兴绽开呢，

Чин зошын дуан щён,　清早晨端香，

Хи йүнцэ чүан санкэни　黑云彩全散开呢

Жё щин жян гуонлён.　叫心见光亮。

321. Хуэ зэ шы вэ щён жянню...

321. 活在世我像犍牛……

Хуэ зэ шы вэ щён жянню　活在世我像犍牛

Зэ гуонйиншон па,　在光阴上爬，

Ба ни дэ вэди сынхуэр　把你带我的生活儿

Нин зын вончян ла.　硬（ning）挣（zeng）往前拉。

Щинни зун щён шо зынщер　心里总想少挣些儿

Зыю фын йүнчи,　自由粉运气，

Йихуэй сунги ни куанкуар,　一回送给你款款儿，

Жё ни бо ши чи.　叫你饱吸气。

Вэ ба йиче жин заншон　我把一切劲攒上

Вончян чя бу щин,　往前卡（qia）步行，

Щинчын дэгэ жундихын,　行程带改重的很，

Жин бу гу, кындин.　劲不够，肯定。

Банжинни ланжин заче,　板筋里懒筋扎起，

Зыгэму дуанщя,
Кэсы щянбанзы лошы,
Зэ бэзышон жя.

Хан дянзы вонха мон гун,
Дуан щён чин шыту,
Юйихуэй вэ ю щинжин
Зӳ зый фонкуэ ту.

Гуонсы минйӳн тэ хажон,
Жын щён лодо гу,
Жинган жон ку нёдини,
Вэ жён йи чын шу.

Жинтян йизун мин йисы
Щинни пян жощян:
Вэ ба гуй йӳнчи-зыю
Вилё нын зожян.

322. Минйӳн! Вэ бу ё нанвын...

Минйӳн! Вэ бу ё нанвын,
Вэ щён ё жыншы жиншын.

Ё жиншын щён зуэ минйӳн
Ги хуэйзӳ зымый-дищӳн.

Ё жиншын щён зуэ гощин

直个谋断下，
可是掀板子牢实，
在脖子上夹。

汗点子往下淌滚，
端像青石头，
有一回我有心劲
做贼爽快偷。

光是命运太瞎怅，
正像唠叨狗，
紧赶张口咬的呢，
我将一抻手。

今天一总明意思
心里偏照显：
我把贵运气一自由
为了能找见。

322. 命运！我不要安稳……

命运！我不要安稳，
我想要真实精神。

要精神想作命运
给回族姊妹一弟兄。

要精神想作高兴

Ги сучон чиннэ мэмин.

给素常亲爱穆民。

Ё жиншын щён зуэ тэпин
Ги чинщу шыже чуанмин.

要精神想作太平
给清秀（xǖ）世界全民。

Ги хуэйзу, мэмин, чуанмин
Зуэ нанвын, минйун, тэпин.

给回族、穆民、全民
作安稳、命运、太平。

323. Зыжинхуа

323. 紫金花

Вэ щён жё ниди нянжинни
Йикуэ зыжинхуа
Жан зошын чин луфиди
Лян ни щихуан фа.

我想叫你的眼睛里
一颗（kuo）紫金花
沾早晨亲露水的
连你喜欢耍。

Вэ щён жё ниди туфашон
Йикуэ зыжинхуа
Са щёнтян цуан видоди
Шыщин ба ни куа.

我想叫你的头发上
一颗紫金花
洒香甜爨味道的
实心把你夸。

Вэ щён жё ниди жэ щинни
Йикуэ зыжинхуа
Зузу-занзан щихуанди
Ги ни фэ тян хуа.

我想叫你的热心里
一颗紫金花
走走站站喜欢的
给你说甜话。

Жусы! Ги вэ сыдуэхур
Йикуэ зыжинхуа-
Жысы чинщю дун-яди
Дин чиннэ цуан хуа.

就是！给我是多会儿
一颗紫金花——
这是清秀顿亚的
顶亲爱爨花。

324. Хынхуар

Далў бонни зандини
Жызу хын жи нян,
Йикуэ люсынзы хынфу,
Няннян же чунтян.

Гуэлў чичэ садини
Ба мян тў кэ цын;
Хынхуар суйбян цадини
Ба бикэр зон фын.

Кэсы... жыни йў щягуэ,
Хынфу мон дабан,
Жыхур тэ щён щё гўнён,
Йиче сыфи кан.

Йикуэ фынхур йўнцэ фу
Вынцун жын хокан;
Жўнмый чин нянлуй дудур
Хынхуар нян ли жуан.

325. Ги вэдн мучин

Вэди щинни ю йи тё
Жўнмый гэчў дуан,
Тэ щён йидуэ фын мыйхуа
Бый щуэшон кэ фан.

Вэди щинни ю йи тё

---

324. 杏（heng）花儿

大路旁（bang）里站的呢
这就很几年，
一棵绿（liu）森子杏树，
年年接春天。

过路汽车洒的呢
把绵土坷墖;
杏花随便擦的呢
把白可儿脏粉。

可是……这呢雨下过，
杏树忙打扮，
这会儿太像小姑娘，
一切是非看。

一块粉红云彩树
绒存真好看;
俊美清眼泪豆豆儿
杏花眼里转。

325. 给我的母亲

我的心里有一条
俊美歌曲段，
太像一朵粉梅花
白雪上开繁。

我的心里有一条

Щинэ гэчү дуан,　　喜爱歌曲段，
Зузу-занзан чондини,　　走走站站唱的呢，
Гуонсы бу янфан.　　光是不厌烦。

Вэди щинни ю йи тё　　我的心里有一条
Зуй чон гэчү дуан,　　最长歌曲段，
Йинцы щян мэ тур, мэ йир,　　因此嫌没头儿，没尾儿，
Йишы чонбуван.　　一时唱不完。

Вэди щинни ю йи тё　　我的心里有一条
Пэфан гэчү дуан,　　颇烦歌曲段，
Тэ нан йицы чончүчи,　　太难一次唱出去，
Нянлуй ман нян жуан.　　眼泪满眼转。

Вэди щинни ю йи тё　　我的心里有一条
Гуйжун гэчү дуан...　　贵重歌曲段……
Жы жүсы чиннэ мучин　　这曲是亲爱母亲
Либян гӯ пэфан.　　里边孤颇烦。

326. Тянтян ганзо вэ щинлэ...　　## 326. 天天赶早我醒来……

Тянтян ганзо вэ щинлэ　　天天赶早我醒来
Зэ чиннэ фонзы,　　在亲爱房子，
Яндин щүанщүан кэкэни　　言定悬悬开开呢
Ба лёнхуэ чуонзы.　　把亮豁窗子。

Гӯжер тэёнмон сани　　古寂儿太阳忙洒呢
Ба жинзы жэ гуон　　把金子热光
Вон вэди щихуан ляншон　　往我的喜欢脸上
Зэ кэхуэ дафон...　　在快活大房……

Вэди щинни бу ю жын
Да чуонзы зыжи
Йисы-санки кэкэни,
Чҳан бу чў шынчи.

Жын щинэ да чуонзыни
Дуан дажё нанвын,
Жуанчын кэ гўзы луэни...
Дусы ги жынжын.

我的心里不由人
大窗子自己
一时三刻开开呢，
全不出声气。

真喜爱打窗子里
端打搅安稳，
转成可股子落呢……
都是给人人。

327. Чинзор, жыни фанчелэ...

Чинзор, жыни фанчелэ,
Ба пёхэ сашон,
До вэту, байиба бин фи
Мын пэдо шыншон.

Жи чян ган жын чҳэдини,
Чҳан биндо щиншон.
"Лили чюли... –фучин щё-
Санзы куэ чуаншон".

327. 清早儿，这呢翻起来……

清早儿，这呢翻起来，
把漂鞋靸（sa）上，
到外头，把一把冰水
猛泼到身上。

几个干针戳的呢，
全冰到心上。
"立哩秋了……父亲笑——
衫子（sanzi）快穿上"。

328. Йүнчи

Вэ нэ сыщён: зо йүнчини
Ба да жин хуашон
Ги зы, хуэймин, чҳан шы жын
Зэ жын шыжешон.

328. 运气

我爱思想：找运气呢
把大劲花上
给自，回民，全世人
在真世界上。

Гуонсы... вужин зу бу фэ
Ги чүан шыже жын,
Вә ба йүнчи мэ зожуэ
Щян ги вэ гэжын.

光是……如今就不说
给全世界人，
我把运气没找着
先给我个人。

329. Жун йиняр

329. 重忆念儿

Жынжын вучондё
Куакуар ду шынхани-
Ба мин (гуонлён, линшын, Видо,
    мущён),
Бащинэ-жонзэ (пэе, вава-дандан),
Ба дун-я (фонзы, дунщи, жинйин),
Ба йиче дэ йиман...
Кэсы дуэди
Ба йигэ шынбуха-
Ба хо миншын...
Щён шын-
ду шынбуха

人人无常掉
款款儿都剩下呢——
把明（光亮、铃声、味道、谋
    想），
把喜爱账债（婆姨、娃娃蛋蛋），
把顿亚（房子、东西、金银），
把一切带一满……
可是多的
把一个剩不下——
把好名声……
香声——
都剩不下。

330. Вонгуэ жинчон
фидини...

330. 往过经常飞的呢……

Вонгуэ жинчон фидини
Тян, чи, йүэ дэ нян.
Жынжын фэхуа: "Жүэбужуэ.
Нянпир гуон йишан."

往过经常飞的呢
天、期、月带年。
人人说话："觉不着。
眼皮光一闪。"

Жытар вонгуэ фидини

这塌儿往过飞的呢

Тян, чи, йүэдэ нян,　　　　　　　　天、期、月带年，
Ман фэ чүанпин жүэбужуэ,　　　满说全凭觉不着，
Нянжин ду бу шан.　　　　　　　眼睛都不闪。

331. Сый ба гуонйин дончӯни...　　## 331. 谁把光阴挡住呢……

Сый ба гуонйин дончӯни　　　谁把光阴挡住呢
Зэ ризги мянчян,　　　　　　在利兹给面前，
Дансы гуонйин мон гунтуэ　　旦是光阴忙滚脱
Вон чютян жянжян.　　　　　往秋天渐渐。

Вон хуон чютян чынпуни,　　往黄秋天城铺里，
Куэ чичэ йибан,　　　　　　快汽车一般，
Йилӯ бу жын хуонлюдын,　　一路不认红绿灯，
Зандошон бу зан.　　　　　站道上不站。

Яндин, сыйду донбучӯ,　　言定，谁都挡不住，
Нинчи гуй гуонйин　　　　硬（ning）气贵光阴
Гундо чютян чынпуни,　　滚到秋天城铺里，
Цэ щехуан дайин.　　　　才歇缓答应。

Хуон чынпуни хуон езы　　黄城铺里黄叶子
Да жэ хуон фушон　　　　打着黄树上
Ножын хуон хубар луэни　　熬人黄后半儿落呢
Вон хуон фипиршон.　　　往黄水皮儿上。

Нэхур хуон чютян нянлуй　　那会儿黄秋天眼泪
Ман нянни жуангу,　　　　满眼里转够，

Вон хуон чў чў зы ляншон
Дуан тонни йиху.

Хощён бин мо йүдяндяр,
Чўанпин бу жуэмон,
Чын йитянжя гуон сынни
Вон ножын щиншон.

332. Чон сыжэ гынтубанзы...

Чон сыжэ гынтубанзы,
Ни бу хуэй зулэ,
Вэ зэ фонни чин жёгуэ:
-Жинган занчелэ!

Чон сыже гынтубанзы,
Ни бу хуэй занлэ,
Вэ зэ йүанни жин жёгуэ:
-Жинган вончян лэ!

Чон сыже гытубанзы,
Ни бу хуэй полэ,
Вэ зэ лўшон нин жёгуэ:
-Жинган лё фын лэ!

Вужин... вэ тэ щён жё ни
Чын жын жүнханзы,
Гуонсы замужя жёни,
Зыжи гынтубанзы.

往黄皱皱（chu）子脸上
端淌呢以后。

好像冰毛雨点点儿，
全凭不着忙，
成一天家光渗（seng）呢
往熬人心上。

332. 长时间跟头绊子……

长时间跟头绊子，
你不会走唻，
我在房里亲教过：
——紧赶站起来！

长时间跟头绊子，
你不会站唻，
我在院里精教过：
——紧赶往前来！

长时间跟头绊子，
你不会跑来，
我在路上硬教过：
——紧赶撩风来！

如今……我太想教你
成真俊汉子，
光是咋么价教呢，
自己跟头绊子。

333. "Вәди чё шәту тынни"...

"Вәди чё шәту тынни".
"Хуа ланфан фанни".
"Вәди шон гәбый тынни".
"Ё лян шу нанни".

"Вәди щёдўзы тынни".
"Шо жә хуэй туэни".
"Вәди ту жинчон тынни".
"Йүн зы тын йүэни".

Вәди чынщинни тынни-
Ю са хо форни?
Зуэтян гў пәфан жоншон
Зэ бин щинвәрни.

Хуа ланфан хан фаннима,
Що жә хуэй туэни,
Лян шу чончон наннима
Хансы хә йүэни?

334. Щюхуа

Чин ни, за хуарди гўнён,
Щю йидуэ щян хуа,
Йингэ сыйүн жын жыннэ,
Хо мяншан щинфа.

333. "我的巧舌头疼的"……

"我的巧舌头疼的"。
"化蓝矾翻呢"。
"我的上胳膊（bei）疼呢"。
"要连手按（nan）呢"。

"我的小肚子疼的"。
"烧热灰托呢"。
"我的头经常疼呢"。
"用止疼药呢"。

我的诚心里疼呢——
有啥好方儿呢？
昨天孤颇烦长上
在冰心窝儿里。

化蓝矾还翻呢吗，
烧热灰托呢，
连手常常按呢吗
还是喝药呢？

334. 绣花

请你，扎花儿的姑娘，
绣一朵鲜花，
应该使用真人爱，
好绵闪性发①。

①性发：性格，举止。

Бу йүн "Фынхуон щи модан",	不用"凤凰戏牡丹",
Дуан бу нэ "Жин гуа",	端不爱"金瓜",
Пян бу ё "Жин йүр зуан лян",	偏不要"金鱼儿钻莲",
Бу кан "Можүхуа".	不看"毛菊花"。
Чин ни, за хуарди гўнён,	请你，扎花儿的姑娘，
Щю йидуэ щян хуа,	绣一朵鲜花，
Жын ёнзы вэ гынчян ю,	真样子我跟前有，
Щищин канйиха.	细心看一下。
Жы жюсы жинчон тёди	这就是经常跳的
Вэди нежон щин,	我的茶障①心，
Жунжян нэчин дэ пэфан	中间爱情带颇烦
Фанчон бу сунжин.	泛常不松劲。
Чин ни, за хуарди гўнён,	请你，扎花儿的姑娘，
Щю йидуэ щян хуа,	绣一朵鲜花，
Ба вэди щин шынхачи,	把我的心伸下去，
Дуан жочў та за.	端照住他扎。
Гуонсы... щяца фондищер,	光是……下茬放的血儿，
Бэ жё дехачи,	叵叫跌（die）下去，
Щин литу ю нэчинни,	心里头有爱情呢，
Натар зэ хэчи.	那塌儿在害气。
Чин ни, за хуарди гўнён,	请你，扎花儿的姑娘，
Щю йидуэ щян хуа,	绣一朵鲜花，
Вэ жыншы хын щинфуни,	我真实很幸福呢，
Ни хуэй щюжы та.	你会修治他。
Ба хуа сунги гўнённи,	把花送给姑娘呢，

---

①茶障：可怜。

Сыйди гуй щинщён
Дазо бу жё вэ фижё,
Но нян вон да лён.

谁的贵形象
打早不叫我睡觉，
熬眼望大亮。

335. Вэди жэ щин тэ щён нэ...

Вэди жэ щин тэ щён нэ
Жүнмый куан шыже:
Тэён, димян, чин чисый,
Цо сын, чун йиче.

Вэди жэ щин тэ щён нэ
Чүан дун-я жынжын:
За хуонжын, быйжын, хижын;
Нан, нү, эртун жын.

Вэди жэ щин тэ щён нэ
Гуйжун да йүнчи,
Жынжынди жыншы гощин,
Фынмый щёляр чи.

335. 我的热心太想爱……

我的热心太想爱
俊美宽世界：
太阳、地面、清气色，
草、牲、虫一切。

我的热心太想爱
全顿亚人人：
咱（zɑ）黄人、白人、黑人；
男、女、儿童人。

我的热心太想爱
贵重大运气，
人人的真实高兴，
粉美笑脸儿气。

336. Вэ жин зо йүнчидини...

Вэ жин зо йүнчидини
Нанцон шыжешон,
Яндин, цызо зожуэни
Йүнди сыхуршон.

Кэсы дуан па йигэни:
Йүнчи найитян

336. 我净找运气的呢……

我净找运气的呢
暗藏世界上，
言定，迟早找着呢
用的时候上。

可是端怕一个呢：
运气哪一天

Да вә гынчян фигуәчи-
Вә пян канбужян.

打我跟前飞过去——
我偏看不见。

337. Со лўди ба хуон фуер...

337. 扫路的把黄树叶儿……

Со лўди ба хуон фуер
Сочын йида дуй,
Йиху лян хуэ зондини,
Жё ду жуәчын хуэй.

扫路的把黄树叶儿
扫成一大堆，
以后连火葬的呢，
叫都着成灰。

Со лўди ду мә сыщён,
Вон йинан тянтян
Лян зон софу содини
Ба жүнмый чютян.

扫路的多没思想，
往一岸①天天
连脏扫帚（saofu）扫的呢
把俊美秋天。

338. Сыхур йитян ду бу тин...

338. 时候儿一天都不停……

Сыхур йитян ду бу тин,
Хощён бый зо фон,
Вон туфашон луәдини,
Жё бян сый монмон.

时候一天都不停，
好像白早霜（shuang），
往头发上落的呢，
叫变色忙忙。

Жын ба туфа жандини,
Йүанхуэй жё хини.
Гуон... ба суйфу за жанни,
Жё щин за чинни.

人把头发染的呢，
原回叫黑呢。
光……把岁数咋染呢，
叫心咋轻呢。

①一岸：一个地方。

339. Вə щён йидо чедёни...

Вə щён йидо чедёни,
Мə щинжин сыщён,
Ба хуəгуəди хуа жызы,
Зэ бу щён тищён.

Чұан бигуəни ба "зуəргə",
Цун кə хуə жынни,
Гуонсы жищён кұдини
Мыйтян жə щинни.

339. 我想一刀切掉呢……

我想一刀切掉呢，
没心劲思想，
把活过的花日子，
再不想提想。

全避过呢把"昨儿个"，
重（chong）可活人呢，
光是记想哭的呢
每天热心里。

340. Зэ куан хэни фудини...

Зэ куан хэни фудини,
Хын щён пёзы жан,
Жё филон чижёдини,
Мəзы жунжян жуан.

Щинни щён фучұчини,
Жуандо ганнаншон,
Гуонсы вон найихани,
Вон нагə яншон?

340. 在宽海里浮的呢……

在宽海里浮的呢，
很像漂子颤，
叫水浪欺搅的呢，
沫子中间转。

心里想浮出去呢，
转到干岸（nan）上，
光是往哪一下呢，
往哪个沿上？

341. Жижин

Кунжунни жин щұандини
Куə йидян сышын
Мə фынлёнди щұəхуазы,

341. 寂静

空中里尽旋的呢
快一点时辰（sheng）
没分量的雪花子，

Жыншы мә жиншын.

Дуан щён чнгуэ жын щётин
Жыйижыр жынжын
Вон гӯ лӯшон луәдини,
Жуанчын щё цынцын.

Туанйүар йиче шындини
Йинви тин нанвын:
Канбужян чичә гуэ лӯ,
Зобужян хуэ жын.

Вә зу щён дашын ханни:
"Вә шызэ гощин!";
Кәсы тэ хэпа дадуан
Чигуэ шын жижин.

342. Вә щён ба вәди йизуэр...

Вә щён ба вәди йизуэр
Пәфан гӯдан щин
Да кәлон точӯлэни,
Зан чынэди жин.

Зыху дуан фондо ниди
Шужоншон манмян,
Йинцы ниди лён ба шу
Дэгэ йичон мян.

Гуонсы хэпа йигәни,
Ни хӯжан фащё,

真实没精神。

端像奇怪真消停
这一阵儿正真
往孤路上落的呢，
转成小层层。

团圆儿一切神的呢
因为听安稳：
看不见汽车过路，
找不见活人。

我就想大声喊呢：
"我实在高兴！"；
可是太害怕打断
奇怪神寂静。

342. 我想把我的一撮儿……

我想把我的一撮儿
颇烦孤单心
打壳宾掏出来呢，
攒吃奶的劲。

之后端放到你的
手掌上满面，
因此你的两把手
带改异常绵。

光是害怕一个呢，
你忽然发笑，

Ба лён ба шу фонхачи,
Ба щин ющин лё.

| | 把两把手放下去， |
| | 把心有心摞。 |

Щин дедо тӱ дихани,
Лян хӱ, чи, ха, бан,
Нэхур жё пэфан нэжю
Дуан йӱэщин янван.

心跌到土地下呢，
连糊、气、吓、绊，
那会儿叫颇烦内疚
端越性①淹完。

343. Вужин жянжян биндинни...

343. 如今渐渐冰的呢……

Вужин жянжян биндини
Вэди йизуэр щин,
Ху хийӱн дуан дондини
Чон сыжян йидин.

如今渐渐冰的呢
我的一撮儿心，
厚黑云端挡的呢
长时间一定。

Жюсы! Жыншы тэ чӱэдуан
Жӱнмый жэ зывон,
Ниди щёляр дуанхади
Чигуэ гуйжун гуон.

就是！真实太缺短
俊美热指望，
你的笑脸儿端下的
奇怪贵重光。

Юйихуэй вэ жӱэмуди
Яндин чян йитян
Бин туди щин дунчӱни
Щён цы хуар манмян.

有一回我觉谋的
言定前一天
冰透的心冻住呢
像瓷花儿满面。

Чынха йи суй бинкуэни,
Зэ мэ щинжин тё,
Начӱлэ нын дадёни,

成下一碎冰块呢，
在没心劲跳，
拿出来能打掉呢，

---

①越性：越来越。

Тӯжанщин лёдё.   突然心撂掉。

344. Пэфан ба щин жэдинии...

344. 颇烦把心遮的呢……

Пэфан ба щин жэдини,   颇烦把心遮的呢，
Дуан зущён хийүн.   端就像黑云。
Хийүн... Хийүн сандёни,   黑云……黑云散掉呢，
Тянчи кэ жечин.   天气可揭晴。

Жизо щинни зуандини,   急躁心里钻的呢，
Дуан зущён хинан.   端就像黑暗。
Хинан... Хинан хуадёни,   黑暗……黑暗化掉呢，
Зочн ба ви жан.   早起把位占。

Нанщин жё щин биндини,   难心①叫心冰的呢，
Дуан зущён хифон,   端就像黑霜，
Хифон... Хифон щёдёни,   黑霜……黑霜消掉呢，
Тэён са жин гуон.   太阳洒金光。

345. Ханви

345. 难为

Йизуэзуэр нанви жызу   一撮撮儿难为这就
Куэ ю йи-лён тян   快有一两天
Зэ кэлонни зуандини,   在壳寰里钻的呢，
Дуан бу щён шыщян.   端不想识闲。

Зыдый занжин янхачи,   只得攒劲咽下去，

---

①难心：忧愁。

Щин зун бу дайин,
Були йүанхуэй түчүчи,
Кәсы мәю жин.

心总不答应，
不哩原回吐出去，
可是没有劲。

346. Вә зэ тандо зудини...

346. 我在滩道走的呢……

Вә зэ тандо зудини,
Та хокан чин цо,
Туанйүар цэ зын няндини,
Йингэ сыхур до.

我在滩道走的呢，
踏好看青草，
团圆儿才睁眼的呢，
应该时候到。

Жүсы! Фын вонгуэ гуади
Йикуэр хийүн мын
Ба чин йүдяр дэ фади
Сали йида пын.

就是！风往过刮的呢
一块儿黑云猛
把清雨点儿带要的
洒了一大盆。

Йитянжя бый жәтуди
Гуйжун чин зохуа
Жыйижыр жыншы щижин
Ба гэён щян хуа.

一天价背热头的
贵重亲造化
这一阵儿真实洗净
把各样鲜花。

Ба занхади лён йүдяр,
Зэ фан чин цошон,
Вон вәшон мон садини,
Щүәви жён чуоншон.

把攒下的凉雨点儿，
在返青草上，
往我上忙洒的呢，
些微将撞（chuang）上。

Йи тё хогу жунжянни
Хунлю жын кэфан,
Хан зущён зочян жызы
Жё щин чон щихуан.

一条壕沟中间里
红柳正开繁，
还就像早前日子
叫心常喜欢。

Мынмынди йүэлёндини

Дыйдо сый да шын,

Дуан щён вэди ту йигэ

Эртун нэчин жын.

Вэди щин йисы-санки

Далигэ лынжан,

Донвэ жюдо йидани-

За нэму щян суан.

Вэ до йикын фи бянни,

Щётин фипиршон

Мэ гуонди чютян нянжин

Чон дуйчў вэ вон.

猛猛的月亮底里（ni）

得道谁大声，

端像我的头一个

儿童爱情人。

我的心一时三刻

打哩个冷颤，

当窝儿纠到一搭呢——

咋那么心酸。

我到一坑水边呢，

消停水皮儿上

没光的秋天眼睛

常对住我望。

347. Зэ бинйүнни

347. 在病院里

До лён бан-е фибужуэ,

Вэ дын чин зошын,

Ван вузы мэщин ланлуэ,

Вэ диндирди шын.

Бинйүан жыйижыр луйди

Чўан ду фи лон жё,

Линжү мын фимындини

Дый футан йищё...

Щинни бу ю гэжынди

Щён хў да пансуан,

Гэшы-гўёнди йисы

到两半夜睡不着，

我等亲早晨，

软褥子没心揽落，

我定定儿的神。

病院这一阵儿累的

全都睡朗觉，

邻居梦睡梦的呢

得舒坦一笑……

心里不由个人的

想胡打盘算，

各式古样的意思

Мэщин ги шыщян.

没心给识闲。

Жызу банбый фигуэлё,
Дуэди зэ хумян,
Гуон вэ жүэмуди мэ хуэ,
Ду хан зэ чянмян.

这就半辈飞过了，
多的在后面，
光我觉谋的没活，
都还在前面。

Йинцы щёнхади йинган
Йи фын ду мэ ган,
Куанкур зэ вонщён литу
Таму дын дунтан.

因此想下的营干
一份都没干，
款款儿在望想里头
他们等动弹。

348. Зохуа лян йитуди хан...

348. 造化连一头的汗……

Зохуа лян йитуди хан,
Тэён фан го сан,
Шэлүди щехуанчини,
Вудо чу хинан.

造化连一头汗，
太阳翻高山，
设虑的歇缓的呢，
入到稠黑暗。

Тади сэ нянди щинни
Жыхур дый щихуан:
Лёнуэ еван мяншанди
Дуанхади футан.

他的晒蔫的心里
这会儿得喜欢：
凉快夜晚绵闪的
端下的舒坦。

Туанйүар мэю са щиндун,
Йиче вушын хуан,
Гуон йикуэзы фу мыйзы
Хан чилон шынхуан.

团圆儿没有啥行动，
一切入神缓，
光一块子熟糜子
还起浪呻唤。

Лэ...заму е чёчёр шынди,

来……咱们也悄悄儿神的，

Жин та са жонни,　　　　　尽骂啥仗呢，
Куэ жё жуви щющичи,　　　快叫周围休息去，
Мер кэ потонни.　　　　　明儿可跑趟呢。

349. Вэди нянчин жуандини...　　349. 我的年轻转的呢……

Вэди нянчин жуандини　　我的年轻转的呢
Вон йүншы жянжян,　　　往永世渐渐，
Вон гынбын мэ минзыди,　往根本没名字的，
Мэ бянди сыжян.　　　　没边的时间。

Зэ жучин чун фын хуэйни　在柔情春风怀里
Вэ доншын сывын　　　　我当深诗文
Вон жынжын жэ щинниди　往人人热心里的
Да жён, шын хэ сын.　　　大江、深海渗(seng)。

Гуонсы щянзэ бый щүэхуар　光是现在白雪花儿
Тэнэ ту жунжян　　　　太爱头中间
Йи жян чинчүчү йисы　　一件清楚楚儿意思
Дуан шандо мянчян.　　　端闪到面前。

Шы! Вэди щинниди хуа　实！我的心里的话
Мый йицы ваншон　　　每一次晚上
Сыйду сыйүнбушонди　　谁都使用不上的
Вон фивэни тон.　　　　往睡窝里躺。

Зущён жинхуон фуезы,　就像金黄树叶子，
Вон фи кын бу жў　　　往水坑不住
Мэ жиншынди чёчёр щя...　没精神的悄悄儿下……
Вэ мэ жин дончў.　　　我没劲挡住。

350. Зэ мян еван дуанхади...

Зэ мян

Еван дуанхади

Жын хокан гунйүан,

Нан щин хинан жунжянни

Вэ йи жын кун жуан.

Хошо хи фу

Туанйүарни кан вэ жин мусы:

Жытар щян зў садини

Жынжын жыму цы.

Вудындынди

Бонгэр йүэр

Йүгцэ литу фа,

Ба чигуэ щётин навын

Вон жуви дуан са.

Нанвын йицыр лян йицыр

Бу чў са щёншын,

Вон димяншон луэдини

Жы зу чон сышын.

Шы!

Ба жыгэ гуй нанвын

Вэ жуон вон вута,

Йинцы вонщён нахуэйчи,

Додо дон диха.

Жяни дэгэ

Чүэ нанвын,

Сыжимур мажон,

Тэ дуанлё жүнмый щётин,

Йидо ван хушон.

350. 在绵夜晚端下的……

在绵

夜晚端下的

真好看公园,

难心黑暗中间里

我一人空转。

好少黑树

团圆儿里看我尽谋思:

这塌儿先做啥呢

正真这么迟。

雾登登的

半个儿月儿

云彩里头耍,

把奇怪消停安稳

往周围端洒。

安稳一层儿连一层儿

不出啥(sa)响声,

往地面上落的呢

这就长似绳。

实!

把这个贵安稳

我装往物褡①(ta),

因此望想拿回去

倒到当地下。

家里带改

缺安稳,

四季们儿骂仗,

太短了俊美消停,

一到晚后晌。

①物褡：突厥语音译，大口袋。

351. Лова

"Лова,
Лова бэ люлю"...
Чичэ зандошон
Йи чүн хи лова дын е,
Жүчылё фушон.
Лян ху дэ хан
Зонвонзы,
Чүан жили-зала,
Щён хи мыйтан гэдазы
Фуер литу за.

"Лова,
Лова бэ люлю"...
Жынжын е ханжё,
Ба нанвын чечү лова
Мынгэр ду дюдё.
Йиман
Ту тэ гогоди,
Ба йинган вондё,
Кан чигуэ щицордини,
Ду хаха-дащё.

"Лова,
Лова бэ люлю"...
Чичэ лэ хуонмон,
Зыху кункун зудини,
Чэфу быйкэр жон.
Жынжын

351. 老哇

"老哇,
老哇摆溜溜"……
汽车站道上
一群黑老哇等夜,
住吃料树①上。
连吼带喊
脏汪子②,
全叽哩喳啦,
像黑煤炭疙瘩子
树叶儿里头扎。

"老哇,
老哇摆溜溜"……
人人也喊叫,
把安稳借助老哇
猛个儿都丢掉。
一满
头抬高高的,
把营干忘掉,
看奇怪稀造（cɑo）儿的呢,
都哈哈大笑。

"老哇,
老哇摆溜溜"……
汽车来慌忙,
之后空空走的呢,
车夫白可儿让。
人人

---

①住吃料树：柞树，橡树。

②脏汪子：多指不清洁的、邋遢的小孩，此处是喻指乌鸦。

Ба жя ду вондё,	把家都忘掉,
Бу фэ шон хуэчи,	不说上活去,
Чичэ бусы щё сыма,	汽车不是小事嘛,
Канлигэ гуйчи.	看哩个贵气。
"Лова,	"老哇,
Лова бэ люлю"...	老哇摆溜溜"……
Лова жин хуонлан,	老哇惊慌乱,
Дуан зущён чижё жынжын,	端就像欺搅人人,
Тэ шын луан жёхуан.	大声乱叫唤。
Жынжын	人人
Е гощиндини,	也高兴的呢,
Щинни хын щихуан,	心里很喜欢,
Дашын, дашын щёдини,	大声，大声笑的呢,
йитуэр щян бу зан.	一坨儿闲不站(zan)。
"Лова,	"老哇,
Лова бэ люлю"...	老哇摆溜溜"……
Жынжын жин жўфон,	人人进住房,
Жынжын кэ гощин щёни:	正真可高兴笑呢：
Йишон мэ няр вон.	移上没眼儿望。
Яндин,	言定,
Йўэщин да щёни,	越性大笑呢,
Ба лунлур канжян:	把笼笼儿看见：
Литу суй хуа чёр дюдун,	里头碎花雀儿丢盹,
Саду бу гуанщян.	啥都不管闲。

352. Тукэзы

352. 头壳子

Жысы сыйди тукэзы	这是谁的头壳子
Зэ жытар жын бэ,	在这塌儿正摆,

Ги щёхэр тихуан хэпа,　　　　给小孩儿提唤害怕。
Ги дажын чын гуэ.　　　　　　给大人成怪。

Фэсы, йихуэй щяндалон　　　　说是，一回闲达郎①
Ба та вачўлэ,　　　　　　　　把他挖出来，
Зэ мэ жын-янди танни,　　　　在没人烟的滩里，
Куанкуар нахуэйлэ.　　　　　　款款儿拿回来。

"Жысы Щянзў тукэзы..."-　　　"这是先祖头壳子…"——
Ба йиче хунщин,　　　　　　　把一切红心，
Дуанги ди эргэ бэбэ,　　　　端给第二个伯伯，
Дончын гуй лищин.　　　　　　当成贵礼行。

Нэгэ щихуан тихуэчи,　　　　那个喜欢提回去，
Бэдо жуэзышон,　　　　　　　摆到桌子上，
Ба сышыхо дынпозы　　　　　把四十号灯泡子
Ги литу жуоншон.　　　　　　给里头装上。

Зыжи ду мэ лёнщёнгуэ,　　　自己都没量想过，
Сыхуан жын нодэ,　　　　　　使唤真脑袋，
Виса до гў тандони　　　　　为啥到孤滩道里
Тукэзы йўанлэ?　　　　　　　头壳子原来？

Сый ба та сундо жытар　　　谁把他送到这塌儿
Зочян сыдэшон?　　　　　　早前时代上？
Тасы замутэ жынлэ　　　　　他是咋么个人来
Зэ чин гуонйиншон?　　　　　在亲光阴上？

Го тэ, шын мэ сунлима　　　高抬，深埋送哩吗
Вон щётин танни?　　　　　　往消停滩里？

_____

①闲达浪：闲逛的人呢。

302　夏天就快飞过了

Були щён чу гу эрдё,
Йидин вон йүанни?

Були зы вандо жытар,
Ви дуэ жын нанфан,
Мэ шучў жынжын ганбан,
Зэ йүан зо футан?

Гуонсы та щян суан цуэлё,
Нан по жын жунжян.
Жинтян тади тукэзы
Йүан до жын мянчян.
Щүдон, зэ тади шышон
Та е щинэгуэ,
Дуан щён туанйүанди жын,
Йидин хэхынгуэ.

Кэнын шыщин гощингуэ,
Ю йицы шу хэ,
Лындун панвогуэ жэхуэ,
Люйүр пан лёнкуэ.

Мыйтян е чнтогуэ хо
Ги зыжи худэ,
Щиндини жүгуэ нете,
Жё фацэ йингэ...

Худэ жинтян да дㅇще,
Ба та пян мэ вон,
Йүанхуэй щищин нахуэйлэ,
Хан ви чон лэвон.

不哩像臭狗佴掉，
一定往远呢？

不哩只完到这塌儿，
为躲人难翻，
没受住人人干办，
在远找舒坦？

光是他先算错了，
难跑人中间。
今天他的头壳子
原到人面前。
许当，在他的世上
他也喜爱过，
端像团圆儿的人，
一定也害恨过。

可能实心高兴过，
又一次受害，
冷冬盼望过热火，
六月盼凉快。

每一天也祈祷过好
给自己后代，
心底里举过乜帖，
叫发财应该……

后代今天大道谢，
把他偏没忘，
原回细心拿回来，
还为常来往。

Зэ зы-сунди жўфонни

Та жэно худэ.

Ги щёхэр тихуан хэпа,

Ги дажын чын гуэ.

在子孙的住房里

他热闹后代。

给小孩提唤害怕，

给大人成怪。

353. Хуэ бё чын гўжир

353. 怀表成古精儿

Жыгэ

Чынни чигуэди

Чўан мэфурди бё

Йихуэй зудо бан-ени

Куанкуар мын

Хуэйдё.

Ги жынжын

Гундо вынти: "Виса ду занха?"-

Яндин, йи ви куэщүэжя

Ду мэ хо хуэйда.

Гуонсы...

Ганзо жуандилэ,

Чынпу мэ щинлэ;

Ножун линдонзы мэ щён:

Бинщин бу хо гэ.

Йичыр

Шонвугуэ шымин цэ ду фанчелэ,

Йитуэр та сомардини,

Ду жонжон-бэбэ...

Жинту ди эр, сан, сы тян

Чынпу чүан

Шодё;

这个

城里奇怪的

全没数儿的表

一回走到半夜里

款款儿猛

坏掉。

给正真

公道问题："为啥都站下？"——

言定，一位科学家

都没好回答。

光是……

赶早转的来，

城铺没醒来；

闹钟铃铛子没响：

秉性不好改。

一直儿

晌午过市民才都翻起来，

一坨儿踏萨玛尔①的呢，

都障障摆摆……

尽头第二、三、四天

城铺全

勺掉；

①萨玛尔：阿拉伯语音译，礼拜堂。

Туанйүар луанчи-базоди,	团圆儿尽乱七八糟的,
Дэгэ хын кўжё.	带改很苦境（jiao）。
Жищинзы	急性子
Вон хуэшон по,	往活上跑,
Тэ мэщин цыдё,	太没心迟掉,
Хэпа гунтур ба гунчян	害怕工头儿把工钱
Натар зэ кудё.	哪塌儿再扣掉。
Кэфибо	瞌睡饱
Бу фаншынди ла чон чэ эрхў:	不翻身的拉长扯二呼:
Сан куэ жунбё тудини	三块钟表头底里（ni）
Жыхур гуанбучў.	这会儿关不住。
Да ахун	大阿訇
Жыму-нэму	这么——那么
Зун бу дун сыса:	总不懂是啥:
Вужин доди шанбэма	如今到的闪拜吗
Хансы гуй жўма.	还是贵主麻 。
Ланганшу	懒干手
Тэ мэщин жы	太没心知
Вэту жер чў жи,	外头今儿初几,
Та жүэмуди да лижя	他觉谋的打离家
Цэ нын ю йи чи.	才能有一期。
Лошы щёхуэр	老实小伙儿
Жё гўнён сы дян жуншон дын,	叫姑娘四点钟上等,
Гуонсы жисы чў мынни	光是几时出门呢
Щян зыжи бу дун.	先自己不懂。
Зу нэйижыр	就那一阵儿
Щё гўнён	小姑娘
Мэ дынчў-сычи,	没等住——使气,
Жё данлиндигэ щёхуэр	叫单另的个小伙儿
Монмон линхуэйчи	忙忙领回去。
Щүэсын	学生

Тянтян сыщёнди:　　　　　　天天思想的：

Жер жюйүə чў йи:　　　　　今儿九月初一，

Дазо щён нянфучини,　　　　打早想念书去呢，

Пибо чуан бянйи.　　　　　　皮包穿便宜。

Гуонсы　　　　　　　　　　光是

Подо щүэтонни щинни дэ пэфан,　跑到学堂里心里带颇烦，

Щяежын мынчян йигэр　　　下夜人门前一个儿

Бу жў жон хэщян.　　　　　　不住张哈欠（hexian）。

Пинту щян суанбучўлэ:　　妍头先算不出来：

Ги щё чинфунён　　　　　　给小情妇娘

Ба сўчонди фуёнфи　　　　把素常的供养费

Найитян гун-ён.　　　　　哪一天供养。

Тэ хэпа　　　　　　　　　　太害怕

Мын няндилэ　　　　　　　猛撵的来

Зэ жын мян чи жон,　　　再认绵气账，

Жё пэе натар жыдо-　　　叫婆姨哪塌儿知道——

Тудин луэ хи фон.　　　　头顶落黑霜。

Гуонсы　　　　　　　　　　光是

Чинфу жяли жын жызу ю йи йүэ,　情妇嫁哩人这就有一月，

Ба та лян вон ду бу вон,　　把他连望都不望，

Да мянчян зугуэ.　　　　　打面前走过。

Жюфон　　　　　　　　　　酒房

Туни жюлала　　　　　　　头里（ni）酒拉拉①

Гынбын бу дайин,　　　　根本不答应，

Ли да бу ще жондини,　　　力大不歇胀的呢，

Жё жинган кэ мын.　　　　叫紧赶开门。

Тин таму　　　　　　　　　听他们

Вула хуа ян,　　　　　　　鸣啦话言，

Куэзу лён дян жун,　　　快就两点钟，

Вон жисы хан нын дынни,　往几时还能等呢，

①酒拉拉：酒鬼，酒徒。

Зэ мэ са щинжин.	在没啥心劲。
Куэзу	快走
Дў жон челэни	毒仗起来呢
Зэ ю йи фын жун:	再有一分钟:
Ту тын вынти йидогўр	头疼问题一倒股儿
Хын лодо сычин.	很唠叨事情。
Линжү	邻居
Го линжүдини,	告邻居的呢,
Виса ба йин чян	为啥把银钱
Йихуэй йүнни жедичи,	一回用呢借的去,
Жинтян бу щён хуан.	今天不想还。
Хэгэ	那个
Жин дўжудини:сыхур хан мэ до,	净赌咒的呢: 时候儿还没到,
Жынжыр ю шыэр тянни,	整整有十二天呢,
Бу ён жинган то.	不想紧赶掏。
Лёнгэр	两个儿
До файүан гынчян,	到法院跟前,
Кэсы мын хан гуан,	可是门还关,
Йинцы фагуан мэ чў мын	因此法官没出门
Жызу сы-ву тян.	这就四五天。
Мыйтян	每天
Фагуан сыщёнди:	法官思想的:
Жер щехуан жызы,	今儿歇缓日子,
Йинви жыгэ хуандини бу щён	因为这个缓的呢不想
Гуан бансы...	管办事……
Зусы...	就是……
Зэ жыгэ чынни	在这个城里
Вэ жын цэ хуэжын,	我正才活人,
Хуонхуон-монмон подини,	慌慌忙忙跑的呢,
Мый йитян томин.	每一天逃命。
Дян ще зуэ	练写作

Сывындини

Мон тянтян-вумый,

Вон чущяни жуондини,

Бу жыдо

Ги сый.

诗文的呢

忙天天瘩寐，

往抽匣里装的呢，

不知道

给谁。

354. Вə щён хуəни

354. 我想活呢

Вə щён хуəин

Эрланни,

Дэгэ щён хуəни;

Щинфу зыжи жə щинни,

Мыйтян нянгəни.

Ба вида

Хўда Торля

Дуангиди вумур

Шыщин-шыйи хуəдёни

Дуан дончын тўмар.

Ги гуэ минйүн пэхади

Хошо нан вынти

Ба хуэйда

Ду зожуəни,

Бу йүн дажун ти.

Жё вынцун

Жүнмый нэчин

Чон сыжян щян жо:

Ба тади ванчүан щёнтян

Вə хан мə хə бо.

我想活呢

尔兰里，

带改想活呢；

信服自己热心呢，

每天念个呢。

把伟大

呼达讨尔俩

端给的务木儿[1]

实心实意活掉呢

端当成图玛尔[2]。

给怪命运派下的

好少难问题

把回答

都找着呢，

不用大众替。

叫绒存

俊美爱情

长时间先照：

把他的完全香甜

我还没喝饱。

①乌木儿：阿拉伯语音译，生命。

②图玛尔：突厥语词，护身符。

Мучин ба вә сын-ёнха,	母亲把我生养下,
Жё чонжю хуэни,	叫长久活呢,
Тӱдишон тэ ту зуни,	土地上抬头走呢,
Сыжи хуанлуэни.	四季欢乐呢。
Зусы!	就是!
Тян мин	天明
Хын жүн-ён,	很俊样,
Дуан хощён чунтян,	端好像春天,
Йихуэй чинзор мын цанкэ	一回清早猛绽（can）开
Чин зохуа жунжян.	清造化中间。

1

Шынлан тян	深蓝天
Дон тудини	当头顶呢
Танмян жечуанкэ;	满面揭穿开;
Мянчян щётин фудини	面前消停兔的呢
Йикуэр фын йүнцэ.	一块儿粉云彩。

Быйён ер	白杨叶儿
Куалаларди	哼啦啦儿的
Зэ бу щён шыщян,	再不想识闲,
Лян щян фынфыр фадини	连闲风风儿耍的呢
Мян йүнцэ жунжян.	绵云彩中间。
Цымый	刺玫
Дажан цандини-	打颤绽（can）开的呢——
Жучин щинщифур;	柔情新媳妇儿;
Мин луфи чон тондини,	明露水长淌的呢,
Дуан щён нянлуй дур.	端像眼泪豆儿。
Чисый...	气色……
Ю дуэму ганжин,	有多么干净,
Йрэ щи йүэ чинсын;	越吸越轻松（seng）;

Щихуан нэщинни челэ,　　　　喜欢爱心呢起来，

Шон лан тян жынжын.　　　　上蓝天正真。

Да бир жун хуанхуан-луэлуэ　　打被（bi）儿中欢欢乐乐

Жинган тунчўлэ,　　　　　　紧赶褪（tong）出来，

Суйбян ба шу чынчелэ,　　　　随便把手抻起来，

Ба чуонзы дакэ.　　　　　　把窗子打开。

-Ни хо!　　　　　　　　　——你好！

Гуйжун хун жэту! -　　　　　贵重红热头！——

Ман щин щён фэни.　　　　　满心想说呢。

Жыйижыр ю щин хуэмэ?　　　这一阵儿有心活没?

Яндин щён хуэни!　　　　　　言定想活呢!

2　　　　　　　　　　2

Жинтян　　　　　　　　　今天

Йитян кэ да тур,　　　　　　一天可打头儿，

Туанйуар жын щихуан,　　　　团圆儿真喜欢，

Шыщин-шыйи хуанлуэ хуэ,　　实心实意欢乐活，

Гощин же футан.　　　　　　高兴接舒坦。

Мянчян　　　　　　　　　面前

Чиннэ хун да же,　　　　　　亲爱红大姐，

Жын суэсуэ бу дуан,　　　　　人梭梭不断，

Потонтон гуэлэ-гуэчи,　　　　跑趟趟过来过去

Дуан щён майи бан.　　　　　端像马一般。

Йигэ зу хуэшончини,　　　　　一个走活上去呢，

Ди эргэ до щўэйүан,　　　　　第二个到学院，

Ди сангэ　　　　　　　　第三个

Хан вон натар,　　　　　　　还往哪塌儿，

Ди сыгэ щян жуан.　　　　　第四个闲转。

Хуэдо жынжын хуэзыни　　　活到人人盒子呢

Щин жын дый нанвын:　　　心真得安稳：

Дуэшо лёнхуэ　　　　　　多少亮豁

Жэ лянмян	热脸面
Шыщин	实心
Дуан жиншын.	端精神。
Йиче ляншон щемый вон,	一切脸上血脉旺，
Хун сыр хуэ фынмый.	红生活儿粉美。
Жюсы! Жэту дэ чисый	就是！热头带气色
Дуанхади жүнмый.	端下的俊美。
Бу ю зыжи жэ щёляр	不由自己热笑脸儿
Ман нянни жуэни.	满眼里着哩。
Жыйижыр	这一阵
Ю щин хуэмэ?	有心活没?
Яндин щён хуэни!	言定想活呢!

3

До хуэшон	到活上
Йидин гощин,	一定高兴，
Йинцы гунзуэ дын,	因此工作等，
Жысы ди эргэ чмн жя,	这是第二个亲家，
Сыжи	四季
Ги жиншын.	给精神。
Жыгэ чигуэ дун-яшон	这个奇怪顿亚上
Гуон йигэ лодун	光一个劳动
Лян сыхур хуэй жынжандини	连时候儿会争战的呢
Вэ-ё лю жын зун.	若要留真踪。
Вэму	我们
Хуэ зэ гуонйиншон	活在光阴上
Йингэ ги хочў,	应该给好处，
Чечў жынжынди дунзуэ	借住人人的动作
Дажун цэ нын фу.	大众才能富。
Мый йифу хуэ ю хони,	每一付活有好呢，
Зэ шэхуэй мянчян,	在社会面前，

Жынжын ба хочў жынжын
Цызо нын канжян.

Шуче!
Ба лодун цэхуэ,
Жё хуэян да жуэ,
Ба жуви жынжынди щин
Жинган куэ йинжуэ.
Мэди! Цэсы бу быйкэр
Зэ шышон мэни.
Жыйижыр
Ю щин хуэмэ?
Яндин щён хуэни!

人人把好处真正
迟早能看见。

收起!
把劳动柴火,
叫火焰打着。
把周围人人的心
紧赶快映着。
没的! 才是不白可儿
在世上磨呢。
这一阵儿
有心活没?
言定想活呢!

4

Ваншон
До жын кэфанди
Да хуайнан гынчян,
Зуэдо са щён видоди
Жүнмый
Хуар чянмян.
Хун тэён линийр луэни
Ба жин гуон манчуан
Жюшур шудо йиданни,
Садо да хуайүан.
Туанйүар
Жыншы хоканди,
Заён хуэр луан жуэ,
Жин хуэян пу тяндини,
Ба йүн щён дянжуэ.
Жюсы!

晚上
到正开繁的
大花园跟前,
坐到洒香味道的
俊美
花儿前面。
红太阳临尾儿落呢
把金光满全
就手收到一搭呢,
洒到大花园。
团圆儿
真实好看的,
杂样火儿乱着,
金火焰铺天的呢,
把云想点着。
就是!

Куэ жуан дигэрни	快转地根儿呢
Зэ гуэ жи фын жун,	再过几分钟,
Чон хи йинзы жэдёни	长黑影子遮掉呢
Ба мин лён йигун.	把明亮一共。
Хуон янжир	黄燕唧儿
Дэ фащёди	带耍笑的
Мын да дон нянмян	猛打当眼面。
Йицы жуанфынжян фигуэ,	因此砖缝间飞过,
Бонзы нэ лянмян.	膀子挨脸面。
Бобо щи йику чисый,	饱饱吸一口气色,
Дуан до щинвэни.	端到心窝里。
Жыйижыр	这一阵儿
Ю щин хуэмэ?	有心活没?
Яндин щён хуэни!	言定想活呢。

5

Хун жэту	红热头
Жыни луэдё,	这呢（zhini）落掉,
Мян еван жекэ,	绵夜晚揭开,
Сыхур пян занха жыхур,	时候偏站下这会儿,
Гуй щётин долэ.	贵消停到来。
Еван	夜晚
Кэ цын садини	可层洒的呢
Ба мяншан хихан,	把绵闪黑暗,
Щён жё йиче щющини,	想叫一切休息呢,
Ганкуэ дый щехуан.	赶快得歇缓。
Футан фынфыр гуадини,	舒坦风风儿刮的呢,
Туанйүар мон фижё;	团圆儿忙睡觉;
Чүан тинбужян	全听不见
Са щиндун	啥行动
Ба щётин дажё.	把消停打搅。

Щын тяншон	深天上
Дюдундини	丢盹的呢
Хокан хуон йүэлён,	好看黄月亮,
Хошо щинщю йижувир	好少星宿一周围儿
Са чёчи лю лён.	洒跷蹊绿（liu）亮。
Лўшон	路上
Линйир гунгуэчи	临尾儿滚过去
Фалуйди дянчэ,	乏累的电车,
Йихур щётин пый хинан	一会儿消停陪黑暗
Донвэр кэ фижуэ.	当窝儿可睡着。
Бу ю зыжи щиндини	不由自己醒的呢
Куэ щён фижуэни.	快想睡着呢。
Жыйижыр	这一阵儿
Ю щин хуэмэ?	有心活没？
Яндин щён хуэни!	言定想活呢！

6

Вэ щён хуэни	我想活呢
Эрланни,	尔兰里,
Бавэ щён хуэни;	八外想活呢；
Мин...	命……
Ба жы йижү гуй хуа	把这一句贵话
Вэ жин нянгэни.	我净念个呢。
Жё минйүн фанчон пидуэ,	叫命运泛常避躲,
Гуонсы	光是
Вэ хуэни;	我活呢；
Чечў мэ бян-ян щинфу	借助没边沿信服
Щин хуэ жин жуэни.	心火尽着呢。
Дансы	旦是
Йүнчи бу чўлэ	运气不出来
Да нанцон дифон,	打暗藏地方,

Йидин зыжи зочини,	一定自己找去呢,
Жё та щян бэ мон.	叫他先叵忙。
Жыншы!	真实!
Сысыр нин жённи	时时儿硬犟呢
Лян дэдў гуонйин;	连歹毒光阴;
Ги та ди ту вифыншон	给他的头位份上
Вэ хуэй зан яжин.	我会攒押金。
Хўда Торля щяжёнги	胡达套尔俩下降给
Ба тян мин йихуэй,	把天命一回,
Жё ба ризги	叫把利兹给
Чыванни—	吃完呢——
Йиху	以后
Цэ жуанхуэй.	才转回。
Лойүан дазо дындини,	老远打早等的呢,
Дуэшо чигуэ хо,	多少奇怪好,
Са сычин	啥事情
Ду нын чынни,	都能成呢,
Зыёсы щин до.	只要是心到。

355. Вэ тэ гощин

355. 我太高兴

Вэ тэ гощин	我太高兴
Щиндини,	心底里,
Зэ мин шышон хуэ,	在明世上活,
Тянтян-вумый зудини,	天天窈寐走的呢,
Зэ гуонйиншон мэ.	在光阴上没。
Фын йүнцэ	粉云彩
Куэ жунжянни,	块中间里,
Нянжин гон зынкэ,	眼睛刚睁开,
Зо жүмый тэёндини,	找俊美太阳的呢,

Дуан чин жё чӳлэ.	端请叫出来。
Мыйтян	每天
По ризгидини,	跑利兹给①的呢,
Анлахӳди ли,	安拉呼的礼,
Сыйду бикэр бу нын зу	谁都白可儿不能走
Гуйжун ахырети.	贵重阿黑列提②。
Цан гуонйин чигуэдини,	灿光阴奇怪的呢,
Йигын жежер шын,	一根节节儿绳,
Зо вонщён	找望想
Чын гундини	成功的呢
Зэ шышон жынжын.	在世上人人。
Нэ шыже тянтондини,	爱世界天堂的呢,
Жӱнмый Чюличуан,	俊美秋里川,
Чон хундапо	唱红大袍
Гуйдини,	国的呢,
Чиннэ Кыргызстан.	亲爱吉尔吉斯斯坦。
Щён Сохӳлӳ щёнжуондини,	想骚葫芦乡庄的呢,
Йизуэр жын дӳвар,	一撮儿真杜瓦尔③,
Дын чин бый-хонзыдини,	等亲背巷（hang）子的呢,
Вэди гуй тумар.	我的贵图玛尔。
Шы! Жысы	实！这是
Вэди жын йӱнчи,	我的真运气,
Мэ бян-ян щинжин.	没边沿心劲。
Зэ жыгэ жӱнмый дун-я	在这个俊美顿亚
Вэ бэвэ гощин.	我八外高兴。
Вэ тэ гощин	我太高兴
Щиндини,	心底里,

---

①利兹给：粮食。

②阿黑列提：来世。

③杜瓦尔：阿拉伯语音译，祈祷。

Вужин ю жинни,	如今有劲呢,
Нэщин фуче щинжинни,	爱心竖起心劲呢,
Ман щин жын щинни.	满寻（xing）真心呢。
Жыни ганзо фанчелэ,	这呢赶早翻起来,
Зу щён ган хони,	就想干好呢,
Ги жынжын бо нынчинни,	给人人报恩（neng）情呢,
Йичыр вон лони.	一直儿往老呢。
Жюсы!	就是!
Вэ хан есы жын!	我还也是人!
Те дан ту юни,	铁胆突有呢,
Лёнгэ эрдуэ линдини,	两个耳朵灵的呢,
Нянни гуон щюни.	眼里光羞①呢。
Ё сы лини	要使力呢
Ги жынжын,	给人人,
Ги щинэ минжын,	给喜爱民人,
Ги йиче чинчин-люжын,	给一切亲亲留人②,
Ги дин щинэ жын.	给顶喜爱人。
Гуон хо	光好
Ю лида жинжон	有力大劲让
Зэ жүнмый эрлан,	在俊美尔兰,
Чечұ жыгэ жын лилён	借助这个真力量
Йұан димян	圆地面
Хан жуан.	还转。
Мыйтян	每天
Фади дедони,	乏的跌倒呢,
Гуонсы щинни жэ.	光是心里热。
Мэ бикэр чы мэмэ куэзы,	没白可儿吃馍馍块子,
Мэ бикэр щян хуэ.	没白可儿闲活。

---

①羞：此处指闪耀。
②亲亲留人：亲人。

Жюсы! Щинэ чин минжын	就是！喜爱亲民人
Дуан щёляр йидин,	端笑脸儿一定,
Йинцы та бу вон ба хо...	因此他不忘把好……
Вэ бавэ гощин...	我八外高兴……
Вэ тэ гощин	我太高兴
Щиндини,	心底里,
Сыжи щинфуни-	四季信服呢——
Жын дун-яшон хо ба ха	真顿亚上好把瞎
Жинчон пинчӱни.	经常拼住呢。
Вэ щюхади суй лӱлӱр	我修下的碎路路儿
Ги щинэ минжын	给喜爱民人
Зэ жыгэ	在这个
Гуэ димяншон	乖地面上
Бу медё жынжын.	不灭掉真正。
Зэ сӱчон хуа гуонйиншон	在素常花光阴上
Вэ хӱ дуэ мэ по,	我胡多没跑,
Щянчон	先常
Зо жын лӱлӱрлэ,	找真路路儿来,
Йиху вон куан бо.	以后往宽报。
Жыгэ вынмин лӱлӱрсы	这个闻名路路儿是
Вида сывынжын	伟大诗文人
Йихуэй	一回
Ги вэ зыгиди	给我指给的
Хан ви хуэйзӱжын.	还为回族人。
Дансы натар вэ фадё,	但是哪塌儿我乏掉,
Чӱ жын тихуанни,	出人替换呢,
Цызо щё лӱ жуан жени,	迟早小路转接呢,
Хубый щихуанни.	后辈喜欢呢。
Нэхур ту до	那会儿头到
Жынтушон	枕头上
Вэ нын сыщённи:	我能思想呢:

Вэди хандянзы жытар	我的汗点子这塌儿
Е ю йинщённи.	也有影响呢。
Жюсы! Жыгэ минлён лў	就是！这个明亮路
До вэшон яндин	到我上言定
Дуансы гуйжун жинянбый.	端是贵重纪念碑。
Вэ бавэ гощин...	我八外高兴……
Вэ тэ гощин	我太高兴
Щиндини,	心底里,
Щянзэ зэ шы хуэ,	现在在世活,
Ди эршы йи сыдэшон,	第二十一时代上,
Жэ щин пян далуэ.	热心片打落。
Чинжэ	亲热
Жэту жодини,	热头照的呢,
Мин йүэйүэр са лён,	明月月儿洒亮,
Димян хуонлан жуандини,	地面慌乱（lan）转的呢,
Шыже жын жүн-ён.	世界真俊样。
Зохуа	造化
Шэ жүнмыйдини	舍俊美的呢
Вон туанйүан дуэдуэ,	往团圆多多,
Хунгон тяншон жуэдини,	红光天上着（zhuo）的呢,
Быййү жён щягуэ...	白雨刚下过……
Жюсы!	就是！
Гуэ сынхуэ жунжян	乖生活中间
Тян мин мэ дуандё,	天命没断掉,
Жынжын суйбян лэ, хуэ, зу,	人人随便来、活、走,
Жинчон сун гуй щё.	经常送贵笑。
Минтян...	明天……
Чын замугэни,	成咋么个呢,
Сыйду жыбудо,	谁都知不道,
Гуонсы Хўда Торля бу вон	光是胡达套尔俩不忘

Ба тадн зуэзо.	把他的作造。
Вэ зэ шышон хуэдини,	我在世上活的呢,
Ю жын да щинжин,	有真大心劲,
Мэ бян-янди	没边沿的
Хун йүнчи	红运气
Ги жэ	给热
Щин цун жин.	心存劲。
Хўда Торляди бандэ,	胡达套尔俩的板代①,
Адан шынди йин,	阿丹②神的鹰,
Мухамед шынди хубан,	穆哈默德神的侯办,
Вэ бавэ гощин...	我八外高兴……

---

①板代：波斯语音译，指仆人。

②阿丹：阿拉伯语音译，《古兰经》中人类的始祖。